KB164550

연쇄 살인

성낙헌 지음

FOREST
WHALE

차 례

1장.

세상 모두가
각자의 삶을 살아간다

김진호.

'굳이 살 이유가 없다.'

김진호가 어릴 적부터 지켜온 생각이다. 그의 인생관은 본인만의 철학이 생겼을 즈음부터 머릿속을 장악해 단단히 뿌리내렸다.

우주는 광대하나 사람 한 명이 차지하는 공간은 먼지라고 말하기도 우스울 정도로 사소하다. 아니, 한 명은 고사하고 80억 명을 모아놔도 지구라는 행성 하나 가득 채우질 못한다.

시간도 마찬가지. 계속해서 흘러간다. 절제를 모르는 어린아이의 풍선처럼 우주가 끝없이 부푸는 동안, 그것을 진행한 개념은 이 세상의 시간이다. 무한히 이어지는 유한. 반면 인간의 수명은 어떤가. '세상에 이런 일이'에 나올 정도로 오래 살아봤자 백 년을 조금 넘는 수준이다.

이렇게 초라한 존재가 그래도 태어났으니까 어떻게든 살아보겠다고 아등바등 잡다한 일을 한다. 의미 있는 움직임일까. 죽으면 모든 것이 사라진다. 지식도 재산도 추억도. 아무것도 남지 않는다.

머릿속에 사전을 집어넣어도, 태산과 같은 부를 쌓아도, 세계

각지를 여행하며 수많은 친구와 연을 맺어도 죽으면 전부 끝이다. 그 무엇도 남지 않는다.

더욱 슬픈 점은 그 참담한 미래를 회피할 수 없다는 사실이다. 어떠한 수를 써도 불사(不死)는 불가다. 어린아이도 아는 상식이다. 사람은 결국 죽는다. 그 깃털만큼 가벼운 상식은 어린 진호가 살아갈 의욕을 통째로 삼켰다.

그가 자살하지 않는 이유는 단 하나. 죽음에도 노력이 필요하니까. 삶이 무가치하다 해서 죽어야 할 의무는 없다. 인생에 의미가 없어도 죽음은 여전히 두렵다. 별다른 노력을 하지 않아도 삶이 유지된다면 그저 그렇게 흘러가듯 살면 된다.

그래서 진호는 그렇게 살았다. 학원도 다니지 않았고 과외도 받지 않았다. 학교 수업은 듣는 둥 마는 둥. 교우관계는 먼저 다가오는 아이에게 적당히 응대하는 정도. 아침에 일어나면 등교, 수업이 끝나면 귀가다.

고등학교를 졸업하곤 성적에 맞춰 대학에 입학했다. 전공은 고려하지 않았다. 학교에 대한 사회적 인식도 신경 쓰지 않았다. 그가 유일하게 고려한 부분은 집에서 얼마나 가까운가. 그뿐이었다.

아쉽게도 진호가 입학할 수 있는 학교는 전부 지방 소재 대학이었다. 문제는 진호의 집이 서울 용산구였다는 점이다. 사실 진호는 대학에 가지 않아도 상관없었다. 그러나 자식의 고졸 인생은 부모가 허락하지 않았다. 결국 그는 성적이 허락하는 대학 중 그나마 가장 가까운 곳에 등록금을 바쳤다.

이것도 벌써 9년 전 이야기다. 스물셋에 군대를 전역하고 스물다섯에 대학을 졸업한 진호는 취업 준비생의 탈을 썼다. 그 후로 3년간 똑같은 하루가 쇼츠처럼 반복됐다.

점심 무렵 느지막이 침대에서 일어나 부엌으로 간다. 텅 빈 거실. 식탁에는 반투명한 플라스틱 고깔이 어머니가 차려주신 아침밥을 덮고 있다. 허공을 떠다니는 먼지가 밥과 반찬에 가라앉지 않도록 막기 위함이다.

진호는 늘 그렇듯 물 한 잔을 따라 식탁에 앉는다. 스마트폰을 켜고 멍하니 밥을 먹는다. 입으로는 다양한 맛이 들어오고 동공에는 화려한 색감이 입력되지만, 사실 별 감흥은 없다. 그렇게 배를 채우다 보면 안방 문이 쓱 열린다. 진호의 어머니다.

부엌으로 걸어간 그녀는 찬장을 뒤적인 뒤, 다시 방으로 들어간다. 그 짧은 걸음 간 그녀의 시선은 아들에게 자석처럼 달라붙어 떨어지지 않는다. 애초에 그녀가 나온 이유는 아들을 보기 위해서니까. 부엌에는 아무런 볼일도 없다. 찬장을 여는 행위는 아들이 부담을 느끼지 않기 위한 연기다. 문제는 진호도 이를 안다는 점이다.

식사를 마친 뒤에는 빈 그릇에 수저를 담아 싱크대에 넣는다. 밥과 반찬이 사라진 공간에는 수돗물을 대신 넣어준다. 남은 음식물이 말라붙지 않도록 하기 위함이다. 진호가 어머니에게 지키는 최소한의 예의다.

그 후로는 자유시간이 찾아온다. 방에 들어가 문을 닫는다. 컴퓨터 책상 앞에 앉아 인터넷을 뒤적이고 유튜브를 본다. 아주 가끔, 방문이 열리면 왼손 엄지로는 Alt 키를, 중지로는 Tab 키를 누른다. 그러면 미리 켜놨던 취업 정보 사이트가 모니터를 채운다. 문제는 어머니도 이를 안다는 점이다.

상관없다. 어차피 부모님의 눈치가 보여서 하는 행동은 아니다. 진호는 다른 사람이 자기를 어떻게 생각하든 신경 쓰지 않는다. '스물여덟 살 히키코모리 무직 백수'라고 손가락질당해도 괜찮다. 사실이니까. 그가 화면 전환을 하는 이유 역시 어머니에게 지키는 최소한의 예의일 뿐이다.

자식이 방에서 게임만 하고 있으면 어머니는 부모 된 도리로서 진호에게 여러 조언을 해줘야 한다. 진호는 자식 된 도리로서 어머니의 조언을 따라야 한다. 그렇지 않으면 말다툼이 일어날 것이고, 진호의 삶은 불편해진다. 그는 난류나 역류가 아닌 순류로 살다 죽길 원한다.

그렇기에 그는 방문이 열리면 반사적으로 왼손을 놀린다. 두 개의 자판을 누르면 진호의 얼굴에는 가면이 씌워진다. '나는 취업 준비를 하고 있지만, 사회가 나를 받아주지 않는다.'라고 적힌 피해자의 가면이다. 물론 가면이 으레 그렇듯, 코스프레다.

진호의 어머니도 마찬가지. 그녀는 아들의 가면 속 모습을 알고 있지만, 가면 쓴 모습을 보는 것이 훨씬 마음 편하다. 사회에서 다른 이들과 대화할 때, 그리고 자기 남편에게 보고할 때도 아들이 쓴 가면을 묘사하면 된다. '우리 아들은 아직 결과만 안 나올 뿐, 취업 준비는 열심히 하고 있어.' 굳이 아들의 민낯을 까

발릴 필요는 없다. 그편이 아들에게도, 자신에게도 편하다.

그렇게 21평짜리 무대에서 모자가 가면무도회를 펼치다 저녁 무렵이 되면, 어머니가 문밖에서 진호를 부른다. "진호야, 저녁 먹어라."

진호는 별다른 대답 없이 모니터를 끄고 자리에서 일어난다. 굳게 닫혀있던 방문을 열고 나른한 발걸음으로 부엌을 향해 걸어간다. 저녁 식탁의 풍경은 둘 중 하나다. 아버지가 계시거나, 안 계시거나. 그가 식탁에 없다면 그는 야근에 시달리고 있다는 뜻이다.

아버지가 정시 퇴근을 하는 경우는 거의 없다. 사무실 내에서 부장 다음으로 높은 차장이라는 계급을 달고 있음에도 그렇다. 사실 말이 차장이지, 그가 하는 업무는 일반 직원이랑 다를 바가 없다. 회사 규모가 영세에 가까운 자그마한 중소기업이라서 그럴까? 다들 뼈가 녹도록 일해야 한다. 아, 그나마 편한 직급이 하나 있긴 하다. 인턴. 그러나 진호의 아버지는 사표를 쓰지 않는 한 인턴이 되지 못한다. 물론 그는 사표를 못 쓴다. 가장이니까. 절대로 편해질 수 없다는 뜻이다.

젊은 시절 진호의 아버지는 경력이 쌓이고 직급이 높아지면 가정도 윤택해지리라 믿었다. 헛된 믿음이었다. 차장이라는 직함은 나이 든 사람에 대한 예우 차원으로 붙여주는 것이었다. 쉽게 말해 겉멋, 패션, 소꿉놀이다.

야근이 일상인 아버지. 덕분에 진호는 주말을 제외한 저녁 대부분을 어머니와 단둘이서 먹는다. 어색하진 않다. 어색할 게 없지. 물론 할 말도 없다. 대화의 물꼬를 트는 역할은 언제나 어머니의 몫이다.

"오늘은 취업 준비 잘 되어가니?" 그녀는 아들의 눈치를 보며 묻는다.

"응." 진호는 짧게 대답하고 밥 한술을 퍼 입에 넣는다.

"어디 어디 지원했어?"

"그냥 뭐, 공고 나오는 곳." 우물우물, 입안에 음식이 가득 찬 탓일까. 진호가 발음을 뭉갠다.

"마음에 드는 곳은 있었어?" 어머니가 진호의 눈을 슬쩍 바라본다. 진호의 시선은 밥공기에 고정되어 있다.

"글쎄."

진호와의 대화는 무정히 쏟아지는 산사태를 정면으로 받아치는 느낌이다. 아무리 물꼬를 터도 순식간에 밀려오는 흙더미가 구멍을 막아버린다. 모정이 없었다면 진작에 끝났을 대화다.

"…고생이 많네."

그녀는 매번 이렇게 흙투성이가 된다.

진호는 저녁 식사를 마치면 컴퓨터를 켜고 게임을 한다. 특별히 좋아하는 게임이 있는 건 아니다. 소화를 시키려면 앉아있어야 하니까. 식후 30분이 지나기 전에 침대에 누우면 역류성 식도염이 걸릴 위험이 있다. 소화가 다 되었다 싶으면 침대로 들어간다. 이게 진호의 하루다.

대학을 졸업한 후로 계속 이렇게 살아왔다. 겉보기엔 지루해 보여도, 막상 살아보면 욕심 없는 사람에게는 나쁘지 않은 인생이다. 미지근한 죽을 반찬 없이 먹는 느낌이랄까.

이제는 그것도 불가능하다.

* * *

그날은 주말이었다. 창문을 잘게 두드리는 빗소리가 잠을 깨웠다. 평소보다 어두운 방. 습관처럼 스마트폰을 켜 시간을 확인했다. 한 시 십칠 분. 새벽이 아닌 오후다. 정오를 넘긴 시간에 이렇게 어둡기는 쉽지 않다. 진호는 찌뿌듯한 몸을 일으켰다. '방이 왜 이렇게 습해.' 미적미적 창가로 걸어간다. 창밖을 내다봐도 끊임없이 흘러내리는 빗방울에 풍경이 쓸려나가 보이질 않는다. 굉장한 호우가 쏟아지고 있다는 사실만 알 수 있었다.

불규칙하게 고막을 두드리는 빗소리는 어쩐지 진호의 걸음을 붙잡았다. 축축한 습기와 스산한 한기. 한참을 멍하니 서다 부엌으로 나간다. 식탁에는 평소와 같이 아침밥이 차려져 있었다. 그릇에 담겨있는 음식을 보자 눅눅한 공기와는 달리 바짝 말라 있는 목구멍이 더욱 껄끄럽게 느껴졌다. 진호는 물을 한 잔 따랐고, 식탁에 앉아 식사를 시작했다.

밥공기를 절반 넘게 비울 즈음 위화감이 들었다. '왜 안 나오지?' 진호가 뒤를 돌아보았다. 그의 시선이 닿은 곳은 안방이다. 누렇게 변색된 나무 문이 벽처럼 고요히 닫혀있다.

이쯤이면 열려야 하는데, 열리질 않는다. 부스럭거리는 인기척도 들리지 않는다. 이번에는 몸을 일으켜 현관을 슬쩍 내다본다. 안 그래도 휑한 현관이 오늘따라 더욱 허전하다. 어머니의 외출용 신발도, 아버지의 닳은 구두도 보이지 않는다.

'어디 나갔나?' 미간을 찌푸리며 잠시 생각에 잠긴 진호는 다시 밥 한술을 떴다. 이상하다곤 생각하지만, 크게 신경 쓰진 않았다. 주말이니까 둘이 쇼핑이라도 갔겠지. 그래봤자 인생은 같은 장면의 연속이다.

식사를 마친 진호는 싱크대에 빈 그릇을 넣었다. '역류성 식도염은 왜 있는 걸까.' 침대에 눕고 싶은 귀찮음을 이겨내며 컴퓨터 앞에 앉는데 스마트폰이 울린다. 진호는 발신 번호도 보지 않고 무심하게 전화를 받았다. 어차피 스팸이겠지, 그에게는 전화 올 친구도 없다.

"여보세요?"

"119입니다. 김진호 씨 맞으신가요?" 난생처음 들어보는 구급대원의 목소리는 꽤나 다급해 진호를 긴장시키기 충분했다.

진호는 마우스를 멈추고 물었다. "네, 맞는데…. 왜 그러세요?"

"지금 진호 씨 부모님께서 교통사고로 인한 중상으로 혼수상태에 빠지셨습니다. 현재 응급실이 있는 가까운 병원으로 최대한 빠르게 이송 중입니다. 병원 주소 보내드리겠습니다. 해당 주소로 방문 바랍니다."

구급대원이 '혼수상태'를 언급하던 시점에 진호는 이미 그가 뭐라고 떠들든 들리지 않았다. 모든 내용이 이해할 수 없는 소음이었다.

의욕이 없는 사람도 감정은 느낄 수 있다. 감정은 신체를 지배한다. 손발이 주체가 안 될 정도로 덜덜 떨렸다. 모니터를 바라보던 눈은 초점을 잃었고, 온몸에서 주룩주룩 배어나는 뜨거운 땀은 차갑게 식은 피부 위를 흐르며 순식간에 미지근해졌다. 어머니와 아버지가 동시에 중상. 내가 제대로 이해한 게 맞을까?

"김진호 씨, 김진호 씨. 듣고 계십니까?" 구급대원이 간절하게 진호를 찾는다.

"예?" 얼이 반쯤 빠져 있던 진호가 반사적으로 대답했다.

"문자로 주소 보내드렸습니다. 최대한 빨리 와주시길 바랍니다."

최대한 빨리 와주길 바란다. 이 말에 숨은 의미는 무엇일까. 어차피 치료는 의사가 한다. 아무 도움도 안 되는 가족이 빨리 와야 하는 이유. 바보도 알 수 있다.

"네, 그. 지금 바로 가겠습니다."

"알겠습니다."

뚝, 전화가 끊겼다.

컴퓨터 앞에 앉아 석상처럼 굳어있던 그에겐 통화 종료음이 출발 신호였다. 의자 등받이에 걸쳐 놓았던 재킷에 팔을 욱여넣으며 현관으로 나섰다. 홀로 남겨진 운동화를 맨발로 구겨 신고 집 밖으로 뛰쳐나갔다. 실내에서 들리던 빗소리는 몇 단계의 방음을 거친 것이었다. 야외로 나오자 거친 빗줄기가 대지를 때리는 소리가 우렁차게 몰아쳤다. 폭우다.

사고 소식에 당황한 나머지 험악한 날씨를 잊고 있었다. 그러나 집에 돌아가 우산을 챙길 여유는 없었다. 진호는 쏟아지는 빗줄기를 맨몸으로 뚫으며 큰길을 향해 내달렸다. 그는 '빈 차'라고 적힌 택시를 발견하자마자 앞으로 뛰어들었고, 옷과 머리칼이 흠뻑 젖은 채로 깜짝 놀라 멈춘 택시의 조수석을 억지로 열어젖힌다.

"뭐, 뭐예요?" 60대에 가까워 보이는 택시 기사가 눈을 뚱그렇게 뜨며 물었다.

사정을 설명할 틈은 기사의 머리숱보다 없었다. 진호는 격앙된 목소리로 더듬거리며 주소를 불렀다. 그러나 기사는 자신만의 신념이 뚜렷한 사람이었다. 그는 기본 예의를 갖추지 않은 승객은 받지 않았다. 난데없이 올라탄 승객의 말은 들어줄 마음도 없었거니와 애초에 알아듣기도 힘들었다. 무엇보다 애정하는 차의 조수석 카시트가 물 범벅이 되고 있다는 사실이 화가 나 견딜 수 없었다. 그는 진호에게 당장 내리라고 소리를 고래고래 질렀다.

뜻을 알아들을 수 없는 목청 높이기 싸움. 빗물에 차갑게 식었던 진호의 얼굴이 점차 뜨겁게 달아올랐다. 그는 흠뻑 젖은 스마트폰을 카시트에 닦아가며 잠금을 풀고 구조대가 보낸 문자를 기사의 면전에 들이밀었다.

기사는 소리치던 입을 다물고 진호의 스마트폰을 가만히 바라보았다. 문자를 읽은 그는 깜짝 놀랐고, 부끄러움에 얼굴이 새빨개졌다. 말다툼이나 할 때가 아니었구나. 그는 곧바로 내비게이션에 주소를 입력한 뒤, 액셀을 밟았다. 하지만 병원까지 가는 길은 고속도로가 아니었다.

택시에 탄 진호는 이제 할 수 있는 게 없었다. 한시라도 일찍 도착하길 비는 것이 전부였다. 이를 악물고 양손으로 허벅지를 쥐어뜯었다. 입술에는 피가 흘렀고 손등에는 핏줄이 불거졌다. 그러나 악천후일수록 길이 막히는 법칙은 비극에도 변하지 않았다.

병원에 도착했을 땐 살아계신 부모님을 보기엔 이미 늦은 시간이었다. 이보다 더 빠를 순 없었음에도, 너무 늦은 시간이었다.

마지막으로 어머니와 아버지를 보고자 달려온 그가 본 모습은 부모라기보단 고깃덩어리에 가까웠다. 팔다리가 부러져 피와 빗물로 범벅이 된 물체. 그것을 포기하지 않은 구조대가 존경스러울 정도였다. 시체가 된 부모를 보자마자 몇 차례나 토악질을 쏟아냈다. 어머니와 아버지에게 실례여도 어쩔 수 없었다. 그러한 모습을 중상이라고 표현해 헛된 희망을 품게 한 구급대원이 원망스럽기도 했다.

병원에서 시체를 수습하는 동안 진호에게 제공된 자리는 응급실 복도 의자였다. 소독약 냄새가 가득 찬 복도. 양 볼에는 붉은 눈물 자국이 문신처럼 새겨졌다. 뇌를 송곳으로 쑤시는 듯한 충격이 조금씩 잦아들며, 다양한 감정이 진호를 갉아먹었다.

첫 번째로 찾아온 감정은 슬픔. 어째서 이렇게 가슴이 먹먹하고 무거울까? 이해가 가지 않는다. 당장 전날만 돌이켜보아도 그는 부모와 그리 가까운 사이가 아니었다. 그럼에도 왜 사람은 부모가 죽으면 슬픔을 느낄까? 어머니는 그렇다 치자. 매일 함께 시간을 보냈으니까. 아버지와는 대학을 졸업한 후로 말 한마디 섞지 않았다. 그런데도 뜨거운 눈물이 피부가 쓰라릴 정도로 볼과 턱을 타고 줄줄 흘렀다.

자꾸만 옛 추억이 떠오른다. 아직 어린아이던 진호를 번쩍 들어 올리며 비행기를 태워주시던 아버지, 초등학교 체육대회에서 진호를 열심히 응원해 주시던 부모님, 어색하게 서 있는 진호의 볼에 생크림을 묻히며 생일을 축하해 줬던 어머니. 생각을 멈추려고 해도 멈출 수 없었다. 추억뿐만이 아니다. 아직 오지 않은 미래도, 절대 오지 않을 미래도 계속해서 머릿속을 헤집었다.

두 번째로 가슴을 때린 감정은 절망이었다. 진호는 삶에 의미가 없다는 핑계로 아무런 노력을 하지 않았다. 안일했다. 부모님과 함께라면 별다른 노력 없이도 살 수 있을 것이라는 낙관이었다. 실제로도 가능한 일이었다. 집안일은 어머니가 해주셨고, 생활비는 아버지가 벌어오셨으니까.

이제는 아무도 없다. 진호는 천애고아가 되었다. 세금 내는 법도 모르는 그가 세상을 살아갈 수 있을까.

마지막으로 찾아온 감정은 체념. 모든 의욕이 사라졌다. 원래부터 인생은 의미가 없다고 생각하던 그였다. 앞으로는 하루를 살 때마다 엄청난 수고가 들 텐데, 그것을 굳이 하고 싶지 않았다. 초점이 사라진 눈으로 병원 바닥을 바라보던 진호는 결심했다. 장례식만 치르고 부모님을 따라가자. 사실은 장례식도 귀찮았지만, 부모님에게 지키는 최소한의 예의다.

하, 진호가 한숨을 내쉬었다. 흠뻑 젖은 주머니에 손을 넣는다. 빗물이 찰박일 정도로 흥건한 주머니에서 스마트폰을 꺼낸다. 진호는 빗물을 털어내고 떨리는 손가락으로 잠금을 해제했다. 계속해서 생기는 오타를 몇 번이나 지우며 문자 한 통을 적는다.

- 할머니, 부모님께서 돌아가셨어요.

막상 글을 적고 나니, 발송 버튼을 누를 수가 없더라.

'이걸 보내도 되려나.' 마지막으로 연락한 게 언제였던가. 기억도 안 난다. 진호는 할머니의 생신에도 축하 문자를 보내지 않았다. 수년간 연락 한번 없던 손자에게 자식이 죽었다는 문자를 받으면 기분이 어떨까? 심장에 무리가 가시지 않으면 다행이다.

깊은 고민이 진호를 옥죄었다. 하지만 그는 할머니를 제외하면 의지할 사람이 없었다. 친할아버지는 진작에 돌아가셨고, 외가 쪽 조부모님 역시 몇 년 전에 돌아가셨다. 평소 가깝게 지내는 친척도 없다.

굳은 표정으로 자신이 쓴 문자를 읽어본다. 이게 맞나, 한참을 그러고 있자니 목이 저리다. 진호는 고개를 들고 뻐근한 목덜미를 주물렀다. 병원 천장에 박혀있는 하얀 조명이 진호의 눈을 찌른다. 눈이 아릴 정도로 밝다.

고개를 숙이면 목이 아프고, 고개를 들면 눈이 아프고. 세상은 불편함의 연속이구나. 다시금 깊은 한숨이 올라온다. '문자나 보내자.' 언젠가는 알려야 할 사실이니까. 자신을 합리화하며 전송. 될 대로 되라는 마음으로 문자를 보냈다. 눈을 감고 딱딱한 벽에 머리를 기댄다.

얼마 지나지 않아 전화가 걸려 왔다. 화면을 보지 않아도 알수 있다. 할머니겠지. 기다리던 전화였는데 받기가 힘들다. 망설이던 진호는 전화가 끊기기 직전에 통화를 수락했다.

"…여보세요?"

"진호야, 너 김진호 맞냐?" 할머니의 목소리를 듣는 게 몇 년 만인지. 하지만 감동할 순간은 아니다. 할머니의 물음에 바들거리는 떨림이 느껴졌다. 그녀는 마치 문자를 보낸 이가 진호가 아니길 바라는 것 같았다.

"네. 오랜만이에요, 할머니." 진호의 마음은 이미 저 밑바닥에 가라앉았다. 추락한 감정은 말투에 실리지 않기에, 그의 목소리는 놀라울 정도로 담담했다.

"네가 보낸 문자 갑자기 무슨 소리냐." 그녀는 가쁜 숨을 최대한 억누르며 물었다.

"빗길에 미끄러진 트럭이랑 충돌했대요. 제가 병원에 도착했을 때는 이미⋯."

"지금도 병원이냐?"

"네." 진호는 고개를 주억였다.

스마트폰 너머로 들리는 심호흡 소리. "내가 갈 테니 주소 보내라." 오랜 세월을 살아서일까. 이런 기막힌 상황 속에서도 그녀는 빠르게 진정을 되찾았다.

"알겠습니다."

"그래, 너는 거기 있어라."

전화가 끊겼다.

이후의 일은 할머니와 장례지도사가 알아서 진행했다. 진호가 개입한 결정은 하나뿐이다. 어머니와 아버지의 장례를 하나로 합치자. 두 개의 빈소를 지키기에는 몸도, 시간도, 의지도 부족했다. 무엇보다 귀찮았다. 할머니는 무언가 말하고 싶은 듯했으나, 이내 수긍했다.

장례식장 역시 소형을 골랐다. 네 개의 빈소 중 진호와 할머니는 건물 입구에서 가장 가까운 빈소를 배정받았다. 29평짜리 접객실. 유족 휴게실이 딸린 빈소. 목판으로 이루어진 마룻바닥. 누런 때가 묻은 벽은 하얗다고 말하기도 민망하다. 진호는 이곳에서 삼일장을 치르게 되었다.

빈소 가장 안쪽에 자리한 국화가 수 놓인 영좌. 국화 앞에는 부모님의 이름이 적힌 위패 두 개가 놓였다. 김재진, 신수희. 하얀 국화가 그들의 영정을 포근히 감싸고 있다. 영정도 두 사람이 함께 나온 사진 한 장이다. 이는 진호가 대학을 졸업할 당시, 진호가 직접 찍은 사진이다. 영정 속 그들은 주변의 눈치를 보면서도 입에는 미소를 띠고 있다. 진실된 웃음. 진호는 도저히 웃을 수 없었다. 더는 흘릴 눈물이 없다고 생각했는데, 사진을 보면 다시 눈물이 고인다.

누군가는 진호의 결정을 질책할 것이다. 영정마저 한 장으로 퉁치다니, 네가 그러고도 자식이냐. 그러나 다른 대안이 없었다. 이게 최선이다.

김재진과 신수희. 둘 다 사진과는 거리가 먼 삶을 살았다. 물론 그들도 사진을 찍고 찍히는 걸 좋아하던 시절이 있었다. 20대, 30대 초반만 해도 서로의 모습을 렌즈에 담으며 추억을 간직하길 즐겼다. 하지만 시간이 갈수록 자신들의 모습을 담을 여유는 사라지고, 렌즈에 담는 피사체는 진호로 바뀌었다. 그것도 즐거웠다. 그러나 시간이 더 흐르자, 유일하게 담을 수 있던 피사체마저 촬영을 거부했다. 그들도 본인이 이렇게 빨리 죽을 줄 예상하지 못했겠지. 진호도 예상하지 못했으니까. 영정을 준비할 수 없었던 것은 당연한 일이다.

본격적으로 조문객이 오기 전, 진호는 유족 휴게실로 들어갔다. 닥쳐올 장례식을 위한 대비다. 지금 휴식을 취하지 않는다면 도저히 해낼 자신이 없었다. 퀴퀴한 냄새. 창문 하나 없는 휴게실은 불을 켜도 음침하다.

'이래서 소형인가.' 휴게실은 진호의 방보다도 좁았다. 사람 두 명이 누우면 꽉 찰 넓이에 옷장이 들어서 있다. 사실상 한 명밖에 못 눕는 관과 같은 방이다.

진호가 낡은 나무 옷장을 열어본다. 안에는 상복 두 벌이 걸려 있다. 서랍 속에는 해진 이불과 베개가 들어있다. 그는 조용히 옷을 벗어 옷장에 건 뒤 상복으로 갈아입었다. 그의 왼팔에 두 줄짜리 검은색 완장이 채워졌다.

상복을 입은 진호는 빈소로 나와 말했다. "할머니, 옷 갈아입으세요."

"그래." 며칠 새 많이 쪼그라든 그녀가 답했다.

할머니가 휴게실로 들어간 사이, 진호는 영좌를 마주 보고 앉았다. 영정 속 부모님의 얼굴을 보고 있자니 새로운 걱정이 인다. '장례식은 무사히 끝나려나.' 식사는 50인분을 주문했다. 처음에는 30인분을 하려다가 아무리 그래도 두 명의 장례식이니 50인분은 맞추자는 게 중론이었다. 사람 두 명이 죽었는데 이런 고민을 해야 한다니. 세상은 우스울 정도로 냉정하다.

장례식이 시작되고, 조문객이 하나둘 모습을 보였다. 검은 정장을 입은 이들이 제제한 얼굴로 방명록에 이름을 적는다. 그들은 입구에 놓인 국화를 한 송이 뽑은 후, 신발을 벗고 빈소로 들어와 영정에 묵념을 올린다. 묵념을 마치면 영좌에 국화를 올리고 상주와 묵례를 나눈다.

처음 보는 낯선 얼굴들, 비슷한 옷. 묵념, 묵례. 고개를 숙여도 현실감이 들지 않는다. 아, 이것도 쇼츠구나. 모니터와 나누는 인사. 의미가 있을까 싶다.

장례식을 진행한 지 이틀날 점심, 첫째 날도 조문객이 그리 많지는 않았는데 오늘은 더욱 초라하다. 첫날에 온 아버지의 직장 동료 무리가 그나마 사람이 있어 보이게 해준 것이었다.

'역시 30인분이 맞았나.' 그런 생각을 하는데, 불현듯 한 아주머니가 빈소로 들어왔다. 인공적인 검은색 파마머리. 화장으로 덮은 피부에는 깊게 팬 주름이 그득하다. 효과 없는 방부제를 잔뜩 뿌린 듯한 외모다. 진호의 부모와 동년배, 혹은 그 이상의 나이로 보인다.

영정에 묵념을 올린 그녀는 자신의 뒤에 차례를 기다리는 조문객이 있나 살폈다. 아무도 없다. 그녀가 진호에게 다가와 묻는다. "총각이 김재진 씨 아들 맞나?"

검은색 옷을 입은 와중에도 그녀의 손가락에는 화려한 반지가 여럿 박혀있다. 박혀있다는 표현을 쓴 이유는 그녀의 손에 통통히 오른 비계 탓이다. 박혀있다기보단 묻혀있다는 표현이 어울리겠다. 살이 찌고 나서 낀 것이 아니라, 반지를 끼고 나서 살이 찐 것이리라. 그렇지 않으면 저 반지는 들어갈 방법이 없다.

"총각?" 그녀가 다시 한번 진호를 부른다.

"예?" 우두커니 서 있던 진호는 그제야 정신이 이어졌다.

"김재진 씨 아들 맞아?"

진호는 아주머니를 바라보며 고개를 끄덕였다. "예, 맞습니다."

목적이 있으니 말을 걸었을 텐데, 그녀는 애꿎은 반지만 만지작거린다. 혈액순환이 안 되는 손가락을 마사지하는 것일지도.

"왜 그러시나요?" 어서 대화를 마치고 싶은 진호가 그녀의 말을 재촉했다.

"그…. 부모님 두 분 다 돌아가신 와중에 이런 얘기 꺼내서 미안한데, 총각 나이대를 보니까 미리 말해두는 게 좋을 것 같아서 말이야."

진호는 침묵으로 답했다. 그녀의 표정을 보건대 좋은 말이 나올 것 같지는 않다.

"총각이 살던 집이 전셋집인 건 알고 있었어?"

이런 얘기는 낯설고 어색하다. 하지만 이제 익숙해져야 한다.

"자가가 아니라는 건 알고 있었는데 전세인지는 몰랐습니다." 진호는 담담하게 말했다.

아주머니가 왼손에 들고 있던 가방에서 종이 한 장을 꺼내 보여준다. "내가 그 집 주인이거든." 계약서다. "용산구 후암로 71-1, 후암미주 아파트 4동 305호. 총각이 사는 집 맞지?"

진호는 고개를 끄덕였다. "…예. 맞습니다."

그녀가 계약서를 진호에게 내민다. 진호는 종이를 받아들었다.

"거기 읽어보면 알겠지만, 계약이 올해까지야. 12월 31일에 끝나."

오늘은 11월 15일이다.

"정확히 한 달 반 남았네요."

"그래, 총각은 몰랐을 것 같아서 지금 얘기해주는 거야. 총각 아버지한테는 예전에 얘기했었는데, 이번에 재계약을 하려면 천이백만 원을 더 줘야 해."

"천이백이요?" 진호의 눈썹이 짧게 경련했다. 살면서 가장 많이 모아본 돈이 얼마였던가. 327만 원이다.

"응, 나도 전세금으로 이런저런 투자 하고 자산 증식하는 거니까 아무리 총각 사정이 안타까워도 어쩔 수가 없어. 전세금이 무슨 뜻인지는 알지?"

완전히 무시하고 있구나, 진호의 미간이 구겨진다. "보증금 같은 개념이잖아요."

"맞아. 어차피 계약 끝나면 다 돌려받을 돈이야. 유산 상속받으면 천만 원 정도는 걱정 없겠지만 연말에 갑자기 달라고 하면 당황스러울 수 있으니까, 미리 알아두라고." 미안하다는 듯이 눈썹을 오므리지만, 말투에는 미안한 감정이 하나도 느껴지지 않는다.

"…알겠습니다."

아주머니는 대화가 끝나자 재빨리 자리를 떴다. 장례식장에서 부모를 잃은 청년을 붙잡고 전세금 얘기를 하는 모양새가 본인도 민망했나 보다.

'천이백…?' 진호는 스마트폰을 켜고 통장 잔고를 확인했다. 남아있는 돈은 216만 7,850원. 현재 사는 집에서 계속 거주하기 위해선 진호의 부모님께서 천만 원 이상의 여유 자산을 가지고 있었어야 한다. 진호는 고개를 떨궜다.

밤이 깊었다. 드문드문 이어지던 조문객의 행렬도 완전히 끊겼다. 접객실에는 진호의 부모를 찾아온 이들이 술과 함께 슬픔을 삼키고 있다. 빈소에 남은 이는 이제 김진호 한 명뿐이다. 시들어 가는 국화를 바라보며, 접객실에서 넘어오는 소음을 들으며, 진호는 누런 벽에 등을 기댄 채 한쪽 무릎을 끌어안고 앉아 있었다.

문득 장례식장의 텅 빈 복도를 타고 차가운 바람 한 덩이가 진호의 볼을 스쳤다. 팔랑, 빈소 입구에 놓아둔 방명록 한 장이 넘어가는 소리가 들린다. 바람이 넘긴 건가, 진호는 천천히 일어나 빈소 입구로 향했다.

탁자 위에 놓인 방명록, 다양한 이름이 각각의 필체로 적혀있다. 진호는 종이에 적힌 이름을 첫 장부터 차분히 읽어보았다. 친척의 이름, 모르는 이름, 모르는 이름, 모르는 이름. 진호의 친구는 한 명도 보이지 않는다. 팔랑이며 넘어가는 종이 소리가 오늘따라 유난히 외롭다.

"진호야." 세월에 마모된 목소리.

진호가 뒤를 돌아본다. 할머니다.

"빈소는 내가 지키고 있을 테니 너도 밥 좀 먹어라." 하얀색 소복을 입은 그녀의 왼팔에는 검은 줄 하나짜리 완장이 채워져 있다. 진호는 방명록을 덮고 접객실로 걸음을 옮겼다.

식사하는 이들 중 진호가 아는 얼굴은 친척밖에 없었다. 명절에도 모이지 않는 친척. 누가 죽어야지만 얼굴을 보는구나. 그들은 여기서도 각자의 지인과 술잔을 기울이고 있었다. 그런 자리에는 끼고 싶지 않다.

진호는 조용히 일회용 스티로폼 그릇을 손에 들었다. 눅눅한 쌀밥을 퍼담고 식당 아주머니가 미리 떠 놓은 육개장을 챙겨 접객실 구석으로 향한다. 그는 아무도 없는 탁자 가장 끝자리에 엉덩이를 붙였다.

하얀 일회용 비닐이 씌워진 식탁, 검은색 옷을 입고 앉아있는 사람들, 육개장의 맵싸한 냄새, 소주와 맥주의 알코올 향기, 서로의 근황을 묻는 육성, 소주병 뚜껑이 돌아가는 소리, 맹맹하고 미지근한 물맛, 힘주어 구부리면 툭 하고 부러질 듯한 플라스틱 수저. 모든 감각이 모자이크 처리를 한 듯 무디다. 네 술을 떴을까, 다섯 술을 떴을까, 먹기는 먹었을까. 진호는 자리에서 일어나 빈소로 돌아갔다.

"벌써 왔냐?" 영정을 보며 앉아 계시던 할머니가 놀라며 물었다. "제대로 먹긴 한 게냐?"

진호는 말이 없다.

"진호야, 이럴 때일수록 잘 챙겨 먹어야 해."

진호는 여전히 입을 열지 않는다. 표정도 없다. 마치 점토를 뭉쳐놓은 덩어리 같다.

"…됐다. 어미 아비를 동시에 잃은 충격이 얼마나 크겠냐. 나도 안 해본 경험을 감히 아는 척했구나. 미안하다. 빈소는 내가 계속 볼 테니 너는 휴게실 들어가서 쉬어라."

그제야 점토가 고개를 주억인다. 할머니의 미지근한 한숨이 맥없이 휴게실로 걸어가는 진흙 덩어리의 등을 밀어낸다.

휴게실로 들어온 그는 힘없이 문을 닫았다. 고요하다. 옷장 서랍을 연다. 이불을 꺼내려던 진호는 손을 놓고 그대로 바닥에 뻗어버렸다. '천이백…' 점심 무렵 집주인이 흘리고 간 말이 진호의 머릿속을 떠나지 않는다. 푸흐흐, 부모님이 돌아가신 와중에 가장 큰 고민이 전세금이라니. 혐오스러워서 실소가 새어 나온다. 그러나 이게 현실이다.

부모님이 가진 재산이 얼마일까? 아무리 긍정적으로 생각하려 노력해도 기대가 서질 않는다. 진호는 알고 있다. 아버지가 작년 초에 주식을 시작하신 사실을. 그 후로 아버지의 숨 쉬는 방식은 한숨으로 바뀌었다. 작년 말부터는 핸드폰을 손에서 놓지 못했고, 올해가 시작된 후로는 '또 물렸네'라는 말만 지겹도록 반복했다.

진호는 주식을 하진 않지만, 물렸다는 말이 어떤 의미인지 알고 있다. 코인 투자를 하는 스트리머가 투자금의 절반을 잃는 모습을 실시간으로 지켜본 적도 있다.

'내 인생도 단단히 물린 상태겠지.' 진호가 깊은 한숨을 내뱉는다. 답답하다. 해야 할 일은 많을 텐데, 정확히 뭘 해야 하는지도 무엇을 먼저 해야 하는지도 모르겠다. 항복할게요. 다 포기하겠습니다. 백기를 흔들면 남은 삶이 조금은 편해질까.

윙, 진호의 주머니가 부르르 떨렸다. '또 뭐…' 스마트폰을 꺼내 잠금을 해제한다. 겹겹이 쌓인 스팸 문자 위에 장례지도사가 보낸 문자가 보인다.

- [Web 발신] 장례 후 할 일

정 없는 제목. 하지만 원하던 정보다.

문자 본문에는 사망신고 방법과 사망자 금융거래조회 서비스 신청 방법, 사망자 인감증명 발급 금지 안내 등이 줄글로 쓰여있었다. 흰색 바탕을 꽉 채우고 있는 검은 선의 나열. 암호를 해독하는 느낌이다.

관자놀이를 엄지와 검지로 꾹꾹 누르며 문자를 읽던 진호는 이내 스마트폰을 껐다.

'안 해.' 하지 말자. 어차피 몸도 움직이지 않는다. 부모님이 돌아가신 순간부터 마음속에 피어났던 나태와 태만은 덤불처럼 자라나 진호를 휘감았고 마침내 그를 식물인간으로 만들었다.

28년. 지금까지는 흐름에 몸을 맡기면 사람다운 삶을 살 수 있었다. 이제는 직접 흐름을 만들어야 한다. 세금도 내야하고, 돈도 벌어야 하고, 밥도 알아서 챙겨 먹어야 한다. 그 사실을 인지하자 진호는 자신이 병원에서 했던 결심이 떠올랐다. 내 삶은 여기까지구나.

'죽어야겠어.' 눈을 감는다. 그것만으로도 조금은 편안해진다. '죽자.'

그때, 휴게실을 떠날 줄 모르던 적막이 깨졌다. 출처를 알 수 없는 고함이 닫혀있는 문틈 사이를 비집고 들어왔다. 나이 든 남성의 목소리. 그가 고래고래 악을 쓰고 있다.

"상주…. 상주 어딨어? 김진호, 그 망할 자식 당장 불러 내!" 혀가 잔뜩 꼬인 발음. 소리만 들어도 술에 절었다는 걸 알 수 있다.

"이놈이 버릇도 없이 장례식장에서 무슨 짓이야!" 할머니의 성난 목소리가 그를 혼낸다.

"죄송해요. 할머니! 저희 남편이 많이 취했나 봐요. 제가 빨리 진정시킬게요." 처음 듣는 여성의 목소리까지.

"야, 이 여편네야…! 이거 안 놔? 나 안 취했어! 김진호 그 자식만 불러오면 된다고!" 알코올에 통제를 빼앗긴 목소리가 끝을 모르고 높아진다. "놓으라고… 했지!"

악, 할머니의 비명이 빈소를 울렸다. 진호는 그제야 문을 열고 다급히 빈소로 나왔다. 오른손을 바닥에 짚은 채 쓰러져있는 할머니의 모습이 보인다. 그녀의 앞에는 흰색 와이셔츠를 입은 남자가 서 있다. 가슴팍에 튀어있는 벌건 육개장 국물. 그의 식사예절이 얼마나 추잡한지 여실히 보여준다.

"이 미친 새끼가…." 진호의 입에서 욕이 튀어나왔다.

남자가 비틀거리며 진호 쪽으로 몸을 돌린다. "야, 진호 나왔네! 너 삼촌 기억나냐? 10년 전쯤에 한번 봤는데…. 기억 안나지?"

삼촌은 개뿔. 거리를 걷다 보면 10분에 한 명꼴로 보이는 흔한 아저씨다.

"그래, 아까 묵념할 때 인사하는 싸가지 보니까 기억 못 하는 거 같더라. 나 신용호 삼촌이야. 네 엄마 친구."

"어쩌라고." 진호는 눈을 부라리며 말했다.

"이야, 엄마 친구라고 말해줘도 이딴 태도로 나오네. 제 아빠 닮아서 돌대가리인가 봐. 불쌍한 자식." 용호가 아내의 만류를 뿌리치며 진호에게로 성큼성큼 걸어온다. 그의 오른손에는 빈 소주병이 들려있다. "내가 네 부모랑 고등학교 동창이거든?"

역겨운 술 냄새가 진호의 코를 파고든다. 육개장에 젖은 셔츠 아래로는 후줄근한 난닝구가 비친다. 볼품없는 인간.

"근데 내가 네 엄마랑은 진짜 친한데, 니 애비랑은 친구가 아니야. 걔는 내 따까리였거든. 따까리가 뭔진 알지?"

"여보!" 용호의 부인이 기겁하며 달려와 술 취한 남편의 입을 손으로 틀어막는다.

용호는 개의치 않고 아내의 손을 잡아 뜯으며 말을 이었다. "근데, 장례식을 이따위로 진행하면 안 되지. 두 명이 죽었는데 빈소는 왜 하나야. 너는 산수를 못 하냐? 그것도 재진이 그 새끼 닮은 거야?" 용호가 소주병으로 자기보다 한 뼘은 높은 진호의 머리를 툭툭 친다. 싸늘해진 두 홍채가 용호를 내려본다.

"게다가 영정 사진까지 하나네? 이러면 어쩌자는 거야. 나는 네 아빠한테 묵념할 생각이 전혀 없었어. 근데 네 그 싸가지 없는 결정 때문에 재진이한테도 묵념을 올린 꼴이 됐잖아~!" 용호가 차가운 소주병 바닥으로 진호의 이마를 꾹꾹 민다. "이거 어떻게 책임질 거야. 어? 어떻게 책임질 거냐고~"

퍽.

"까아악!"

순식간에 벌어진 일이었다. 진호가 용호의 손에 들려있던 소주병을 낚아채 그의 정수리를 전력으로 내리쳤다.

초록색 유리 조각과 남아있던 소주, 용호의 피가 하나로 뒤섞여 폭죽처럼 흩날린다. 정수리가 찢어진 채 바닥에 고꾸라진 용호는 얼굴을 들지 못했다. 군데군데 자라있던 흰머리가 검붉게 물든다.

뭉툭한 둔기였던 소주병은 용호의 머리에 부닥치며 예리한 이기로 변했다. 진호는 제일 날카로운 부분을 다시 한번 용호의 정수리에 조준했다.

"그만해! 진호야, 그만!" 영좌 앞에 쓰러져 있던 할머니가 부리나케 몸을 일으켜 진호를 붙잡았다. 딱딱하게 굳어있던 진호의 손이 스르르 풀어진다. 쥐고 있던 소주병이 툭 하고 떨어졌다.

사건은 의외로 간단히 무마되었다. 길길이 날뛸 거라는 예상과는 달리, 용호는 진호가 병원비만 지급하면 없었던 일로 해주겠다고 제안했다. 용호의 아내가 그를 열심히 설득한 모양이었다.

솔직히 말하면 용호도 이번 일을 법정으로 끌고 가봤자 좋을 게 없다고 판단했다. 소송을 걸다 보면 자연히 직장에도 소문이 퍼지기 마련이다. '장례식장에서 만취하고 행패 부린 인간'이라는 낙인이 찍히는 순간 사회생활은 끝이다.

진호는 별말 없이 그들의 제안을 수락했다. 그는 곧바로 치료비를 보냈다. 사실 진호는 용호가 어떤 태도로 나오든 아무 상관이 없었다. 어차피 죽기로 했으니까.

사망자 금융거래조회 서비스로 부모님의 재산을 조회해 본 결과, 없었다. 자산이 전혀 없었다. 천만 원 이하도 돈으로 치면 팔백은 있긴 했다. 그래봤자 재계약도 못 하는 돈이다.

원인은 예상대로 주식이었다. 작년 말까지만 해도 아버지의 계좌에는 1억 5천 정도가 있었다. 그런데 주식으로 전부 날렸더라. 아버지의 얼굴이 날이 갈수록 검어진 이유가 있었다.

장례식으로 모은 조의금은 장례 비용을 지불하기도 빠듯했다. 남은 돈은 전세금뿐인데, 전세금을 빼면 당장 살 곳을 구해야 한다.

죽어야 하는 이유가 하나 더 늘어난 셈이다. 괜찮다. 그는 원래부터 삶은 무가치하다고 여겼다. 죽는 게 귀찮아서 살아왔을 뿐이다. 이제는 죽는 것보다 사는 게 더 귀찮아졌으니 죽으면 된다.

***

장례식이 끝난 후, 진호는 정말 열심히 살았다. 살면서 지낸 나날 중 가장 열정적이었다고 해도 과언이 아니다. 그는 불 꺼진 방안에서 인터넷 구석구석을 뒤져가며 자살을 공부했다. 식사는 전부 배달로 해결했다. 냉장고를 열어보면 안에는 아직 어머니가 만든 반찬이 남아있었지만, 왜인지 손을 댈 수 없었다.

자살을 기도하는 법은 생각보다 다양했다. 날카로운 칼로 손목을 그어 과다 출혈을 노리는 방법, 튼튼한 밧줄에 목을 매달아 경추가 뽑히는 방법, 높은 다리나 건물 옥상에서 뛰어내려 온몸이 으스러지는 방법, 차가 쌩쌩 달리는 도로에 뛰어들어 부모님의 뒤를 밟는 방법 등.

하지만 이러한 주먹구구식 자살은 단점이 존재했다. 정신이 끊기기 전까지 홍수처럼 밀려오는 고통을 견뎌야 한다는 점이다. 손목을 그으면 절단된 동맥이 차가운 공기와 맞닿는 시큰함을 버텨야 한다. 하나로 이어져 있던 경추가 으드득 소리를 내며 여러 개로 뜯어지는 통증은 말할 것도 없다.

다행히 자살의 세계는 넓고 깊었다. 가스 자살, 농약 자살, 음독 자살. 공부할수록 고통 없이 세상을 떠날 방법을 찾을 수 있었다.

진호는 자살을 시도했다가 실패하고 살아난 사람들의 후기도 찾아봤다. 가스를 흡입하면 어떤 느낌인지, 농약을 들이켜면 목이 쓰라리진 않은지, 만에 하나 살아났을 경우 장애를 안고 살아가는 것은 아닌지.

'프로포폴이 유명한 이유가 있었네.' 진호의 선택은 우유 주사가 되었다. 프로포폴은 악마의 발명품이다. 무난하고 인기 있으며 고통 없이 세상을 떠날 수 있는 약물. 실패할 확률도 낮다.

몇 밀리를 맞아야 죽을 수 있는지 알아내는 것도 어렵지 않았다. 구글에 '프로포폴 치사량'을 검색하자 바로 나왔다. 너무 적나라한 검색어에 게시물을 막아두지 않았을까 걱정했지만, 구글은 아주 자그마한 디테일까지 정교하게 알려주었다.

진호는 감동했다. 천사는 끝까지 외면해도 악마는 끝까지 상냥하구나. 재밌는 점이 있다면, 자살을 검색할 때마다 결과 최상단에는 언제나 자살 예방 상담 전화번호가 적혀있었다는 점이다.

- 도움을 받으세요. 1393

24시간 통화가 가능하니 언제든 전화하라는 부연 설명까지 덧붙여져 있다.

으휴, 진호는 세상 물정 모르는 어린아이를 바라보듯이 웃었다. '이런 걸 검색하는 사람은 도움받기엔 이미 늦었다는 뜻입니다.'

진호는 유용한 pdf 파일을 하나 찾아냈다. 이름은 '의료용 마약류 프로포폴 안전사용기준'. 식품의약품안전처 마약관리과에서 만든 파일이다.

그는 사용기준을 처음부터 끝까지 꼼꼼하게 정독했다. 프로포폴 적정 투약량은 환자의 몸무게가 결정했다. 마약관리과가 정한 최대 투약량은 1kg당 2.5mg. 진호의 체중은 72kg이니 180mg이 최대 투약량이다. 건강에 이상이 생기고 싶다면 180mg보다 많이 맞으면 된다.

'넉넉하게 400mg 정도 맞으면 되겠네.'

파일에는 적정 투약 속도 또한 명시되어 있었다. 한 시간에 kg당 4mg을 넘기지 말 것. 프로포폴은 수액 주사처럼 천천히 주입하는 약물이다.

진호는 결심했다. 프로포폴 400mg이 담긴 주사기를 정맥에 꽂은 뒤 최대한 빠른 속도로 죽죽 밀어 넣자. 그리하면 틀림없이 죽을 수 있으리라.

상상만 해도 행복하다. 진호의 입에는 웃음꽃이 만개했다. 하지만 그것도 잠시, 새로운 문제가 생겼다.

'프로포폴을 어디서 구하지?' 프로포폴뿐만이 아니다. 그의 집에는 주사기도 없다. 혹시나 해서 온라인 쇼핑몰을 뒤져봤으나 프로포폴은 팔지 않았다. 팔 리가 없지. 와중에 유기농 로열젤리 프로폴리아를 프로포폴이랍시고 올려둔 사람도 있었다.

'지금 장난하나.' 진지한 사람을 이렇게 놀려먹다니, 기가 찼다. 진호는 심각하게 고민했다. 프로포폴을 구할 수 있는 곳이 어딜까. 프로포폴은 보통 전신마취제로 사용된다. 전신마취를 가장 자주 시행하는 병원. 아마도 정형외과가 아닐까? 그는 인터넷을 켜고 '용산구 정형외과'를 검색했다. 마침 집 주변에 개인 정형외과가 하나 있더라.

- 용산구 한강대로 104길 51 남영빌딩 2층 참빛의원

인터넷에는 건물 외견을 찍은 사진도 올라와 있었다. 사진을 보자 어렴풋이 기억이 떠올랐다. 거리를 지나다닐 때 흑백 배경처럼 스쳤던 건물이다. 살면서 정형외과를 간 적은 한 번도 없었는데 죽기 위해 가게 될 줄이야. 인생 모르는 일이다.

진호는 한글 파일을 실행했다. 새하얀 백지가 나왔다. 가장 윗줄에 '프로포폴 자살 계획'이라는 문구를 돋움체로 적고 가운데 정렬을 설정한다. 훌륭한 자세다. 죽을 때는 깔끔하게 죽어야 한다. 어설프게 죽으려다 실패하면 고통만 배가 된다. 한참 동안

마우스를 움직이고 키보드를 두드리던 진호의 손이 멈췄다.

"좋아."

완벽한 자살 계획이 탄생했다. 문서에는 그가 세상을 떠나는 순간 스마트폰에서 흘러나올 노래까지 적혀있다. Bon Jovi의 The Last Night. 진호가 만족스러운 얼굴로 두 팔을 하늘 높이 뻗는다. 으드득, 하고 굳어있던 관절이 시원하게 풀어졌다.

오후 2시. 죽기로 다짐한 날. 진호는 침대에 누운 채 방금 꿨던 꿈을 떠올리려 애쓰고 있다. 굉장히 행복한 꿈이었는데, 내용이 기억나지 않는다.

'모르겠네.'

그는 자리에서 일어나 느릿한 발걸음으로 방에서 나왔다. 화창한 햇빛이 텅 빈 거실을 비춘다. 그는 닫혀있는 안방 문을 쓱 쳐다본 뒤 화장실로 들어갔다.

쏴아아, 세면대에 차가운 물이 쏟아진다. 얼굴을 대충 헹구고 거울 속 자신과 눈을 맞춘다. 푸석해진 머리, 검게 드리운 눈 그늘, 하얗게 일어난 각질까지. 아직 죽지는 않았지만, 이것도 산 사람의 모습은 아니다. 몸에 생기가 빠진 걸 알았는지 화장실의 냉기가 앞다투어 뼛속까지 스며든다.

진호는 몸을 가볍게 떨며 화장실에서 나왔다. 꼬르륵, 위장은 마지막까지 욕심을 버리지 못한다. 식탁을 보니 페퍼로니 피자가 있다. 어젯밤 먹다 남긴 조각이다. 고깔을 덮지 않은 피자. 밤새 먼지가 많이 달라붙었겠지. 상관없다. 어차피 배탈이 나기 전에 죽으리라. 그는 남은 피자를 두 조각 뜯어 레인지에 데웠다. 접시에 눌어붙은 치즈, 고무처럼 질긴 빵. 역시나 상관없다.

식사를 마친 그는 아파트 문을 열고 밖으로 나왔다. 숏패딩을 입고 나오길 잘했다. 초겨울이 찾아온 만큼 차가운 바람이 몰아친다. 진호는 뒤를 돌아봤다. 미주라이프 4동 305호. 여기서 사는 것도 오늘이 끝이구나, 그는 시원섭섭한 마음으로 걸음을 뗐다.

진호의 아파트 단지 입구에는 오른쪽으로 30m만 가면 작은 편의점이 하나 있다. 미주라이프에 사는 사람 대부분이 그곳의 단골이다. 넓진 않지만 있을 건 다 있는 편의점. 진호는 그곳에서 아주 독한 술을 살 계획이다. 자살을 공부하던 당시, 프로포폴을 설명하는 모든 문서에는 똑같은 주의 사항이 적혀있었다.

- 음주 상태의 환자에게 투약하지 말 것.

만취 상태로 프로포폴을 투약하면 한결 죽기 쉽다는 뜻이다.

딸랑, 편의점 문을 열자, 상단에 달린 노란색 종이 작게 울렸다. "어서 오세요." 계산대 안쪽, 담배 진열 매대에 몸을 기대고 있던 남자가 느릿하게 인사를 건넸다.

'알바생이 바뀌었나?' 진호가 계산대에 있는 남자를 힐끗 쳐다본다. 처음 보는 얼굴인데 스타일이 독특하다. 노랗게 염색한 머리, 입술을 관통한 피어싱, 앙상한 팔에 그려진 타투, 심지어 유니폼 지퍼조차 채우지 않았다. 손님이 좋아할 스타일은 아니다.

진호는 대충 고개를 숙인 뒤, 그가 찾는 술이 있는 곳으로 직행했다. ABSOLUT VODKA 라즈베리 맛. 투명한 술병 표면에 새겨진 파란 글자가 편의점의 새하얀 조명에 한층 선명하게 빛난다.

'영롱하군.'

이 술은 재미있다. 대학생 시절, 신입생 MT 때 술 게임 벌칙으로 마셔봐서 안다. 입 안에 머금고 꿀꺽 삼키면 그것이 어디를 흐르고 있는지 실시간으로 알 수 있는 술이다. 술병에 적힌 도수가 40도나 되길래 사람이 마실 수 있나 걱정했는데 생각보다 맛있어서 놀라기도 했다.

진호는 앱솔루트 두 병을 챙겨 계산대로 가져가 말했다.

"계산 좀 도와주세요."

스마트폰을 만지던 알바생이 진호를 힐끗 바라보더니 답한다.

"네."

윽, 진호는 자기도 모르게 손등으로 코를 막았다. 남자의 입이 열린 순간 술 냄새가 성큼 다가왔기 때문이다. 단순 알코올 냄새면 어찌어찌 참았을 텐데, 각종 안주까지 뒤섞인 구역질 나는 악취다. '낮술 했구나, 이 자식.'

"결제해 주세요."

카드기에 불이 들어왔다. 진호가 빠르게 스마트폰을 가져다 댄다. 삑, 결제 완료다. 진호는 보드카 두 병을 패딩 주머니에 대충 쑤셔 넣고 도망치듯 편의점을 빠져나왔다.

'뭔 저런 애를 알바로 쓰냐.' 진호는 잔뜩 찡그린 인상으로 참았던 숨을 토해냈다. 허리를 쫙 펴고 깨끗한 공기를 들이마신다. 괜찮아. 오늘만 지나면 저런 인간을 보는 것도 끝이다.

그는 다시 걸음을 옮겼다. 다음 목적지는 철물점이다. 커다란 망치와 용접용 가면을 사기 위함이다. 정형외과에는 분명 프로포폴이 있겠지만, 일반인인 진호가 '프로포폴 400mg 주세요.'라고 해봤자 정신과로 보내질 것이다. 진호는 강제로 빼앗아야 한다. 그렇다고 병원 근무자를 마구잡이로 죽이기 위해 망치를 사는 것이냐 하면, 그건 아니다. 공연히 귀찮은 몸싸움을 벌일 생각은 없다. 그가 짠 계획은 굉장히 신사적이다.

모두가 퇴근한 새벽, 진호는 참빛의원의 문을 망치로 부수고 들어가 프로포폴을 훔칠 것이다. 가면 역시 유리문을 부술 때 파편이 얼굴에 튀지 않도록 막는 용도다. 그는 고통 없는 죽음을 원한다. 얼굴에 유리 조각이 박힌 채 죽을 마음은 추호도 없다. 어차피 유리에 베일 것이라면 동맥을 자르면 된다.

완벽하고도 평화로운 계획. 쏟아지는 햇빛을 한 몸에 받으며 거리를 걷는다. 삶을 포기한 후로 마음속에는 후련함만 가득하다. 그는 주머니에 든 보드카를 애완동물 다루듯이 쓰다듬었다. 유리로 세공된 표면이 걸림 없이 매끄럽다.

"안녕하세요." 철물점 문을 열고 들어간 진호가 고개를 꾸벅 숙이며 말했다.

"어서 오시게." 걸걸한 목소리가 진호를 맞이한다. 구레나룻까지 연결되는 회색 수염을 풀 비어드 형태로 멋지게 기른 사장님. 어느새 오십 후반을 바라보는 그는 여전히 풍채가 좋다.

"여기 오함마 파나요?" 진호는 사벽에 빽빽이 진열된 공구를 살피며 물었다.

"당연히 팔지! 망치는 이쪽에 있으니까 원하는 디자인으로 한번 골라봐." 사장이 진호를 가게 구석으로 안내한다. 다양한 길이와 두께의 망치가 종류별로 물구나무서있다.

진호는 디자인이 마음에 드는 것부터 가장 튼튼해 보이는 제품까지 차례대로 손에 쥐고 휘둘렀다.

"뭘 하려고 망치를 그렇게 야구방망이처럼 휘둘러?" 사장이 의아한 표정으로 물었다.

"문 좀 부수려고요." 진호는 거침없이 대답했다.

"문을 부순다고?" 예상치 못한 답변에 사장이 고개를 갸웃거린다.

"네, 열쇠가 없어서요." 진호가 새로운 망치를 들고 휘두른다. 방금 것보다 가볍다.

"어…. 그러면 열쇠공을 부르는 게 낫지 않을까?"

"열쇠공은 도와줄 것 같지 않아서요. 괜찮아요. 제가 알아서 할게요." 진호는 솔직하게 말하되, 모든 사실을 털어놓진 않았다. 병원에 침입할 계획을 당당히 밝히면 경찰을 부를 게 뻔하다.

"음." 눈썹을 찡그린 채 수염을 쓰다듬던 사장은 입을 열었다. "그래, 뭐. 그쪽도 뭔가 사정이 있겠지." 개운한 표정은 아니었으나, 진호에게 맡기기로 했는지 더 캐묻진 않았다.

진호는 여러 망치를 시험해 본 뒤 가장 손맛이 좋은 망치를 택했다. 그의 최종 선택은 슬래지 해머로, 속칭 '오함마'라고 불리는 양손 망치다. 손잡이에 붙은 가격표는 보지도 않았다. 어차피 동네 철물점에서 파는 망치다. 800만 원을 넘을 리 없다.

"사장님, 혹시 용접용 가면은 어디 있나요?"

"용접면은 출입문 근처!"

진녹색밖에 없을 줄 알았던 용접면도 종류가 다양했다. 흰색, 검은색, 회색, 주황색까지. 가면 별로 착용법도 천차만별이다. 벨트를 두르듯 머리를 한 바퀴 휘감는 방식, 마스크처럼 끈을 귀에 거는 방식, 턱 밑에 달린 막대를 한 손으로 쥐고 얼굴을 가리는 방식도 있다. 용접면만 나눠줘도 가면극을 열 수 있을 정도다. 진호는 가장 친숙한 벨트 방식의 초록색 용접면을 택했다.

진호는 계산대에 용접면과 망치를 올리며 말했다. "계산 부탁드릴게요."

"다해서 7만 2천 원!" 우렁찬 목소리. 뜻밖의 수익에 신이 난 모양이다.

필요한 물건은 전부 준비했다. 이제 진호는 집으로 돌아가 먹고 싶은 음식을 마음껏 시킬 것이다. 치킨, 햄버거, 떡볶이, 초밥, 탕수육 등. 마지막 만찬을 배가 터지도록 즐겨야지.

새벽이 되면 참빛의원을 찾아가리라. 망치로 문을 부수고 침입해 프로포폴을 가지고 나올 것이다. 집으로 돌아온 후에는 앱솔루트 두 병을 단숨에 들이켠다. 술기운에 무감각해진 왼팔에 프로포폴을 주사하고 스마트폰에서 흘러나오는 Bon Jovi의 노래를 들으며 잠들면, 그게 진호의 마지막 밤이다.

* * *

새벽 세 시. 술을 파는 번화가가 아닌 이상 보행자가 없을 시간. 진호는 단단한 용접면을 머리에 두른 채 집에서 나왔다.

그가 마지막으로 선택한 외출복은 조금 독특했다. 종아리까지 내려오는 검은 롱패딩 안에 옷깃이 턱 끝까지 올라오는 청재킷과 복숭아뼈를 덮고도 남는 길이의 부츠핏 청바지를 입었다. 심지어 신발은 단단한 가죽 롱부츠다. 모두 유리 파편에 찔리지 않겠다는 결연한 의지를 표명한 패션이다.

'새벽은 시원하네.'

차가운 공기, 차도와 인도의 구분이 없는 적막한 아스팔트 길. 진호를 제외하면 아무도 없다. 아무리 초겨울이라지만 롱패딩은 아직 이르지 않을까 걱정했는데, 기우였다. 진호는 80cm 길이의 양손 망치를 기분 좋게 흔들거리며 참빛의원으로 향했다. 망치가 바람을 가르는 소리, 바닥을 밟을 때마다 구두 굽이 뚜벅이는 흥얼거림이 음량을 키운 듯 선명하게 들린다. 진호는 무선이어폰을 양쪽 귀에 꽂고 신나는 팝송을 틀었다.

'상쾌하다.' 진호가 본인에겐 들리지 않는 휘파람을 불며 밤하늘을 올려다본다. 용접면 렌즈 너머로 보이는 청량한 달빛이 아름답다. 온몸에 충만하게 차오르는 해방감. 오늘은 해방의 날이다.

10분 정도 걸었을까, 스마트폰이 목적지에 도착했음을 알린다. 사진 속 건물은 어디에 있는가. 진호는 고개를 두리번거리며 주위를 살폈다.

'저기인가?' 건물 외벽에 달린 불 꺼진 간판이 보인다. 2층 간판에 초록색으로 두꺼운 글씨가 쓰여있다.

- 참빛의원

'맞네.'

진호가 다시 한번 주위를 살핀다. 아무도 없다. 이곳은 주택가도 아니니까. 주택가와 큰길 사이, 규모가 작은 학원과 식당, 잡다한 가게들이 모여있는 애매한 상권이다. 건물 앞에 하얀색 SUV가 한대 주차 되어있긴 하지만 그 역시 빈 차다.

진호는 긴장감 없이 늘어져 있던 망치에 뚜렷한 목표를 심어줬다. 속삭이듯 나지막한 발소리가 남영빌딩을 향해 다가간다.

가까이서 본 빌딩은 벽돌을 쌓아 건축한 낡은 회색 건물이었다. 처음 지었을 때는 하 던 벽이 곰팡이가 슬어 회색이 되었는지도 모르겠다. 그만큼 세월의 흐름이 명확하게 느껴진다. 고개를 들어 건물을 올려다본다. 3층은 사물놀이 학원인 걸까? 창문에 붙은 풍물패의 사진이 달빛을 받아 희미하게 비친다. 1층에는 입주자가 나갔는지 텅 비어있다. 이상한 점이 있다면 빌딩 출입문이 활짝 열려있다는 점이다.

'새벽인데 문을 왜 열어놨지? 아직 안에 사람이 있나?'

긴장을 늦추지 않고 조심스레 건물을 살펴본다. 1층 벽면은 통유리창이다. 훤히 들여다보이는 내부에는 책상도, 의자도 없다. 텅 빈 공간만 덩그러니 존재한다. 일단 1층에는 아무도 없는 게 확실한데, 2층과 3층은 확인할 방법이 없다.

'창문만 보면 불은 꺼져있는 것 같은데…' 망설이던 진호는 인터넷에 2층의 참빛의원과 3층의 사물놀이 학원 이름을 검색해 보았다. 두 곳 모두 금일 영업 종료라고 적혀있다.

'건물주가 보안에 관심이 없나?' 따지고 보면 그리 이상한 얘기도 아니다. 건물주는 입주자한테 집값만 받으면 된다. 병원과 학원은 각 층에 출입문이 따로 달려있다. 그 문은 입주자가 알아서 관리하겠지. 각자가 알아서 문단속만 한다면야 이렇게 낡은 빌딩의 텅 빈 계단에서는 훔쳐 갈 물건도 없다.

'잘됐네.' 본래 그의 계획은 남영빌딩 1층 출입문을 부수는 것으로 시작이었다. 이렇게 되면 수고가 하나 줄어든 셈이다.

진호는 흥얼거리며 빌딩 내부로 들어갔다. 그러다 멈칫, '너무 어두운데?' 건물 안은 밖에서 느낀 모습보다 훨씬 캄캄했다. 지금까지 가로등 하나 없는 길을 걸으며 어둠에 적응했다 여겼는데, 오만이었다. 달빛이 해주는 안내는 생각보다 훨씬 눈부신 도움이었다.

이곳은 한줄기 별빛조차 들어오지 않는다. 마치 깊은 동굴 속에 떨어진 느낌이다. 하지만 괜찮다. 진호에게는 문명의 이기가 있으니까. 그는 스마트폰을 꺼내 플래시를 켰다.

윽, 갑자기 찔러오는 강렬한 빛에 진호는 눈을 감았다. 찡그린 눈으로 앞을 보니 지금까지 모습을 감추고 있던 은색 엘리베이터가 빛을 반사하고 있었다.

'엘리베이터도 있었네.' 이렇게 낡은 건물에 엘리베이터가 설치되어 있다니. 건축 당시에는 꽤 신식 건물 취급을 받았겠구나. 진호는 엘리베이터 버튼을 눌러보았다. 참빛의원은 2층이지만 엘리베이터가 작동하면 타고 올라갈 생각이었다. 그러나 예상대로, 엘리베이터는 작동하지 않았다. 애초에 층수를 표시해 주는 led 등도 꺼진 상태였다. 진호는 장난삼아 엘리베이터 문을 망치로 때리려다 이내 그만뒀다.

'얘도 불쌍하지.'

이 친구도 이런 낡은 건물보다는 고층빌딩에서 태어나고 싶었으리라. 화려한 야경을 감상하며 재벌들을 태우고 오르락내리락하는 삶을 지금도 동경할 것이다.

진호는 플래시를 이쪽저쪽 비추며 주변을 더욱 꼼꼼히 살폈다. 계단은 엘리베이터 바로 옆에 있었다. 검은색 무늬가 점점이 박혀있는 회색 시멘트 계단, 놋쇠로 만든 구리색 미끄럼 방지 발판이 붙어있다. 발판이 벗겨진 칸도 여럿 보인다.

'가볼까.' 진호가 녹슨 계단을 한칸 한칸 천천히 걸어 올라간다. 2층에 오르자 바로 앞에 유리문이 나타났다. 초록빛이 감도는 강화 유리에 상, 하단이 은색 철판으로 마감되어 있다. 유리문 옆, 비좁은 공간에는 입간판도 세워져 있다. 40대로 보이는 아저씨가 프린팅된 입간판이다. 그는 하얀 의사 가운을 입고 양손 엄지를 치켜세운 채 인위적인 미소를 지으며 종이 간판 안에 갇혀있다. 나이에 비해 빠르게 벗겨진 머리 위에는 머리카락 대신 참빛의원이라는 글자가 돋움체로 적혀있다.

'여기 맞네.' 진호는 걸리적거리는 입간판을 구석으로 대충 밀어내고 유리문 앞에 섰다. 마지막 복장 점검. 얼굴에 쓴 용접면 벨트를 조이고 청재킷 지퍼를 목 끝까지 올려 잠근다.

'좋아.' 그는 마운트에 올라선 타자처럼 문을 향해 몸을 측면으로 돌렸다. 두 발은 어깨너비로 벌리고 양손으로 망치를 단단히 쥐어 잡는다. 야구 배트를 들듯 치켜든 오함마. 그의 손등에 두꺼운 핏줄이 불거져 나온다. 그는 있는 힘껏 허리를 돌리며 망치로 유리문을 강타했다.

쾅! 고요하던 건물에 굉음이 울려 퍼졌다. 노이즈 캔슬링 기능을 켜놨음에도 귀가 윙윙 울릴 정도다.

기대와는 달리, 유리문은 깨지지 않았다. 망치를 휘두른 곳에 거미줄 모양의 금만 갔을 뿐이다. 그럼에도 불구하고, 문은 열렸다. 아니, 문은 애초에 잠겨있지 않았다. 참빛의원의 출입문은 몸을 앞뒤로 출렁거리며 진호를 어서 들어오라고 재촉하고 있다. 기묘한 일이다.

'이 건물 사람들은 전부 방범 개념이 없나…?' 영문을 알 수 없는 찝찝함이 남지만, 어쨌든 이번에도 수고가 하나 줄었다. 진호는 흔들거리는 문을 밀고 안으로 들어갔다.

그는 들어가자마자 전등 스위치부터 찾았다. 스위치는 출입문 바로 옆 벽면에 붙어있었다. 달칵, 전원 버튼을 누르니 천장에 설치된 기다란 백열등이 두어 번 깜빡이다 칠흑 같던 로비를 환하게 밝혀준다.

'역시 사람은 빛을 보고 살아야 해.' 이젠 죽겠지만. 그가 쓰고 있던 용접면 벨트를 풀러 바닥에 던진다. 답답하던 가면을 벗자, 시야가 한층 넓어졌다. 프로포폴은 어디에 있을까. 주변을 쓱 둘러본다. 로비에는 없겠지. 진료실 아니면 수술실에 있으리라.

참빛의원 로비에는 출입문을 제외하면 총 다섯 개의 문이 있었다. 연두색 문 네 짝과 하얀색 문 한 짝. 연두색 문 상단에는 각각 진료실, 촬영실, 수술실, 원장실이라고 적힌 문패가 달려있다. 홀로 문패가 없는 하얀 문은 아마 창고일 것이다.

'우선 진료실부터 가볼까.'

딱 봐도 나무 문이다. 이런 문은 잠겨있어도 충분히 부실 수 있다. 그러나 진호는 망치를 휘두르기 전에 손잡이부터 쥐어봤다. 동그란 손잡이가 부드럽게 돌아가며 문이 열린다.

'여기도 열려있네.'

문 근처 벽면을 더듬으니 전등 스위치가 만져진다. 불을 켜자 넓지 않은 진료실이 한눈에 들어왔다. 환자용 침대, 등받이 없는 의자, 의사용 컴퓨터 책상, 고급 회전의자, 갈색 책장과 서랍장. 특별한 것 없는 단출한 구성이다. 진료실이라서 그럴까? 척 보기에는 약품이 많아 보이진 않는다. 그래도 아직 모른다. 서랍을 열어보면 각종 약물이 종류별로 정리되어 있을 수도 있지.

진호는 진료실을 탐색하기 시작했다. 주사기는 바로 찾았다. 침대 옆에 놓인 의료용 카트 제일 위 칸에 용량별로 가지런히 놓여있더라. 감사하게도 주사기 마개까지 씌워져 있다. 진호는 50mL 주사기 8개를 챙겨 주머니에 넣었다.

문제는 프로포폴이다. 아무리 찾아봐도 프로포폴이 보이지 않는다. 의료용 카트를 뒤져봐도, 책상 서랍과 일반 서랍장을 열어봐도 없다.

진호는 슬슬 초조해지기 시작했다. 담당 과목을 잘못 고른 것은 아닐 터다. 정형외과는 분명 마취제를 사용하는 분야다. 그들은 살을 가르고 뼈를 붙여야 한다. 만약 여기에 프로포폴이 없다면 병원 규모가 문제라는 소리다. 개인병원에서 구할 수 없다면 종합병원이나 대학병원에 가야 하는데, 그런 곳은 입원 환자 탓에 간호사가 24시간 상주하고 있다. 일반인이 몰래 잠입할 수 있는 곳이 아니다.

고통 없이 죽는 것마저 이렇게 힘들 줄이야. 밤이 깊어서 그런지 몸도 피곤하다. 진호는 착잡한 마음으로 망치를 쥐고 진료실에서 나왔다. '수술실에는 있어야 하는데….' 애타는 마음으로 수술실을 향해 발걸음을 옮긴다. 그런데 웬걸.

벌컥, 원장실 문이 열렸다. 문 안쪽에 보이는 남성의 실루엣. 세로로는 납작한데 가로로는 넓적하다. 난데없이 누구지. 가만 보니 얼굴이 낯익다. 아, 병원에 들어오기 직전 입간판에서 본 사람이구나. 배너 속 얼굴은 40대였는데 지금은 아무리 잘 쳐줘도 쉰 이상이다.

배가 불룩한 그는 술에 많이 취했는지 꼬부라진 혀로 소리쳤다.

"너, 너 누구야!"

아, 피곤한데. 진호는 하품이 나왔다.

서은수.

167cm의 길쭉한 키, 가느다란 발목과 손가락, 보호본능을 자극하는 여리여리한 체구, 검은색 웨이브 머리에 목화처럼 희고 부드러운 피부, 살짝만 웃어도 초승달처럼 휘어지는 커다란 눈과 복숭아 같은 입술까지. 언뜻 보면 북극여우가 떠오르는 그녀의 이름은 서은수다.

올해로 스물여섯. 누가 봐도 미형인 외모 탓에 무빙워크를 걷듯 굴곡 없이 편안한 삶을 누렸으리라 단정 짓는 사람이 많지만, 사실 그녀의 인생은 그리 순탄치 않았다.

그녀는 용산구 후암동의 영락보린원, 다시 말해 고아원 출신이다. 그녀는 부모를 본 적이 없다. 어떤 남자와 어떤 여자가 사랑을 나눴는지도, 누구의 뱃속에서 몇 개월간 지내다 태어났는지도, 버려진 이유조차도 모른다. 재산 문제? 성격 차이? 단순 취향 탓일 수도 있다.

가장 오래된 기억을 파헤쳐 보아도 부모의 모습은 보이지 않는다. 뚝뚝 끊어지는 영상들 속, 넘치는 잡음에 줄거리도 없는 화면 속 배경은 이미 영락보린원이었다.

그래도 한 가지 사실은 확실하다. 살아있다는 것. 그거면 충분하다. 은수는 자신이 버려진 이유도, 누가 버렸는지도 관심 없다.

영락보린원의 아이들은 '부모'라는 단어에 민감했다. 누군가는 울음을 터트렸고, 누군가는 화를 냈으며, 누군가는 그리움에 젖고, 누군가는 체념하고 포기했다. 하지만 은수는 달랐다. '부모'라는 단어는 그녀에게 아무런 감정 변화도 주지 못했다. 부모란 아버지와 어머니를 아울러 이르는 낱말. 아버지는 자식을 낳게 도와준 남자, 어머니는 자식을 낳은 여자. 이게 끝이다.

은수는 본인이 태어났고, 이 세상에 살아 숨 쉬고 있다는 사실이 중요했다. '이미 태어났으니 즐겁게 살자.' 이것이 그녀의 인생관이다. 그렇다면 인생을 즐기는 방법은 무엇일까? 10살을 막 넘긴 어린 소녀는 열심히 고민했다. 애초에 즐긴다는 것은 무엇일까? 영락보린원 4층에는 학습실이 있다. 그녀는 학습실로 올라가 국어사전을 꺼내 'ㅈ' 항목을 찾아봤다.

- 즐기다(타동사) 1 즐거움을 누리다. 2 무엇을 좋아하다.

은수가 해석하기엔 첫 번째 뜻이 자신이 생각하던 문장과 더 어울렸다. 그녀는 인생을 좋아한다기보단 인생의 즐거움을 누리고 싶었다. 그녀는 눈을 감고 생각했다. '내가 언제 즐거움을 누리더라?' 아직 어린아이인 그녀가 즐겁다는 감정을 느끼는 순간은 직관적이고 순수했다. 맛있는 음식을 먹을 때, 친구와 장난칠 때, 주말에 늦잠을 자고 일어날 때.

은수는 고개를 끄덕였다. '매일 매일 친구와 놀며 삼시 세끼

맛있는 음식을 먹고 늦잠을 자면 인생을 즐길 수 있겠구나.'

그리곤 깨달았다. 인생을 즐기기 위해선 돈이 필요하다. 돈을 벌려면 직업을 가져야 한다. 좋은 직업을 갖기 위해선 높은 성적을 받아야 한다.

은수는 유능했다. 경쟁이 있을 때마다 남들보다 우위에 섰다. 외모는 타고 태어났으니 말할 것도 없고, 학업 역시 매번 우수한 성적을 거두었다.

머리가 좋기도 하지만, 한 가지 더 특별한 이유가 있다. 그녀는 양심이 없었다. 죄책감을 느끼지 않았다. 성공을 위한 행동이라면 지체 없이 실행했다. 그것이 남에게 피해를 준다 해도 신경 쓰지 않았다. 그녀는 오히려 다른 사람을 이해하지 못했다. '본인한테 이득인 걸 왜 안 하지?' 진심으로 이해가 가지 않았다.

중학교에 입학한 후로, 그녀는 항상 공부를 가장 잘하는 아이의 옆자리를 차지했다. 학기 초마다 담임 선생님께 직접 부탁한 결과다.

"선생님, 혹시 제가 서은이 옆자리에 앉아도 되나요?" 그녀는 순진한 얼굴로 물었다.

"왜? 특별한 이유가 있니?"

"서은이가 제일 똑똑하잖아요. 모르는 문제가 생기면 바로바로 물어보고 싶어서요."

이렇게만 말하면 선생님은 은수의 부탁을 흔쾌히 들어주었다. 고아원에서 자란 아이임에도 불구하고 엇나가지 않고 학업에 열심히 매진하는 모습을 대견하게 여길 정도였다.

매 시험마다 짝꿍의 답지를 훔쳐봤다. 시험 기간 일주일 전에는 모르는 문제를 물어보는 척 교무실에 들어가 아직 제작 중인 시험지 파일을 훔쳐보는 건 기본이었다.

교무실은 의외로 개방적인 공간이다. 시험지를 모니터 화면에 띄워둔 채 점심을 먹으러 가는 일도 비일비재하다.

한번은 식사를 빠르게 마치고 온 선생님과 마주친 적도 있었다.

"은수야, 거기서 뭐 하니?"

"아, 저희 담임 선생님께서 심부름시키셔서 기다리는 중이에요."

"그래, 고생이 많구나." 그는 은수의 머리를 한번 쓰다듬고 자신의 자리로 가 앉았다. 은수는 아무런 의심도 사지 않았다.

그녀의 부정은 한 번도 걸린 적이 없다. 세상에는 부정행위를 저지르는 아이란 무릇 성적이 낮고 불량스러울 거라는 이상한 믿음이 있다. 잘못된 편견이다. 하위권은 성적을 신경 쓰지 않는다. 성적에 관심이 없으니, 커닝할 의욕도 없다. 시험지를 훔쳐보고 답을 베끼는 아이는 상위권 학생들이다.

물론 은수가 얻어낸 높은 성적이 오로지 커닝에 의한 것은 아니다. 그녀가 교무실에 들어가 파일을 훔쳐보는 행동은 예습, 시험시간에 동급생이 적은 답을 훔쳐보는 건 복습일 뿐이었다. 그녀는 스스로도 공부를 게을리하지 않았다. 짝꿍이 쓴 답이 틀렸다고 생각될 때는 자신이 생각하는 답을 적어 제출했다. 그 결과 은수는 언제나 반에서 1등 혹은 2등. 전교에선 5등 이내의 성적을 유지했다.

그녀가 전공 고민을 시작한 시점은 15살이 된 해였다. 그녀는 별도의 취업 준비기간이 필요 없는 전공을 바랐다. 졸업하면 곧장 취직으로 이어지는 과. 평균보다 높은 소득수준은 당연한 전제다. 조건을 따지다 보니 미래는 자연스레 결정됐다. 높은 소득을 위해서 전문직을 골랐고, 높은 성적을 활용하기 위해 간호학과를 택했다. 그녀는 간호학과를 목표로 공부했다.

경제적 후원이 없는 탓에 자율형 사립 고등학교나 외국어 고등학교 등의 특성화고에 들어가진 못했다. 그래도 그녀는 일반고를 다니며 높은 성적을 유지했다. 결국 은수는 이화여대 간호학과에 수시 입학했다.

대학 생활 4년은 빠르게 지나갔다. 1, 2학년 때는 아르바이트를 하느라 성적을 신경 쓸 틈이 없었고 3, 4학년 때는 실습을 나가느라 아르바이트조차 할 틈이 없었다. 학교에 기숙사가 있어서 망정이지, 그마저 없었다면 은수는 고시텔 독방에서 지냈을 것이다.

다행히도 은수의 취업은 졸업장을 받기 전에 확정되었다. 용산구의 정형외과, 참빛의원이다. 그녀는 4학년이 끝나기 전에 그곳에 이력서를 제출했었다. 다른 병원에 비해 그곳이 여러모로 유리하다 느꼈기 때문이다.

일단, 영락보린원과 같은 용산구이기에 지리가 익숙해 낯선 환경에 적응할 필요가 없었다.

두 번째로, 참빛의원은 개인이 운영하는 병원이다. 은수는 학창 시절부터 대학병원보단 개인병원에 다니길 희망했다. 손님도 훨씬 적어 한가할 테고, 선배의 입김도 적을 테니까.

게다가 병원 소개 사진에 찍혀있는 원장의 얼굴을 본 순간, 은수는 합격을 확신했다. 쉰을 넘어 보이는 원장의 얼굴은 누가 봐도 여색을 밝히는 관상이었다. 음란한 탕아라기보단, 인생에서 사랑을 나눈 여자가 한 명도 없었기에 오히려 더욱 절박하게 여자를 밝히는 남성의 몽타주였다. 포토샵으로 뭉개놓은 피부는 실물이 어떨지 짐작하게 했고, 이목구비 역시 작고 옹졸했으며, 무엇보다도 머리숱이 현저히 적었다. 이력서 제출 시 증명사진 첨부는 필수라고 적어둔 것만 보아도 알 수 있다. 얼굴 보고 뽑겠다는 뜻이다.

은수의 예상은 완벽히 적중했다. 면접을 보는 내내 원장의 시선은 은수의 몸과 얼굴만 위아래로 늑진하게 핥았다. 질문에 대한 은수의 답변은 듣지도 않았다. 은수가 대답 중간중간 원장에 대한 욕을 섞어도 그는 몰랐을 것이다.

은수는 그렇게 졸업 다음 날부터 즉시 참빛의원에 출근하게 되었다. 그녀는 병원 근처에서 가장 저렴한 빌라 월세방에 들어가 출근을 시작했다. 고아원에서 자라 스물넷이라는 어린 나이로 서울 시내 한복판의 병원에 출근하는 간호사가 되다니. 고생한 보람이 있구나. 뿌듯함과 동시에 기대가 차올랐다.

'이제부터 착실히 돈을 모으면 삼십 초반부터는 인생을 즐길 수 있을 거야.'

하지만 애석하게도, 여색에 미친 참빛의원 원장 윤상범은 은수의 예상을 아득히 초월하는 광인이었다.

***

은수의 첫 출근 날, 그녀는 병원 출입문 앞에 섰다.

'오늘부터 진짜 시작이구나.' 그녀는 심호흡을 한번하고 참빛 의원의 문을 열었다.

"안녕하세요." 은수가 밝은 미소를 지으며 힘차게 인사를 건 넸다.

계산대에는 은수보다 연상으로 보이는 간호사가 한 명 있었다. 은수만큼 예쁘지만, 종이 다르다. 그녀는 아담한 강아지상이다.

"어서 와요. 이번에 새로 들어왔다던 은수 씨 맞죠?" 그녀는 밝은 미소로 은수를 환영했다.

"네, 맞아요. 잘 부탁드립니다." 은수가 고개를 꾸벅 숙였다.

"저도 잘 부탁드려요. 혹시 나이가 어떻게 되세요? 되게 어려 보이는데."

"저, 스물넷이에요. 이화여대 간호학과 졸업하자마자 바로 이 력서 넣었습니다! 혹시 선배님은 나이가 어떻게 되시나요…?"

"제 이름은 김가영이고요. 나이는 맞춰봐요."

"음, 스물여섯…?"

푸하하, 자그마한 강아지가 호탕하게 웃는다. "은수 씨 사회생 활 잘하시네. 고마워요. 저는 올해로 스물여덟이에요. 편하게 언 니라고 불러요."

"네, 언니! 잘 부탁드리겠습니다." 은수가 다시 한번 고개를 숙 인다. 순조로운 시작이다. 간호사라는 직업은 선배의 성격에 따라 업무 난이도가 크게 달라진다. 가영은 성격이 아주 밝아 보인다.

"혹시 간호사는 언니랑 저랑 둘이 끝인가요?" 은수는 주변을 둘러보며 물었다. 로비에는 은수와 가영을 제외하면 아무도 없다.

"아니요. 한 분 더 있어요. 수간호사이신 최수미 선생님인데, 그분은 아마 10분 정도 후에 출근하실 거예요."

수간호사면 적어도 가영보다는 나이가 많겠지. 진료 시간이 거의 다 되어서 출근한다는 얘기를 보면 성실한 성격도 아닐 듯 싶다. 상관없다. 나한테만 피해를 안 주면 된다.

"아, 그리고 지금 원장실 안에 원장님 계시니까 들어가서 인사드리세요." 가영이 원장실을 가리키며 말했다.

"앗, 알겠습니다."

은수는 원장실이라 적혀있는 문 앞으로 걸어가 조심스레 문을 두드렸다.

"들어오세요." 면접 때 들었던 목소리다. 은수는 살며시 문을 열었다. 책상에 놓인 모니터 너머로 상범의 휑한 정수리가 보인다. 건축 자재를 미처 못 모은 비둘기의 둥지 같다.

"안녕하세요. 오늘부터 근무하게 된 서은수입니다. 잘 부탁드립니다."

팽팽하게 당겨져 있던 고무줄이 끊기듯 책상에 박혀있던 고개가 홱 들렸다. 상범이 몇 없는 머리숱을 휘날리며 벌떡 일어난다. 짤막하다. 두 다리를 쭉 펴고 섰는데도 앉아있을 때와 키가 비슷하다.

"은수 양! 어서 와요. 오는 길 힘들진 않았어요?" 잔뜩 상기된 얼굴. 그가 양팔을 활짝 펼치며 은수에게 걸어온다.

"네. 근처에 괜찮은 월세방을 구했어요. 걱정해 주셔서 감사합니다."

멀리서는 은수보다 작아 보였는데, 가까이 다가오니 은수보다 손톱 하나만큼은 크다. 그러나 어깨높이는 은수가 확연히 위다. 머리가 큰 탓에 실제 키보다 작아 보이는 모양이다.

"아니에요, 당연히 걱정해야지." 그가 은수의 손목을 덥석 잡았다.

'뭐지?' 손가락이 손바닥보다 짧고 뭉뚝하다. 사회에서 말하는 단풍손의 정석이다. 그보다 왜 손목을 잡는 거지? 은수의 동그란 눈이 깜빡거리며 상범을 쳐다본다.

"따라와요. 오늘이 첫 경험이잖아요. 병원 안내해 줄게요."

"네? 아니요. 괜찮아요. 제가 천천히 익힐게요." 그리 넓지도 않은 병원이다. 은수는 그에게 잡히지 않은 왼손으로 열심히 손사래를 쳤다.

"무슨 소리예요. 이런 건 원래 원장 역할이에요."

은수가 남자여도 이랬을까? 상범은 기어코 은수의 손목을 꼭 붙든 채 진료실과 로비, 창고 구석구석을 보여줬다. 원장이 신입 간호사를 데려간 최종 종착지는 수술실이었다.

새하얀 방. 중앙에 수술용 침대 하나가 놓여있고 그 위에는 무영등이 달려있다. 어디서나 볼 수 있는 평범한 수술실 기계와 장비, 도구가 있는 곳이다. 안내를 해주겠다고 한 것치곤 하나도 특별할 게 없었다.

상범이 멀뚱히 서 있는 은수를 수술실 한쪽 벽에 내장된 선반으로 끌고 갔다. 그가 실실 웃으며 선반 두 번째 칸을 가리킨다. 그곳에는 진공 포장된 의료용 라텍스 장갑이 겹겹이 쌓여있다.

"우리 병원에서 쓰는 장갑은 다른 곳보다 훨씬 고급이에요."

'그렇구나. 그래서 뭐 어쩌라는 거지?' 은수는 억지 미소를 지으며 답했다. "아, 네. 좋네요."

상범이 장갑이 들어있는 비닐 팩을 하나 집더니 포장을 뜯기 시작했다.

'다른 곳보다 비싸다면서 저걸 갑자기 왜 뜯는담?'

"손 줘봐요."

"네?" 은수는 양손을 등 뒤로 숨겼다. 무의식적인 보호본능이었다. 하지만 상범은 주저 없이 그녀의 오른손을 자신의 가슴 앞으로 끌어당겼다.

"지금 보면 장갑 손목 부분 안쪽이 밖으로 뒤집혀 있죠?"

"네…." 은수는 일그러지는 표정을 숨기며 고개를 주억였다.

"수술용 장갑을 낄 때는 장갑 겉면이 손에 닿으면 안 돼요. 오염되니까. 지금 밖으로 뒤집혀 있는 곳만 잡아서 조심스럽게 껴야 하는 거예요."

은수도 이미 다 알고 있는 내용이다.

"네." 그녀는 다시 고개를 끄덕였다. 이걸 지금 왜 알려주는 걸까.

상범은 방금 말한 방법대로 본인의 왼손에 장갑을 끼며 말했다. "그런데 이렇게 한쪽 손을 끼고 나면, 반대쪽 손은 한층 여유롭게 낄 수가 있어요. 이미 여기에 장갑을 끼워 놓았으니까 이손으로는 장갑 겉면을 잡아도 오염될 걱정이 없잖아요."

이것도 이미 알고 있는 내용이다. 그런데, 상범이 남은 장갑 한 짝을 들더니 은수의 손에 끼우기 시작했다.

"예? 이건 왜?"

"이렇게 쫀쫀하게… 공기가 들어갈 틈이 없도록," 상범이 그녀의 손바닥과 손등을 강하게 쓸어내린다. "밀착시키란 말이지요."

장갑은 이미 은수의 손에 착 달라붙었다. 고무와 피부 사이에 남아있는 기포는 없다. 그러나 상범의 뚱뚱한 손은 끝을 모르고 그녀의 손을 만지작거린다.

"좀… 알겠나요?" 그가 겁에 질린 은수의 눈을 바라보며 음흉한 미소를 짓는다.

은수의 가느다란 손가락 사이로 상범의 뭉땅한 손가락이 온몸을 비비며 마디마디를 들쑤신다. 은수는 전신에 소름이 돋아 버틸 수 없었다.

"아, 알겠습니다. 알려주셔서 감사합니다." 그녀는 황급히 장갑을 벗고 재빨리 수술실을 빠져나왔다. 상범은 도망치듯 멀어지는 은수의 뒷모습을 탐욕에 젖은 눈으로 응망했다.

그 후로도 상범의 스킨십은 지치지 않고 계속됐다. 은수가 카운터를 볼 때면 열심히 하는 모습이 보기 좋다며 머리를 쓰다듬었다. 새로 들어온 재고를 정리하면 힘들지 않냐며 팔뚝을 주무르고, 퇴근 시간이 다가오면 조금만 버티라며 등을 어깨부터 허리까지 자연스럽지도 않게 쓸어내렸다.

어느 정도의 터치는 예상하고 들어온 병원이지만, 이건 도를 넘었다. 하지만 은수는 꾹 참았다. 근무를 시작한 지 아직 한 달도 지나지 않았다.

'반년만 버티자.' 은수는 다짐했다. 반년은 버텨야 한다. 그전에는 이력서를 내봤자 면접도 못 갈 것이다. 현 직장에 적응하지 못해 다른 곳을 찾아보는 사람으로 생각할 게 뻔하기 때문이다. 그런 간호사는 어떤 병원도 원하지 않는다. 은수는 마음을 굳게 먹고 예정에 없던 고행길을 걷기 시작했다.

* * *

넉 달이 지났을까? 반년이 지났을지도 모른다. 은수는 의외로 상범의 접촉에 무뎌졌다. 사고 회로를 바꿔버린 덕분이다. 은수는 상범을 사람 취급하지 않았다. 그저 공간을 차지하는 물체, 사람의 가죽을 쓰고 자신에게 돈을 주는 기계라고 생각했다. 그러자 신기하게도, 불쾌감이 사라졌다. '아무렴 어때.' 상범이 아무리 자신을 만진다 한들 신체가 닳지도, 돈이 빠져나가지도 않는다. 이래서 찰스 다윈이 인간은 적응의 동물이라고 명했나 보다.

그렇게 초연한 마음으로 병원에 다니다 가을이 찾아올 무렵, 은수는 한 가지 의문이 떠올랐다. '왜 나만 만지지?' 못마땅하거나 억울해서가 아니다. 단순한 호기심이다.

참빛의원에는 은수 말고도 두 명의 간호사가 더 있다. 최수미와 김가영. 수간호사인 수미는 쉰하나니까 그렇다 쳐도, 가영은 원장의 레이더에 들어오고도 남을 만한 미인이다.

물론 키는 160 초반으로 은수보다 작다. 하지만 그녀는 단정한 단발머리에 말티즈같이 귀여운 얼굴과 쾌활한 성격을 갖추고 있다. 어딜 가도 남자가 줄줄 따라붙을 사람이다. 그런데 상범은 가영을 거들떠보지도 않는다. 출퇴근 인사나 업무상의 공적인 대화만 나눌 뿐, 마음의 거리는 되려 최수미보다도 멀어 보였다.

분명 가영도 면접을 보고 들어왔을 터. 그녀의 외모 역시 상범의 취향이라는 뜻일 텐데. 상범은 어째서 은수만 만져댈까?

처음에는 정말 논리적 이유가 궁금할 뿐이었는데, 시간이 갈수록 억울함도 솟아났다. 호기심과 억울함. 두 가지 감정의 만남은 더하기가 아니었다. 곱하기에 제곱에 시그마는 족히 되었다. 그 둘은 마치 콜라가 가득 찬 페트병에 멘토스를 들이부은 것처럼 순식간에 폭발해 버렸다.

어느 날 점심, 은수는 가영에게 다가가 물었다. "언니, 오늘 퇴근하고 시간 되세요?"

가영은 초롱초롱한 눈망울로 되물었다. "오늘? 갑자기 왜?"

"그래도 저희가 직장 선후배 사이잖아요. 더 친해지고 싶어서요. 제가 어젯밤에 생각해 봤더니 여기서 근무 시작한 지가 벌써 반년이 넘었는데 언니랑 둘이 술 마신 적이 한 번도 없더라고요."

가영이 밝게 웃으며 묻는다. "그래서 오늘 술 마시자고?" 강아지처럼 순수한 미소다.

"네, 안될까요?" 은수는 여우 같은 눈웃음으로 화답했다.

"안될 리가~! 나 술 좋아해. 좋아! 오늘 퇴근하고 술 마시자."

약속은 아주 간단하게 잡혔다.

"짠~!"

챙, 가영과 은수의 술잔이 가볍게 부딪친다. 가영이 맥주잔 안에 담긴 소맥을 시원스레 들이킨다. 은수는 예의 바르게 고개를 돌리며 잔을 꺾어 마셨다.

가게 천장에 달린 검은색 스피커에서는 2010년대 가요가 흘러나오고 있다. 누가 노래를 트는지는 몰라도, 선곡 센스가 훌륭하다. 자신도 모르게 리듬을 타게 만드는 노래만 줄줄이 흘러온다. 테이블 수가 조금만 적었다면 이곳은 클럽이 됐을 것이다.

"벌써 소주 두 병 끝났네? 은수, 너 술 잘 마신다!" 가영이 상기된 얼굴로 은수를 칭찬했다.

"음주는 정신력이죠, 언니." 은수는 실실 웃으며 술잔을 내려놓았다. 표정만 보면 술기운이 많이 올라 보이지만, 그녀의 얼굴은 전혀 빨개지지 않았다.

"저희 소주 한 병 더 주세요!" 가영이 직원을 향해 빈 소주병을 흔들어 보였다. 여러 직원 중에 가장 잘생긴 남직원을 향해 흔든 것은 본능일까.

은수는 가영의 상태를 살폈다. 흐트러진 상체, 올라간 입꼬리, 과감해진 동작. 슬슬 본론에 들어가도 되겠구나.

눈치를 보던 은수는 조심스레 입을 열었다. "그런데 언니, 제가 여쭤볼 게 있는데요."

"응? 뭔데? 다 물어봐!" 가영이 의자를 앞으로 끌어당긴다. 전래 동화를 앞둔 어린아이의 표정이다.

"혹시 언니한테도 원장님이 스킨십 많이 하세요?"

질문을 들은 가영의 표정이 순식간에 바뀌었다. 퇴근 이후로 쭉 싱글벙글하던 얼굴에 짜증이 들이닥쳤다. "그 인간이 너한테도 그러니?"

"아, 역시 언니한테도 해요?"

가영이 정색하며 고개를 젓는다. 테이블 중앙에 놓인 김치찌개를 한술 떠먹은 그녀는 입을 열었다. "예전엔 미친 듯이 달라붙었지. 지금은 안 해."

"진짜요? 어떻게 떨쳐낸 거예요?" 은수는 커다란 목소리로 물었다. 당연한 일이다. 한동안 시달리던 고민의 해결책을 눈앞에 두고 차분함을 유지하긴 부처도 쉽지 않다.

"나 유부녀거든. 결혼한 사람은 안 건드리더라. 마지막 양심인가 봐." 그녀는 직원이 가져온 소주병을 받으며 담담하게 말했다.

"네? 언니 결혼하셨었어요?"

"응, 얼마 안 됐어. 너 들어오기 석 달 전에." 가영이 왼손을 들어 보인다. 약지에 끼워진 자그마한 반지가 술집의 조명을 받으며 빛나고 있다.

석 달 전이면 작년 겨울인가. 언니가 유부녀였구나. 새로운 사실을 알게 된 놀라움이 잦아들자 곧이어 실망감이 밀물처럼 치고 들어온다.

"아…. 그러면 언니도 결혼 전까지는 계속 원장님한테 스킨십 당한 거예요?"

"스킨십으로 끝났으면 다행이지. 주말에는 계속 만나자고 하고, 안 만나주면 억지로 주말 출근시키고, 이래저래 난리도 아니었어." 안 좋았던 기억이 떠오르나 보다. 가영이 몸서리를 치더니 방금 따른 술을 한입에 털어 넣는다.

"아니, 근데… 결혼 전이면 남자친구가 있던 거잖아요. 원장님은 언니가 연애하고 있다는 사실을 모르셨어요?"

쾅! 그녀가 쥐고 있던 맥주잔을 거칠게 내려놓았다. 옆 테이블 손님이 깜짝 놀라 가영을 쳐다봤지만, 그녀는 신경 쓰지 않고 울분을 토했다.

"당연히 알았지! 내 카톡 프로필 사진도 연애하면서 같이 찍은 사진이었고 인스타에도 계속 데이트 사진 올렸단 말이야! 애초에 윤상범 그 새끼가 만나자고 할 때마다 남자친구랑 데이트 해야 해서 안 된다고 대놓고 말했다구!"

그 새끼라니, 저렇게 귀여운 입에서도 욕이 나오는구나. 분노가 많이 쌓였던 모양이다. 달래주고 싶지만, 궁금증을 푸는 게 우선이다. "그런데도 계속 달라붙은 거예요?"

후, 가영이 한숨을 쉬며 술잔을 쥔다. 술이 비었다. 은수는 재빨리 소주와 맥주를 황금 비율로 따라주었다.

"달라붙은 수준이 아니야. 남자친구랑 헤어지고 자기랑 만나자더라."

"네?" 진심으로 경악했다. 그녀는 벌어지는 입을 가리며 물었다. "진짜예요?"

"응, 완전 미쳤지? 근데 정신병자는 자기가 미친 줄을 몰라. 그 새끼는 오히려 나를 멍청이 취급했어. 본인이 병원 원장인 거 모르냐고. 자기랑 만나지 않는 게 상식적으로 말이 되냐고 역정을 내더라."

들고만 있어도 치가 떨리는 얘기다. 와중에 새로 탄 술잔에는 맥주 거품이 부드럽게 올라온다. 은수는 황당한 얼굴로 자신이 탄 소맥을 조심스레 건네며 물었다. "그래서 어떻게 하셨어요?"

가영이 자연스레 술잔을 받아 목을 축인다. 술의 냉기 덕인지, 목에 서 있던 핏대가 조금은 가라앉는다.

"어떻게 하긴, 그냥 무시했지. 무시하고 빨리 결혼식 올렸어. 그 후로는 그 새끼가 날 무시하더라." 그녀가 입술에 묻은 거품을 손등으로 훔친다. 이제는 160 초반의 귀여운 여성이 아닌 덩치 큰 바이킹 일족과 잔을 나누는 느낌이다.

"근데 생각해 보면 그게 더 소름 돋지 않아?"

"왜요?"

"봐봐. 내가 유부녀가 되자마자 나한테 찝쩍대는 걸 멈췄어. 거의 이중인격자처럼 인격이 싹 바뀌었다니까? 나는 쌍둥이가 대리 출근한 줄 알았잖아. 그러다 곧바로 공고를 올리더니 신입 간호사를 뽑데?" 가영의 검지가 은수를 가리킨다. "그게 너야."

목이 바짝 말랐다. 은수는 손을 뻗어 거품 꺼진 소맥을 한 모금 마셨다. 차갑고 쓰다.

"이 말은 뭐냐, 원장은 자기 결혼 상대를 찾으려고 간호사를 뽑는다는 얘기야. 냉정하게 말하면 병원 업무는 수미 쌤이랑 나만 있어도 충분하거든. 너를 만지는 것도 본인 성욕 해소가 목적이 아니라 널 꼬시려고 그러는 거야. 그런다고 넘어갈 리가 없는데, 그 인간은 자기가 잘난 줄 아는 거지."

이 말이 사실이라면 정말 끔찍하다. 은수는 어색한 웃음을 지으며 애써 부정했다. "에이, 아무리 그래도 원장님 나이가 쉰둘이신데 저를 결혼 상대로 보신다고요…?"

"내 말이! 그래서 더 소름 돋는 거야! 외모라도 좀 괜찮으면 말을 안 해. 배는 짐볼처럼 불룩한 게 머리는 흉년이고, 얼굴은 두더지잖아! 완전 추남의 표본인 주제에 무슨 자신감이야?"

하, 단전에서부터 깊은 한숨이 올라온다. '이러다 정말로 원장한테 고백받으면 어떡하지…?'

"…네가 지금 스물넷인가?"

"맞아요." 은수는 힘없이 고개를 끄덕였다.

"어휴, 무슨 갓 졸업한 어린애한테 들이대. 양심이 없나, 진짜…. 차라리 수미 쌤이랑 사귈 것이지."

은수는 머쓱했다. 방금 발언은 수미 쌤에게도 실례 아닌가?

"그거 알아? 수미 쌤은 원장한테 마음 있는 것 같더라."

켁, 식도로 넘어가던 술이 입 밖으로 쏟아졌다.

"에고, 괜찮아? 몰랐구나." 가영이 티슈를 뽑아 은수에게 건네준다.

"네, 네. 괜찮아요. 감사해요." 은수가 티슈를 받아 자신의 입가와 테이블을 닦다가 묻는다. "근데 진짜예요?"

"응, 확실해. 원장이 한창 나 따라다닐 때 수미 쌤이 나 질투하면서 엄청 괴롭혔거든. 그때 진짜 힘들었는데…." 그녀의 미간에 주름이 잡힌다. 안 좋은 기억에 머리가 지끈거리나 보다. "수미 쌤이 너는 안 괴롭혀?"

"네, 저한테는 딱히…. 조금 쌀쌀맞으시다는 인상이 있긴 했는데 괴롭힌다는 느낌은 못 받았어요."

"그럼 다행이네…." 가영이 젓가락으로 소시지를 하나 집어 입에 넣는다. "아, 너 남자친구 있어?"

"아뇨, 없죠. 대학도 여대 나왔고. 그동안 너무 바빠서 연애할 틈이 없었어요."

"그나마 다행이네…. 아닌가? 오히려 남자친구 있는 게 나았으려나…?"

가영이 뒤통수를 박박 긁는다. 확실히 술자리는 귀여운 외모와 대비되는 그녀의 털털한 성격을 더욱 선명하게 보여주는 장소다.

"혹시나 해서 묻는 건데, 원장이랑 잘해볼 생각은 없지?"

"네?" 은수는 굳어지는 표정을 숨기지 못한 채 가영을 쳐다봤다.

"아냐, 내가 취했나 보다. 방금 말은 못 들은 걸로 해."

은수가 입술을 삐죽 내밀며 말한다. "저도 눈은 있어요…."

"그래, 당연하지. 미안해." 자신의 말실수에 당황한 가영은 고개를 빠르게 끄덕였다.

"은수야, 어서 결혼하자. 내 경험상 원장한테서 벗어나려면 결혼밖에 답이 없더라. 그래도 원장이 건드리지만 않으면 우리 병원 위치도 나름 좋고 월급도 괜찮아."

그녀가 술잔을 앞으로 내민다.

"내가 주변에 좋은 남자 보이면 바로 소개해 줄게. 조금만 참아."

"감사합니다…."

짠, 가영과 은수의 식도로 차가운 소맥이 흘러 넘어갔다.

그날 새벽, 가영과 헤어진 은수는 월세방으로 돌아왔다. 세수와 양치를 대충 마치고 매트리스에 몸을 던진다. 매트리스가 흔들리는 만큼 몸 안을 가득 메운 알코올도 함께 출렁인다. 원장 얘기를 꺼낼 때까지만 해도 정신이 또렷했는데, 이후로 각종 푸념과 신세 한탄을 늘어놓다 보니 스멀스멀 차오르는 취기를 막을 수 없었다. 엎어져 있는 몸을 뒤집자 자그마한 천장이 빙글빙글 돈다.

가영 언니는 내가 걷고 있는 길을 이미 지나간 사람이구나. 최수미 선생님은 원장을 좋아하는 중이구나.

하긴, 따지고 보면 그렇게 이상한 일도 아니다. 수미는 쉰을 넘은 나이에 독신이다. 170에 가까운 큰 키에 여장 남자 같은 듬직한 체형은 평범한 남자들의 이상향과도 거리가 멀다. 어쩌면 그녀에게 상범은 미혼을 벗어나기 위한 유일한 탈출구일지도 모른다.

"아." 이제야 의문이 풀렸다. 수미가 향수를 뿌리고 오던 이유. 그녀는 매일 같이 말린 자두 냄새가 나는 향수를 듬뿍 뿌린 채 출근했다. 일이 끝나면 곧장 집으로 퇴근하는 사람이 향수는 왜 뿌리고 오나 했는데, 원장을 꼬시기 위한 발악이었구나.

원장은 왜 수미의 마음을 받아주지 않을까? 그가 수미와 사귄다면 모두가 평화로워질 텐데. 나이로 봐도, 외모로 봐도 그 둘은 환상의 커플이다.

'제발 주제 파악 좀 하세요, 원장님.' 은수는 이불을 턱 끝까지 끌어올리고 옆으로 돌아누웠다. 술 탓인가, 원장 탓인가. 속이 메슥거려 쉽게 잠이 오질 않는 밤이다.

* * *

'꽃이 진 뒤에야 봄이었음을 압니다.'라는 말이 있다. 은수는 살짝 달랐다. 그녀는 자신이 겨울을 나고 있다고 생각했는데, 겨울은 아직 오지 않았었더라.

은수가 참빛의원에서 근무를 시작한 지 9개월을 넘길 무렵, 상범이 그녀에게 다가와 물었다. "은수 양, 오늘 퇴근하고 뭐해?"

"집에 가죠." 반사적으로 대답한 그녀는 아차 싶었다. 약속이 가득하다고 말해야 했는데. 서류 정리에 정신이 팔려 출제자의 의도를 파악하지 못한 탓이다.

"그럼 나랑 밥 먹을래?"

망했구나. 목덜미가 뻣뻣하게 당겨왔다.

"아, 근데 원장님. 제가 오늘 요가를 하는 날이라서."

"집 간다며?" 상범은 하나도 귀엽지 않은 눈을 동그랗게 뜨고 물었다.

"집에서 하는 홈 요가예요. 유튜브 보면서 하려고요."

"요가해도 어차피 저녁은 먹어야 하잖아. 저녁 먹은 후에 해. 내가 사줄게."

물러서지 않는 상범. 거절할 명분이 없다. 은수는 착잡하게 고개를 끄덕이며 말했다. "알겠습니다⋯."

저녁에는 마라탕을 배달해 먹으려던 생각에 신나 있었는데, 계획이 전부 망가졌다. 더 소름 돋는 부분은 (상범과 은수는 눈치채지 못했지만) 그들의 뒤에 수미가 서 있었다는 점이다. 그녀는 상범과 은수의 대화를 핏발이 선 눈으로 노려보고 있었다.

그날이 기점이었다. 상범의 저녁 제안을 승낙하지 말았어야 했는데. 그것을 기폭제로 은수의 일상이 확 바뀌어버렸다. 매주 7일 중 최소 이틀은 상범의 것이 되었다. 24년 인생을 살며 자의로 놀러 간 곳보다 취직 이후로 상범에 의해 억지로 끌려간 곳이 더 많아졌다. 만날 때마다 식사는 기본. 카페, 전시관, 영화관, 골프장, 술집 등등. 서로의 집만 빼고 사람이 갈 수 있는 곳이라면 어디든 갔다.

평범한 인간이라면 이쯤에서 정신이 망가졌을 것이다. 그러나 은수는 어떻게든 버텨냈다. 버틸 수 있는 이유가 있었다. 어딜 가든 결제는 모두 상범이 했기 때문이다. 집에서는 햇반만 먹어도 돈이 드는데 상범을 만나면 고급 일식집에서 오마카세를 먹어도 은수의 통장 잔고는 1원도 깎이지 않는다.

식사 내내 앞에서, 혹은 옆에서 들려오는 흑색 소음만 감수하면 된다. 은수는 이를 리듬 게임으로 치부했다. 상범의 말이 끝날 때마다 고개를 끄덕여 주기. 내용은 신경 쓰지 않아도 된다. '다', '어' 등의 어미가 나올 때마다 고개를 위아래로 흔들면 끝이다. 그렇게 대충 맞장구를 쳐주며 정신은 고급 요리를 음미하는 데 집중하면 나름 괜찮은 여흥이 되었다.

진정한 문제는 따로 있었다. 최수미다.

가영의 말이 맞았다. 그녀는 상범을 좋아했다. 좋아하기만 하면 괜찮았을 텐데. 그녀는 둔각으로 과하게 비뚤어진 애정을 꽈배기처럼 뒤틀린 방식으로 표현했다.

상범이 은수를 만지작거릴 때, 수미는 이미 은수를 증오하고 있었다. 그래도 그녀는 참았다. 은수가 상범을 만진 것은 아니니까. 하지만, 은수가 상범의 데이트 신청을 수락한 순간, 그 모습은 수미가 은수를 괴롭히는 신호탄이 되었다.

그녀는 연륜에서 우러나온 갖가지 방법으로 은수를 괴롭혔다. 은수가 화장실에 갈 때면 물청소를 한답시고 바닥에 물을 부어 그녀의 신발을 젖게 만들고, 잘 쓰고 있는 머리망을 풀어보라 하더니 머리가 너무 길다며 가위로 썩둑 자르기도 했다. 복도에서 마주치면 있는 힘껏 어깨를 들이받는 것은 일상이 됐다. 은수가 복도 벽에 매미처럼 찰싹 붙어 길을 비켜주어도, 수미는 붉은 깃발에 돌진하는 검은 소처럼 은수의 어깨와 팔을 부수고 지나갔다. 학창 시절에도 겪어보지 못한 유치하고 악랄한 괴롭힘이다.

은수는 억울하고 황당했다. 나도 원해서 하는 데이트가 아닌데. 울며 겨자 먹기도 아니다. 겨자쯤은 웃으면서 쭉쭉 짜 먹을 수 있다. 은수가 상범의 데이트에 응했던 것은 곰팡이가 난발한 돼지비계를 억지로 입에 쑤셔 넣는 차원의 비참함이었다.

한번은 은수도 화를 못 참은 적이 있었다. 그날은 수미가 은수에게 몸통 박치기를 한 지 세 번째 된 날이었다.

다음 날 아침, 출근 전 은수는 압정에 테이프를 붙여 자신의 팔에 달았다.

'네 번이면 죽을 사(死)는 각오해야지.'

수미한테 언어맞던 부분에 정확히 부착했다. 하지만 옷을 입어보니 압정 바늘이 천을 뚫고 나오더라. 슬쩍 봐도 '너한테 복수할 거야'라는 확고한 증오가 드러났다. 이걸 그대로 달고 가면 무슨 일이 벌어질까. 나비의 날갯짓이 태풍을 일으키듯 자그마한 바늘이 칼부림을 일으키리라. 다짐이 무색하다. 은수는 압정을 떼어내 쓰레기통에 버렸다.

보복이 없으니 괴롭힘은 계속되었다. 그녀는 수간호사라는 권력을 이용해 모든 업무를 은수에게 몰아줬다. 창고 정리, 안내 문자 발송, 병원 청소 등 잡다한 업무에서 시작해 간호기록지 작성, 간호행정처리, 진료 보조에 원래는 자신이 하던 각종 물품 대장 확인 및 점검까지 은수에게 미뤘다. 심지어는 배달이 가능한 식당을 굳이 직접 가서 포장해 오라는 지시도 빈번했다. 배달을 시키면 점심시간에 못 맞출 수 있다는 게 표면적인 이유였다.

하루는 은수가 바닥을 쓰는 모습을 안타깝게 여긴 가영이 자기도 도와주겠다며 그녀의 빗자루를 가져갔다. 하지만 수미는 그 꼴을 두고 보지 않았다.

"김가영, 너 왜 서은수 빗자루를 뺏어가?" 그녀는 마치 도둑을 잡은 경찰인 양 기세등등하게 물었다.

"네? 저도 지금 할 거 없으니까 같이 청소하려고요."

"이거 내가 일부러 시킨 거야. 신입 교육해야지."

"은수는 이미 청소 할 줄 아는데요…." 그 당당하던 가영도 수미의 앞에선 움츠러들었다.

"알기만 하면 돼? 익숙해져야 할 거 아니야. 너도 처음 들어왔을 때 네가 혼자 일 다 했던 거 기억 안 나? 애는 안 시킬 거야?"

전부 질투심에서 비롯된 갈굼이었던 주제에. 입이 근질거렸지만, 차마 밖으로 뱉을 순 없었다. 가영은 고개를 숙이며 말했다.

"알겠습니다, 죄송합니다."

자신을 도와주려고 빗자루를 가져갔다가 되려 수미에게 혼나고 있는 가영의 모습. 그 둘을 가만히 지켜보던 은수는 물었다.

"선생님, 근데 왜 신입 교육을 들어온 지 1년이 다 돼서야 시키세요?"

"뭐?" 수미가 기가 찬 얼굴로 은수를 바라본다.

"지금까진 다 같이 공평하게 나눠서 했잖아요. 신입 교육이 목적이면 저 들어왔을 때 바로 시키셨어야죠." 은수의 눈은 천연하나, 말투는 사늘했다.

가영은 갑작스레 펼쳐진 상황에 가슴이 두근거렸다. 은수가 이렇게 당돌한 성격이었나. 동시에 그녀의 앞날도 걱정됐다. 이래도 되는 건가? 가영은 파래진 얼굴로 수미의 안색을 살폈다. 수미의 얼굴은 도깨비처럼 붉게 물들었다. 파랑과 빨강. 태극기를 만들어도 될 정도로 확연한 색 차이다.

"가영아." 뜻밖에도, 수미는 가영의 이름을 불렀다.

"네?" 가영은 깜짝 놀라며 답했다.

"얘 버르장머리 왜 이래? 너 신입 예절 교육 안 했어?" 은수에게 향할 줄 알았던 도깨비방망이는 가영을 무자비하게 뚜드려 패기 시작했다.

"죄송합니다!" 가영이 연달아 고개를 숙이며 용서를 구한다.

은수는 엉망이 되는 언니의 모습을 보면서도 죄책감은 들지 않았다. 다만 수미에 대한 살의를 느꼈을 뿐이다. 은수는 가영처럼 참고 넘어가는 성격이 아니다.

그날 저녁, 은수는 상범과 태국 음식점에 갔다. 은수는 팟타이를 우물우물 씹으며 끊임없이 이어지는 상범의 이야기에 공백이 생기는 시기를 기다렸다.

인고의 시간이 흐르다 마침내 마가 뜬 순간, 은수가 입을 열었다. "원장님, 수미 선생님께서 원장님 좋아하는 거 아세요?" 그녀가 식사 도중 상범에게 말을 건 것은 이번이 처음이었다.

훗, 상범이 나르시시즘에 찬 코웃음을 치며 말한다. "알지."

알고 있었구나. 이게 더 열받는다. '제가 원장님 싫어하는 건 모르세요?'라는 일갈이 목구멍까지 차오른다. 하지만 진정해야 한다. 온 힘을 다해 흥분을 가라앉힌 은수는 차분히 말을 이었다. "그래서 제가 고민이에요."

"응? 은수 양이 왜?" 상범이 능글맞은 미소를 지으며 묻는다.

은근슬쩍 올라가는 입꼬리가 거북하다. 내가 지금 질투하는 줄 아는 건가? 오른손에 쥔 포크로 올라간 입술을 악어처럼 찢어주고 싶다. 하지만 참아야 한다. 지금은 연기에 몰입할 시간이다.

"제가 요새 원장님과 약속이 잦잖아요. 지금도 이렇게 같이 밥 먹고 있고. 그러다 보니 수미 선생님께서 저를 질투하시더라고요." 최대한 시무룩하게, 최대한 불쌍하게. 그녀는 미모를 미끼로 동정(童貞)의 동정(同情)심을 자극했다.

"질투한다고? 설마 막 괴롭히고 그래?" 걱정하는 척하면서 입은 웃고 있다. 자신이 인기남이 되었다는 사실에 신이 났나 보다. 그의 상체가 은수를 향해 잔뜩 기울어진다.

은수는 그런 상범의 모습을 보며 어처구니가 뽑혀 나갔다. 수미가 자신을 좋아하는 사실은 알면서 남들을 괴롭힌 사실은 몰랐던 건가. 지독히 자기중심적인 시야다. 그녀는 역겨움을 꾹 참고 다음 대본을 읽었다. "네, 일도 저한테 다 떠넘기시고, 손찌검도 하시고…. 저 진짜 힘들어요." 은수가 왼손에 든 숟가락을 만지작거리며 눈을 아래로 내리깐다.

잠시 말을 멈추며 긴장을 끌어올리다가,

셋, 둘, 하나.

지금이다.

"…그래서 이제 병원 그만두려고요."

상범의 입이 떡 벌어진다. 포크로 찢지도 않았는데 악어가 되어버렸네. 이빨 사이사이로 씹다 남은 돼지고기가 보인다. 눈이 질끈 감기는 광경이다. 은수는 고개를 숙이며 마지막 결정타를 날렸다. "그동안 감사했습니다."

"뭐?! 무슨 소리야!" 상범이 자리에서 벌떡 일어나며 소리쳤다. "아냐, 아니야. 조금만 기다려 봐. 내가 앞으로는 절대 그런 일 없도록 단단히 조치할게. 일단 내일은 병원 나오지 말고 쉬어. 월급은 그대로 챙겨줄 테니까 걱정하지 말고, 알았지?"

상범은 은수가 내린 미끼를 바늘까지 와락 물었다. 허둥거리는 상범의 모습. 은수는 터져 나오는 웃음을 숨기느라 또 한 번 고개를 숙여야 했다.

그날 이후로 수미의 괴롭힘은 사라졌다. 눈빛에 서린 노여움은 더욱 강해졌지만, 그녀가 어떤 눈으로 보든 은수는 신경 쓰지 않았다. 마지막 남은 문제는 하나. 상범만 해결하면 평범한 일상을 되찾을 수 있다.

'가영 언니 말대로 결혼밖에 답이 없나?'

결혼. 가영은 결혼이 유일한 방법이라 했다. 실제로 그녀는 결혼을 통해 상범을 떨쳐냈다. 하지만 은수는 남자가 없다. 가영도 남자를 찾는 즉시 소개해 줄 것을 약속했지만, 소식이 들리지 않는다. 유부녀가 어디서 새로운 남자를 찾겠는가.

한번은, 정말 말도 안 되지만, 상범과 결혼하는 인생도 고려해 봤다. 그와 함께 다니면 알 수 있다. 그는 돈이 많다. 그는 가격표를 보지 않는다. 어디를 가던 마음에 드는 물건이 보이면 탐욕스러운 미소를 지으며 제 것으로 만든다.

좋아하는 여자 앞에서 부리는 수컷의 허세가 아니다. 그는 경제관념이 신생아에 가깝다. 그가 입는 옷이 이를 증명한다. 손목에 꽉 낀 시계부터 족발에 신은 구두까지. 명품에 관해선 식견이 좁은 은수도 전부 아는 브랜드다.

병원 원장이니까 그 정도 벌이는 당연하다고 여길 수 있지만, 아니다. 은수는 참빛의원에서 간호사로 일하고 있기에 안다. 이곳은 돈이 안 된다. 위치선정을 잘못했기 때문이다. 가영과 술을 마시며 나눴던 '병원 위치가 좋다'는 얘기도 경영자가 아닌 간호사의 입장에서 한 말이었다. 참빛의원이 입주한 거리는 유동인구도 적고 근처 주민들의 소득수준도 낮아 손님이 오지 않는다. 게다가 참빛의원은 정형외과다. 일반적으로 뼈가 부러지면 대형 병원에 간다. 개인병원에 찾아오는 경우는 그리 많지 않다.

그러나 상범은 돈을 아끼지 않는다. 간호사도 세 명이나 뽑았고 그들에게 주는 월급도 다른 개인병원에 비하면 많은 편에 속한다. 그 돈은 어디서 오는 것일까? 답은 하나다. 부모님의 지원. 그는 부모님의 등골을 빨아먹는 오십 년 묵은 모기가 틀림없다. 그렇다면 상범이 부모의 재산을 전부 가지게 되는 건 언제쯤일까? 상범이 부모에 관한 얘기를 하는 타입은 아니지만, 자신이 외동이라는 사실은 밝힌 적이 있다. 부모가 수명을 다하면 모든 재산은 그의 차지라는 뜻이다.

은수는 대략 셈을 해보았다. 상범의 나이가 올해로 쉰둘. 부모의 나이는 양쪽 다 최소 일흔둘은 넘겼으리라. 1940년생 부부면 가부장적인 시대 특성상 남자가 재산을 관리할 확률이 높다. 그리고 남자의 수명은 여자보다 짧다. 아버지의 나이를 대략 75세라 치면 평균 수명까지 남은 시간은 오 년 정도. 그가 죽으면 유산의 절반 정도는 상범에게 들어올 것이다. 아니, 상범의 씀씀이를 보면 이미 들어왔을 수도 있다. 그렇다면 은수는 상범과 결혼한 뒤 그를 죽여서 재산을 독차지하면 된다.

그녀는 간호사다. 의약품에 대한 지식이 해박하다. 주사기를 이용해 사람 한 명 독살쯤이야 간단한 일이다. 부부 사이처럼 가

까운 관계라면 더욱 쉽다. 하지만…. '아무리 그래도 결혼하자마자 죽이면 누군가는 의심하겠지.'

다른 방법도 생각해 봤다. 병사는 어떨까? 상범과 결혼하면 요리는 은수의 몫이 될 것이다. 매일 기름진 음식을 식탁에 올리면 지방간과 고혈압의 합작 살인을 일으킬 수 있다.

계속해서 머리를 굴리던 은수는 고개를 저었다. 결혼은 역시 현실성이 없다. 그녀가 아무리 상범을 무생물로 여긴다 한들, 그에게 접촉을 허용할 수 있는 부위는 어깨와 팔, 손이 한계다. 그 이상은 때려죽여도 못한다. 음식물 쓰레기도 무생물이지만 그것에 키스를 못 하는 것과 같은 이치다.

상범의 누런 입술만 봐도 그렇다. 얼마나 관리를 안 하는지 각질이 군데군데 붙어있고 주름이 자글자글하다. 유통기한이 훌쩍 지나 물컹하게 늘어진 명란젓을 보는 듯하다. 그곳에 입술이 닿는 상황은… 상상만 해도 구역질이 올라온다. 실제로 입을 맞춘다면 상범은 독사나 병사가 아닌, 주먹에 맞아 죽을 것이다.

그러나 결혼하면 스킨십은 필수다. 신혼 기간에는 아직 마음이 준비가 덜 되었다고 둘러댄다 쳐도, 일 년을 넘길 즈음엔 상범도 더는 참지 못할 것이다. 어쩌면 그도 은수의 계획을 눈치채고 이혼을 요구할 수도 있다.

사람을 일 년 안에 지방간으로 죽이기. 묶어놓고 입에 기름을 들이붓지 않는 이상 힘들 것이다. 결국 은수는 인정했다. 재산을 빼앗기 위해 결혼하는 건 헛된 망상이구나. 그녀는 아무리 노력해도 상범을 이성으로 볼 수 없다. 사람으로 보기도 힘들다.

문제는 그런 상범의 스킨십이 멈출 생각을 안 한다는 것이다. 병원에서 당하는 접촉은 참을 수 있다. 무생물과 부딪혔다고 자신을 세뇌하면 된다. 하지만 거리에서 이뤄지는 스킨십은 버티기가 힘들다. 타인의 시선 탓이다.

가영과 수미는 상범과 은수의 일방적인 관계를 알고 있다. 거리에서 마주하는 수많은 행인은 둘의 관계를 모른다. 은수가 왜 상범의 손을 잡고 걷고 있는지, 어깨를 허락하는지 모른다. 은수는 타인의 시선을 느낄 때마다 수치스러워서 고개를 들 수가 없다. 그들이 서로 얘기를 나누면 자신을 욕하는 것 같고, 웃음을 터뜨리면 자신을 비웃는 것 같다. 모든 것이 자신을 향한 모욕과 멸시로 느껴진다.

고다이바 부인을 아는가. 은수는 인터넷에서 우연히 존 콜리어가 그린 '레이디 고다이바' 그림을 본 후로 그녀에게 동질감을 느꼈다. 은수는 상범의 옆에서 걸을 때면 자신이 그녀가 된 기분을 느낀다. 그녀와 차이가 있다면, 은수의 런웨이에 참석한 관객은 모두가 피핑 톰이라는 점이다.

무력한 은수가 그나마 할 수 있는 저항은 거리 두기였다. 상범이 손을 잡으려고 하면 주머니에 손을 넣고, 어깨를 감싸려 하면 걸음을 재촉해 그의 품을 빠져나왔다. 하지만 상범의 포위망은 날이 갈수록 은수를 좁혀왔다.

결국 사건은 올해 봄, 5월의 주말에 터졌다. 약속은 여느 때와 같이 일방적인 통보로 성사됐다.

- 은수 양, 한 시 반까지 홍대입구역 3번 출구 앞으로 와.

하, 문자를 받자마자 한숨이 흘러나왔다. '오늘은 언제쯤 집에 갈 수 있으려나.' 그녀는 상범과 만나기 싫다는 마음을 온몸으로 표현했다. 후줄근한 회색 추리닝에 검은색 모자를 눌러쓰고 해진 운동화를 구겨 신기. 문제는 그래도 예쁘다는 점이다. 그녀는 식당이 역에서 가깝기만을 바라며 약속 장소로 향했다.

홍대입구역에 도착해 3번 출구로 올라온 은수는 시간을 확인했다. 정확히 1시 30분이다. 주변을 둘러보니 늙은 돼지는 보이지 않고, 화창한 햇빛을 듬뿍 받으며 주말을 즐기는 커플만 가득하다. 그들은 서로에게 최선을 다하고자 안 그래도 예쁘고 멋진 외면을 한껏 꾸미고 왔다. 화사하게 빛나는 주변을 둘러본 은수는 비참한 감정을 억누르며 모자챙을 코끝까지 당겼다.

'윤상범 그 자식은 사람을 불러놓고선 시간도 안 지키네.' 역시 안 될 놈이야, 라고 생각하는 것도 잠시.

"꺅!" 갑작스레 그녀의 쇄골 앞으로 축축한 살덩어리 두 개가 쑥 들어왔다. 돼지인 줄 알았는데 인간의 팔이다. 뚱뚱한 양팔이 은수를 힘껏 껴안는다. 소스라치게 놀란 그녀는 그대로 굳어버렸다.

"은수 양 많이 기다렸어? 조금 늦었네." 상범이 은수의 오른쪽 귀에 음습한 문장을 속삭인다.

퍼뜩 정신이 든 은수가 상범의 팔을 뿌리치며 소리친다. "지금 뭐 하시는 거예요?"

"응? 뭐야? 왜 이렇게 예민해?" 상범이 당황하며 손목에 찬

시계를 확인한다. "겨우 5분 늦었다고 이렇게 화내는 거야?" 상범이 서운하다는 표정을 짓는다. 안 그래도 작은 눈이 좁쌀만 해졌다.

"그게 아니라, 저를 왜 껴안으시냐고요!" 높아진 언성. 주위 사람들이 은수를 놀란 눈으로 쳐다본다. 이런 인간과 말다툼하는 모습을 홍대 한복판에서 보여줘야 한다니. 창피해서 견딜 수가 없다. 은수가 고개를 숙이며 모자를 다시 눌러쓰는데 상범의 입에서 황당한 소리가 튀어나왔다.

"무슨 소리야. 사귀는 사이에 껴안지도 못해?"

은수는 그대로 멈췄다. 내가 제대로 들은 게 맞나? "뭐라고요…?"

"애인끼리 껴안지도 못하냐고. 가만 보면 나이는 어린 게 진도는 되게 느려."

"애인이요…? 저랑 원장님 말씀하시는 거예요?"

상범이 피식 웃는다. "그럼 누구 얘기겠어."

'뭐야 이 사람…?' 묵직한 공포감이 은수를 짓누른다. 이 인간은 정상이 아니구나. 은수의 본능이 그녀를 뒤로 한 발짝 밀어낸다.

"안색이 왜 그래? 어디 아파?" 뒤로 물러서는 은수를 향해 상범이 성큼성큼 다가간다.

"잠깐만요!" 은수는 양팔을 쭉 뻗어 필사적으로 상범을 막으며 소리쳤다. "대체 언제부터 제가 원장님 여자친구라고 생각하신 거예요? 저희 사귀기로 한 적 없었잖아요!"

"꼭 사귀자고 말해야만 사귀는 게 아니잖아. 퇴근하고 저녁 먹고, 주말마다 데이트하면 그게 연인이지. 설마 은수 양은 우리가 사귀는 줄 몰랐던 거야? 이러면 좀 섭섭한데." 상범이 얼굴을 찌푸린다. 능글맞은 표정. 푹 팬 이마 주름에 흥건하게 고여있던 땀방울이 질척하게 흘러내린다.

은수는 상범이 섭섭하든 비통하든 애석하든 아무 상관도 없다. 오히려 가슴이 미어터져 죽길 바라는 사람이다. 그녀는 어질거리는 정신을 간신히 붙잡으며 마지막 힘을 쥐어 짜내 말했다. "원장님, 저는 원장님 애인이 아니에요. 퇴근 후에 밥을 먹은 것도, 주말에 원장님이 부르신 것도 다 업무의 연장선상이라고 생각해서 나간 거예요. 앞으론 병원 밖에선 만나는 일 없게 하겠습니다."

그녀는 고개를 꾸벅 숙인 뒤 곧바로 상범의 옆을 지나쳐, 홍대입구역 3번 출구 계단을 달리듯이 내려갔다. 뒤에서는 50대 중년 남성이 욕지거리를 섞어가며 서은수의 이름을 부르짖었으나, 은수는 뒤도 돌아보지 않았다.

집으로 돌아가는 지하철. 오늘따라 더욱 덜컹거림이 심하다. 미처 앉지 못한 승객에게 균형을 잃지 말라고 만들어 준 손잡이도 갈피를 못 잡고 휘청거린다.

지금 은수는 그 덜렁거리는 손잡이에 온몸을 의지하고 있다. 공허한 눈으로 차창을 바라보는 그녀의 모습이 퍽 처량하다. 차창 밖으로 쏜살같이 흘러가는 수많은 풍경이 은수의 눈에는 하나도 담기지 않는다.

얼마나 힘든가, 얼마나 괴로운가. 그럼에도 그녀는 예쁘다. 슬픔에 잠겨도 변함없이 아리땁다. 같은 칸에 탑승한 남성은 모두 창밖을, 핸드폰을, 전광판을 보는 척하며 그녀의 고운 얼굴을 훔쳐본다. 그러나 은수는 그러한 찬미가 하나도 달갑지 않았다.

'내가 예쁘지 않았다면 이런 일도 없었으려나.'

은수가 스마트폰을 열어 통장 잔액을 확인한다. 열심히 모았다고 생각했다. 생각으로 그치지 않았다. 실제로 열심히 모았다.

어째서일까? 계좌에 들어있는 금액은 400만 원이 채 안 된다. 답은 간단하다. 대학을 졸업한 후로는 기숙사를 나와야 했고, 월세를 비롯한 각종 세금과 생활비가 그녀의 저축을 허용하지 않았기 때문이다.

400만 원. 21세기 대한민국에서는 직장을 잃으면 반년도 못 버티는 액수다. 참빛의원에서 잘린다면 즉시 새로운 일자리를 구해야 한다. 그러나, 도저히 기운이 나지 않는다. 아무것도 하기 싫다. 그래도 해야 한다. 태어났으면 일을 해야 하는 게 현재 사회다.

저항 없이 빠져나가는 의욕을 억지로 붙잡으며 인터넷을 켰다. 취업 지원 사이트에 접속해 구인 공고를 찾아본다. 서울 소재 병원에서 개시한 간호사 구인 공고. 용산구에 올라온 공고는 단 2건, 그중 1건은 간호조무사다.

'일단 간호조무사도 전부 지원하자…' 가녀린 손가락이 힘없이 움직인다.

집에 도착한 은수는 착잡한 마음으로 옷을 벗었다. 평소 같으면 빨래통으로 들어갈 옷이지만, 이제는 한 번의 세탁비도 아껴야 한다. 그녀는 밖에서 묻은 먼지를 털어낸 뒤 주름지지 않도록 곱게 펴서 옷장 안에 걸었다. 문득 책상에 올려둔 달력이 보인다. 오늘은 토요일. 참빛의원의 휴무일은 일요일이다.

'월요일부터 나오지 말라고 하겠지?'

정당한 사유가 없으면 해고를 못 하는 게 근로기준법이지만, 참빛의원은 개인병원이다. 개인병원에선 원장이 말하는 게 법. 사유는 만들면 그만이다. 은수가 아무리 억울함을 호소해 봤자 사회는 들어주지 않는다.

그녀는 최선을 다했다. 원장에게 본심을 토해냈고, 다른 병원에 이력서를 제출했다. 이제 그녀가 할 수 있는 일은 없다. 매트리스 위에 멍하니 누워 다가올 운명을 기다릴 뿐.

의외로 그녀의 스마트폰은 조용했다. 주말 내내 아무런 기별이 없었다. 기묘하다. 물론 참빛의원에서 잘리지 않고 계속 월급을 받을 수 있다면 좋은 일이다. 하지만 어렴풋이 맴도는 불안감이 지워지질 않는다.

'말이 안 되는데….' 새롭게 지원한 병원에서 답장이 없는 건 이해할 수 있다. 그러나 상범한테까지 아무런 연락이 없는 게 가능한 일인가?

평소 그의 성격을 생각하면 부재중 전화가 10통 넘게 쌓여있어야 자연스러운 상황이다. 그런데 지금 그는 문자 한 통조차 보내지 않고 있다. 대체 왜? 집으로 돌아가는 길에 사고를 당한 걸까? 혹시 전부 꿈인가? 오늘 밤, 눈을 감았다 뜨면 나는 영락보린원에서 일어나는 건가?

끝을 모르고 뻗어나가던 은수의 의문은 다음 날 출근과 함께 해소되었다.

월요일 아침, 은수는 마른침을 삼키며 참빛의원의 문을 밀었다.

"은수 양 왔어?" 기분 나쁜 목소리가 그녀를 맞이한다.

목소리의 출처는 멀지 않았다. 평소에는 원장실에 박혀있던 돼지가 오늘 아침은 로비에서 은수를 기다리고 있었다. 그가 평퍼짐한 배를 출렁이며 은수를 향해 다가온다.

"원장님께서 인사를 하면 대답을 해야지."

이번 목소리가 들린 곳은 접수대. 그곳에는 웬일로 일찍 출근한 수미가 싱글거리며 서 있었다. 애정하는 아침 드라마를 시청하는 아줌마의 얼굴이다.

"야, 인사 안 하냐고." 이틀 사이에 상범의 말투가 많이 달라졌다.

"…안녕하세요." 은수는 꺾이지 않는 고개를 억지로 부러뜨렸다.

"너 여기저기 이력서 많이 냈더라?" 상범이 냉소를 섞으며 말했다.

은수의 하얀 피부가 더욱 창백해진다.

"내가 그걸 모를 줄 알았어? 야, 의사끼리 네트워크는 거미줄이야. 네가 생각하는 것보다 훨씬 끈끈하게 이어져 있다고. 내가 말 한마디 하면 너는 절대로 취업 못 해."

입이 바짝 말라온다. 인생, 즐겨야 하는데.

"그리고 이미 한마디 했지. 너는 남자 환자 꼬셔서 등쳐먹는 악독한 년이라고."

"네?! 저 그런 적 없어요!" 은수가 화들짝 놀라며 소리쳤다.

상범은 익살스러운 표정을 지으며 양손으로 귀를 막는다. 할리우드에서나 볼법한 과장된 제스처다. 그는 현 상황이 너무나도 즐거운 모양이다.

"알지, 은수 양 그런 적 없는 거 잘 알지. 근데, 안 했다는 증거 있어?"

은수는 입을 꽉 깨물며 상범을 노려봤다. 어금니가 부서질 것만 같다.

"…명예훼손으로 고소할 거예요."

푸흡, 상범이 같잖다는 듯 웃으며 묻는다. "고소할 돈은 있고?"

말문이 턱 막힌다.

"아니다. 빚을 내서라도 해봐. 재밌겠네. 야, 나 법조계에도 인맥 많아. 판사가 과연 네 말을 믿을까, 내 말을 믿을까?"

죽이고 싶다. 죽이고 싶다. 죽이고 싶다. 은수가 살벌하게 원장을 쏘아본다.

상범은 전혀 개의치 않으며 자꾸만 은수를 약 올린다. "참고로 말하는데, 나는 이제 너 안 봐줄 거야. 앞으로 내 말 한 번이라도 안 듣지? 그 순간 너는 바로 해고야. 너 여기서 잘리면 갈 곳 하나도 없다?"

딸랑, 아슬한 지점에서 참빛의원의 문이 열렸다.

"좋은 아침입니다~!" 가영이다. 밝은 표정으로 인사를 마친 그녀는 평소와 다른 분위기를 직감했다. 로비에 은수와 수미, 상범 셋이 모두 모여있다. "…다들 여기서 뭐 하세요?"

"아무것도 아니야, 잠깐 얘기할 게 있었거든." 상범이 씩 웃으며 원장실로 들어간다.

문 앞에서 발을 떼지 못하던 가영은 원장이 사라지자마자 은수에게로 달려왔다.

"은수야 괜찮아? 표정이 왜 그래?"

은수의 얼굴은 주사기로 핏물을 다 뽑아낸 듯 창백하다.

"…아니에요."

로비에는 아직 수미가 있다. 가영은 닫혀있는 원장실 문을 노려보며 조용히 속삭였다. "원장 새끼가 또 괴롭혔어…?"

은수가 조용히 고개를 끄덕인다.

"…내가 다른 병원 일자리 있나 알아봐 줄게, 조금만 버티자."

이루지 못할 약속이란 걸 알지만, 이번에도 은수는 조용히 고개를 끄덕였다.

＊＊＊

상범과 수미는 한마음 한뜻으로 은수를 괴롭혔다. 지옥에서 죽으면 가는 지옥이 이런 느낌일까, 하루하루가 고통으로 가득 찼다.

수미는 상범을 등에 업고 모든 잡일을 은수에게 몰아넣었다. 상범은 잡일에도 속하지 않는 해괴한 일을 은수에게 시켰다.

원래 여섯 시던 은수의 퇴근 시간은 기본이 아홉 시가 되었다. 당장이라도 사표를 내고 싶지만 그러면 먹고살 방법이 없다. 다른 병원에서 연락이 올 때까지 버텨야 한다. 하지만 아무리 지원 범위를 넓혀봐도 그녀의 스마트폰은 울리지 않았다.

상범이 시키는 업무 중 가장 최악은 의학 논문 번역이었다. 그는 일주일에 최소 두 번 이상 이상한 논문을 찾아와 은수에게 던져줬다.

"퇴근 전까지 번역 끝내서 내 책상 위에 올려놓고 가."

번역 업무가 주어진 날엔 자정이 넘어서야 퇴근할 수 있었다. 심지어 그가 주는 논문은 날이 갈수록 두꺼워졌고 국적도 다양해졌다. 하루는 독어, 하루는 불어, 스페인어에 베트남어까지. 논문이 컴퓨터 파일이었다면 인터넷 번역기의 힘을 빌렸겠지만, 괴롭힘이 목적인 논문은 언제나 종이에 적혀있었다.

덕분에 은수는 한 글자 한 글자 직접 타자를 쳐야 했다. 50페이지를 훌쩍 넘는 종이에 적힌 이국의 문자. 한글이나 영어가 아닌 다른 나라의 언어를 키보드로 쳐보는 것도 처음이었다.

보람이라곤 하나도 없다. 번역을 하다 보면 자연히 그것에 대한 지식이 쌓이게 된다만, 상범이 주는 논문은 정형과 관련된 글도 아니었다. 그는 그저 양이 많은 논문을 주는 것이다. 애초에 개인 연구도 진행하지 않는 사람이 무슨 논문을 읽겠는가?

하루는 논문의 내용을 바꿔보기도 했다. 첫 장부터 이상한 내용으로 채우면 들킬 수 있으니 전체 분량의 4분의 3지점에서 문단 두 개의 순서를 교체해 보았다. 아무리 생각해도 은수가 번역한 논문을 상범이 하나하나 꼼꼼히 검사할 것 같지는 않았다.

비록 파리가 날린다지만, 그도 한 병원의 원장이다. 자신에게 쓸모도 없는 논문을 전부 읽기엔 시간이 허락하지 않을 것이다. 설령 시간이 있다고 한들, 그런 식으로 사용하는 것 자체가 너무 아깝지 않을까?

은수는 자신이 판 함정을 상범이 눈치채지 못하기만을 간절히 빌었다. 상범이 논문을 읽지 않는다면 은수는 퇴근 시간을 확 앞당길 수 있다. 앞쪽 서너 장만 보여주기식으로 번역하고 뒷부분은 그럴듯한 텍스트로 대충 때우면 되니까. 어차피 은수를 제외한 셋은 퇴근이 늦어봤자 일곱 시다. 그때까지만 번역 업무를 연기하다가 병원에 홀로 남게 되는 즉시 퇴근하면 된다. 병원 내부 CCTV 관리도 은수가 맡게 된 지 한 달이 넘었다. 아무도 그녀가 몇 시에 퇴근하는지 모르리라.

다음 날 아침, 은수는 전날 번역한 함정 논문을 상범에게 건넸다.

"어제 맡기신 논문입니다."

상범은 그녀를 힐끗 쳐다보곤 말했다. "어, 책상에 두고 가."

그녀는 업무시간 내내 상범의 눈치를 살폈다. 두근거리는 심장을 진정시키느라 업무에 집중하기도 힘들었다. 마침내 퇴근 시간에 도달하자, 종일 초조했던 몸이 느슨하게 풀어졌다. 상범은 은수가 판 함정을 눈치채지 못했다.

'역시 어떻게 번역하든 상관없었구나.' 은수는 퇴근을 준비하는 원장을 바라보며 안도의 한숨을 내쉬었다. 동시에 아쉬운 마음도 들었다. 조금만 더 빨리 시험해 볼걸. 뭐 하러 여태까지 고생했을까? 시원섭섭한 마음으로 남은 잔업을 하려는데, 얼굴을 잔뜩 찡그린 수미가 은수를 향해 걸어왔다.

'왜 저러지?'

코앞까지 다가온 수미는 돌연 은수의 얼굴에 종이 뭉치를 집어던졌다. 어제 번역한 논문이다.

"서은수, 번역 똑바로 안 해?"

"네?" 은수는 어안이 벙벙했다. 이걸 왜 수미 쌤이?

"38페이지 문단 순서가 뒤죽박죽이잖아. 졸면서 번역해? 이렇게 대충하면서 월급 받을 수 있을 것 같아?"

은수는 바로 고개를 숙이며 용서를 빌었다. "죄송합니다, 제가 피곤했나 봐요. 정말로 죄송합니다." 지금은 사죄가 답이다. 참 빛의원에서 잘리면 갈 곳이 없다.

그날 밤 은수는 깨달았다. 상범과 수미는 자신을 치밀하게 괴롭힐 수 있는 체계적인 분업 시스템을 만들었구나. 분명하다. 그동안 은수가 받은 논문은 이미 번역본이 존재하는 논문이다. 상범은 수미에게는 번역본을, 은수에게는 원문을 주겠지. 그 후 은수가 번역을 마치면 수미에게 검토를 시키는 것이다. 수미는 자신이 하던 업무를 모두 은수에게 넘겨줬으니 논문을 검토할 여유가 충분하다.

완벽하게 갇힌 인생. 은수는 절망으로 짙게 문드러졌다.

그 후로 시간이 얼마나 흘렀는지 모르겠다. 못해도 반년은 넘은 듯하다. 은수는 가뭄에 시들어 가는 난초처럼 하루하루를 버텼다.

오늘도 참빛의원에는 그녀만 남았다. 원장실 의자에 앉아 논문을 번역한다. 종이, 모니터, 종이, 모니터. 생기를 잃은 눈동자가 진자 운동을 한다.

외어 타자는 익숙해졌다. 날이 갈수록 늘어나는 분량이 괴로울 뿐이다. 오늘 그녀에게 던져진 논문은 총 107장. 눈이 뻑뻑하고 아리다. 그녀는 여전히 예쁘지만, 2년 전과 비교하면 눈그늘이 심하게 어두워졌다. 건강미는 빠지고 퇴폐미가 추가되었달까. 물론 바라지 않았던 변화다. 그녀는 생화로 살고 싶었다. 드라이플라워가 되고 싶었던 적은 없다.

현재 시각은 새벽 2시 52분. 번역 중인 장은 92쪽. 그녀는 주머니에서 안약을 꺼냈다. 몇 개월 전부터 필수로 챙기기 시작한 소지품이다. 고개를 들고 안약을 양쪽 눈에 두 방울씩 떨어뜨린다. 후, 하얗게 튼 입술 사이로 한숨이 흘러나왔다.

'세 시 반 전에는 집에 갈 수 있으려나.'

상범과 수미는 6시 정각에 모습을 감췄다. 가영 역시 7시가 되자 남편에게 저녁을 줘야 한다며 미안한 얼굴로 먼저 퇴근했다. 텅 빈 배가 쓰리다. 저녁은 근처 편의점에서 파는 삼각김밥으로 대충 때웠는데, 그것도 벌써 8시간이 지났다.

장으로 담가진 기분이다. 우울과 회의, 치욕과 번뇌에 잔뜩 버무려진 채 참빛의원이라는 독에 담가졌다. 장독 뚜껑을 밀어 봐도 너무나 무거워 도무지 열리질 않는다. 설령 밀고 나간다 해도 장독대가 한없이 높아 달리 갈 곳이 없을 것이다.

시체와 같이 회색 키보드를 톡톡 두드리던 은수는 문득 새로운 의문이 떠올랐다.

'내가 이걸 왜 하고 있지?' 안 하면 잘리니까. '잘리면 어때서?' 다른 곳에는 취직을 못 하니까. '취직을 못 하는 게 왜?' 직업이 없으면 돈을 못 버니까. '돈을 벌어야 하는 이유는?' 돈이 있어야 인생을 즐길 수 있으니까. '…지금 내 인생은 즐겁나?'

즐겁지 않다. 돈을 벌고자 읽지도 않는 논문을 악착같이 번역하며 참빛의원에 붙어있는 건데, 하나도 즐겁지 않다. 오히려 하루하루가 괴롭고 미쳐버릴 것만 같다.

은수는 허탈했다. 내가 왜 이런 가시밭길을 걷고 있었는가. 그녀는 즐기기 위해 살아왔다. 공부를 열심히 한 것도, 돈을 벌기로 한 것도, 간호사가 된 것도 모두 인생을 즐기기 위함이었다. 그런데 전혀 즐겁지 않다. 여기서 평생 월급을 빌어먹으며 살아봤자 아무런 의미가 없다.

그제야 은수는 깨달았다. 이번 생은 이미 망했구나.

"죽자."

은수의 입에서 미소가 실실 흘러나온다. 모든 것을 포기하자 마음이 편해졌다.

그때, 병원 출입문에 달아둔 자그마한 종이 딸랑거리며 울렸다.

'…잘못 들은 건가?' 지금은 새벽 3시다. 누군가 들어올 리가 없는데. 은수는 저도 모르게 숨을 죽이고 온 신경을 귀에 집중했다.

"은수 양 열심히 일하고 있나~?" 로비에서 들려오는 혐오스러운 목소리. 윤상범이다. 말투만 들어도 알 수 있다. 지금 그는 술에 잔뜩 절어 있다.

'저 인간은 갑자기 여길 왜 온 거야.'

질색하는 은수의 마음이 무색하게도 원장실 문고리는 막힘없이 돌아간다. 꽉 닫아놨던 문이 활짝 열렸다. 역시나 상범이다. 거나하게 취한 그의 얼굴이 대추처럼 벌겋다.

"여기 있었네!" 상범이 은수를 향해 비틀거리며 다가온다.

흡, 은수는 그의 오른손을 보고 놀란 숨을 들이 삼켰다. 그는 식칼을 쥐고 있었다. '뭐야…?' 죽고 싶다고 해서 식칼에 난도질 당하겠다는 뜻은 아니었다. 마지막만큼은 자유롭게, 원하는 방법대로 세상을 떠나고 싶었다.

은수는 상범을 자극하지 않도록 최대한 조심스럽게 물었다. "원장님, 무슨 일로 이 시간에 여기까지 오셨어요?"

"내가 여길 왜 왔겠어, 너 보려고 왔지." 상범은 헤실거리며 답했다.

그가 은수에게 조금씩 다가온다. 술기운에 허우적거리는 그의 발걸음과는 달리 식칼을 쥔 오른손에는 힘이 단단히 들어가 있다.

이제 상범과 은수의 간격은 70㎝. 둘 사이에 버티고 있는 컴퓨터 책상이 만들어 준 거리다. 은수의 건너편에 선 상범이 그녀를 조용히 내려다본다. 얼굴에 담겨있던 웃음기도 어느샌가 사라졌다.

"왜, 왜 그러세요…?"

쿵! 그가 왼손으로 책상을 내리쳤다. "솔직히 말해봐…. 너 다른 남자 있지?"

뜨거운 입김. 알코올을 담은 역한 날숨이 은수의 얼굴에 닿는다. 은수는 일그러지는 얼굴을 억지로 가누며 되물었다. "…네?"

"내가 말이야. 오늘 혼술을 했어. 혼자서 술을 마셨다고. 그러면서 곰곰이 생각해 봤거든? 그런데, 너는 분명 남자가 있어. 그렇지 않고서야 나랑 사귀지 않을 이유가 없잖아."

은수는 입을 꾹 다물고 상범을 바라봤다. 짜증이 한계를 넘어서니 경이롭다. 이 인간은 어떤 삶을 살아왔길래 이렇게까지 자존감이 높을까? 감탄만 나온다.

상범을 향하던 은수의 시선이 그가 쥔 식칼로 옮겨간다. 손아귀가 느슨했다면 당장이라도 식칼을 뺏어 목 중앙에 꽂아 아랫배까지 죽 갈라버렸을 텐데, 그는 여전히 식칼을 꽉 쥐고 있다.

은수는 떨리는 목소리를 감추며 최대한 침착하게 항변했다. "원장님, 저 진짜 남자친구 없어요. 이력서 봐서 아시잖아요. 저 여중, 여고, 여대 나온 사람이에요. 살면서 연애할 여유도 없었고요."

"근데 왜 나랑 안 사귀어? 개인병원 소유한 남자 찾기가 쉬운 줄 알아?" 상범이 애꿎은 허공에 식칼을 붕붕 휘두른다.

은수가 재빨리 몸을 뒤로 빼지 않았다면 식칼에 얼굴이 베일 뻔했다. 그의 팔과 식칼을 합친 길이는 70cm가 충분히 넘는 모양이다. 그녀는 의자에서 일어서 천천히 뒤로 물러났다. 어떻게든 안전거리를 확보하고 싶었다.

"원장님 마음을 받아들이지 못한 건 죄송해요. 근데 저는 원장님 아니었어도 연애를 안 했을 거예요." 살아남기 위한 거짓말을 뱉으며 계속해서 뒷걸음질을 친다.

"그러니까, 그 이유가 뭐냐고."

그는 둘 사이에 있던 책상을 돌아와 은수의 오른 어깨를 꽉 붙잡았다. 예리한 식칼 끝이 은수의 울대에 무정하게 닿는다. 살짝만 힘주어도 피부조직을 파고들어 붉은 혈액을 뚝뚝 떨굴 거다.

"잠깐, 칼 좀 내려놓으시고, 조금만 진정하세요. 제발 부탁이에요." 내가 왜 이런 일을 겪어야 하지. 억울함에 목이 멘다. 울대가 뜨겁게 달아오른다. 그녀의 눈에는 어느새 눈물이 차올랐다.

"흥분한 적도 없는데 무슨 진정이야. 나는 지금 세상 누구보다 이성적이야. 그러니까 여기까지 찾아왔지."

말이 통하질 않는다. 은수는 깨달았다. 현재 상황은 도저히 그녀 혼자선 타개할 수 없다. '경찰을 불러야 해.' 25년 인생 간 한 번도 도움받은 적 없는 공권력이지만, 이 순간을 위해 아껴왔던 게 아닐까. 그녀는 무릎을 꿇고 잘못했다는 말을 반복하며 주머니에 슬그머니 손을 넣었다.

"뭐하냐?"

"네?"

어깨를 붙들고 있던 왼손이 은수의 오른팔을 낚아챈다. 주머니에서 뽑혀 나온 그녀의 손에 스마트폰이 딸려 나왔다.

"내가 이런 것도 눈치 못 챌 줄 알아?" 상범이 은수의 스마트폰을 강제로 빼앗는다. "누구한테 연락하려고? 남자친구한테 살려달라고 하게?"

"아니, 그러니까 저는 남자친구가…!"

쾅! 난데없는 굉음이 참빛의원을 가득 채웠다. 귀가 먹먹하다.

"뭐야?" 상범이 뒤를 홱 돌아본다. "…방금 로비에서 난 소리야?"

"예? 저, 저는 잘 모르겠는데요."

방금까지만 해도 분기등등하던 상범이 원장실 입구를 향해 허둥지둥 달려간다. 그는 서둘러 문을 닫고는 전등불을 껐다. 상대가 누구든 식칼을 들고 간호사를 협박하는 모습을 들킨다면 사회적 체면이 안 좋아지리라 판단한 모양이다.

스마트폰으로 길을 밝히며 은수에게 돌아온 그는 속삭였다. "너, 아무 소리도 내지 마. 한마디라도 뱉는 순간 바로 목 잘리는 거야. 해고하겠다는 뜻이 아니야. 이 칼로 너 목을 썰어버리겠다는 뜻이야. 알겠어?"

은수는 덜덜 떨리는 고개를 빠르게 끄덕였다.

조용하게 들린 탁, 소리. 상범이 뒤를 돌아본다. 누군가 로비 조명을 켠 것일까. 방금 닫고 온 원장실 문 틈새로 빛이 새어 들어오고 있다. 상범이 은수의 스마트폰으로 시간을 확인한다. 오전 3시 17분. 손님이 올 시간은 절대로 아니다. 스마트폰 액정 불빛이 환하게 반사되는 상범의 얼굴에는 고주망태가 된 상태에도 당혹감이 엿보인다.

무언가를 골똘히 생각하던 그가 고개를 들고 은수를 노려본다. 그리고 물었다. "네가 불렀냐?"

"네?" 반문하자마자 상범이 은수의 입을 틀어막았다.

"소리 내지 말고 대답해. 로비에 있는 자식 네가 불렀냐고."

은수가 재빨리 고개를 젓는다.

"확실해? 진짜 아무도 안 불렀어?"

고개를 끄덕인다.

"잠금 풀어봐." 상범이 은수의 스마트폰을 그녀에게 내민다.

은수는 덜덜 떨리는 손으로 스마트폰에 엄지손가락을 갖다 댔다. 손이 떨리는 탓에 지문 인식이 쉽지 않다. 몇 차례의 실패 끝에 드디어 잠금이 해제됐다. 상범은 재빨리 그녀의 통화 내역과 최근 보낸 문자를 훑어본다.

"기록 지운 거 아니지?"

은수가 다시 고개를 주억인다. 이제는 목이 저릴 지경이다. 고여있던 눈물이 볼을 타고 흘러내린다.

"그래. 외부인이면 내가 당당하지 못할 이유가 없지." 상범이 식칼을 벨트 뒤춤에 꽂았다. 정면에서는 보이지 않을 위치다. "야, 너는 찍소리도 내지 말고 책상 밑에 들어가 있어. 알겠어?"

그는 은수가 대답도 하기 전에 그녀의 머리를 잡고 그녀를 책상 밑으로 밀어 넣었다.

"나오면 뒤진다." 그리곤 닫아놨던 원장실 문을 향해 저벅저벅 걸어가더니, 바깥의 상황을 도청하듯 문 틈새에 귀를 밀착했다.

로비에는 계속해서 발소리가 이어지고 있다. 뚜벅이는 소리가 명확하게 울리는 걸 보면 부츠나 구두 따위를 신은 건장한 남성으로 추측된다. 이는 책상 밑에 숨어있는 은수에게도 들릴 정도로 또렷했다.

인상을 잔뜩 꾸기며 주저하던 상범이 이내 결심한 듯 문을 확 열어젖혔다. 무슨 일일까. 원장실 앞에는 상범보다 훨씬 큰 남자가 서 있었다. 검은색 롱패딩에 기다란 망치를 든 남성. 공사판에 저승사자가 나타난다면 이런 모습일까. 상범과 그의 눈이 마주쳤다. 이게 대체 무슨, 상범은 저도 모르게 꽥 비명을 질렀다.

"너, 너 누구야!"

사자를 앞에 둔 치와와의 모습이었다.

2장.

그 삶은
모두 얽혀있다

진호와 은수.

'귀찮게 됐네.' 진호는 생각했다. 병원에 들어오기 전, 입간판에서 본 아저씨가 늙은 버전으로 나타났다. 딱 봐도 취기가 잔뜩 올랐다. 그가 앞을 가로막으며 자꾸만 입을 옴죽거리는데 무슨 말을 하는 건지 하나도 들리지 않는다.

"예? 뭐라고요?" 되물어봤지만, 진호의 귀에 들리는 소리는 여전히 외국 가수의 팝송뿐이다.

'아, 노이즈 캔슬링.' 진호는 귀에 꽂아두었던 이어폰을 뺐다. 현실을 구성하던 여러 가지 소리가 그제야 진호의 달팽이관으로 파고든다.

"너! 너 누구냐고!" 얼굴이 불콰한 아저씨가 소리를 빽빽 지른다.

"아, 신경 쓰지 마세요. 잠깐 볼일만 보고 나갈게요."

지금 막 얼굴을 마주했지만, 진호는 그가 한심하다고 생각했다. 병원을 운영한다고 해서 전부 존경받아 마땅한 게 아니다. 새벽 세 시가 넘은 이 시간에 홀로 술에 취해 비틀거리고 있다. 심지어 술집도 번화가도 아닌 자신의 병원에서 거나하게. 이런 인간의 인생은 안 봐도 뻔하다.

"아, 너! 너!" 그의 표정이 느닷없이 모든 걸 깨달았다는 표정으로 바뀌었다. "네가 망할 놈의 은수 남자친구구나? 지금 걔 구하겠다고 망치 들고 달려온 거야? 이거 미친 자식이네!"

"뭐라는 거야…."

진호는 짜증이 났다. 주사기랑 프로포폴만 챙겨서 조용히 나가려 했는데 이게 뭐람. 마지막 날까지 인생 뜻대로 되는 게 하나도 없구나.

"이것들이 쌍으로 모른 척하네?"

진호는 일을 키우고 싶지 않았다. 그는 싱겁게 말했다. "시끄럽고, 프로포폴이나 주시죠."

"뭐? 지금 은수를 프로포폴 취급하는 거야? 너한테 여자는 그냥 한낱 마약이다 이거지?" 아저씨의 얼굴이 점점 더 붉어진다. 사람이 이 정도까지 빨개질 수 있다는 게 신기할 정도다. 한 시간 동안 쉬지 않고 얼굴에 고춧가루를 뿌린다면 가능하려나.

"은수가 뭔데, 은수가 프로포폴이면 은수를 주시던가."

"하! 이제야 본색을 드러내네. 내가 너한테 은수를 넘길 것 같아?" 아저씨가 오른손을 등 뒤로 가져가 주섬거린다. 다시 앞으로 나타난 그의 손에는 날카로운 식칼이 들려있었다.

"뭐야, 이 아저씨 왜 이래." 진호는 어처구니가 없었다. 이게 현실이 맞나. 그래도 대비는 해야지. 그는 한 손에 들고 있던 오함마를 양손으로 고쳐잡았다.

"절대 못 줘! 내가 은수를 너한테 줄 것 같아? 안 줘!!" 돼지가 악다구니를 쓰며 식칼을 붕붕 휘두른다.

어휴, 진호는 한숨을 내쉬었다. 결과는 이미 정해진 싸움이다.

상대의 식칼은 20cm, 진호의 망치는 80cm. 진호는 정신이 말짱한 20대 청년인 데 반해 상대는 술이 거나하게 오른 50대 아저씨다.

"이거 정당방위입니다."

상범이 악을 지르는 소리, 처음 듣는 남성의 목소리. 그 남자가 내 남자친구라고? 은수는 로비에서 대체 무슨 일이 일어나고 있는지 궁금해 견딜 수가 없었다. 그녀는 결국 책상 너머로 고개를 살그머니 내밀었다. 그곳에는 태어나서 한 번도 본 적 없는 사람이 서 있었다. 무심한 얼굴로 기다란 망치를 들고 있는 남자.

눈으로 정보를 얻었음에도, 뇌는 어떤 상황인지 이해를 못 했다. '내가 환각을 보고 있는 건가?' 사람이 극한의 상황에 내몰리면 환각과 환청에 빠지는 경우가 있다고 한다. 지옥에서 탈출하고픈 간절한 발버둥이 뇌에 착각을 일으키는 것이다. 하지만 은수의 환각은 시간이 흘러도 끝나지 않고 이어졌다.

은수가 프로포폴이냐, 은수는 절대 못 준다, 상범은 망치를 든 남자에게 한참을 소리치더니 마침내 벨트에 꽂아둔 식칼을 빼들었다. 이제는 남자를 향해 마구잡이로 휘두르기까지 한다.

'신고, 신고해야 하는데.'

스마트폰은 상범이 가져갔다. 하지만 원장실 책상에는 유선전화기가 있다. 바깥 상황을 살피며 책상 위에 놓인 전화기를 조심스레 아래로 내리려던 찰나, 믿을 수 없는 광경이 펼쳐졌다.

남자가 쥐고 있던 망치를 천장까지 치켜들더니 상범의 머리에 수직으로 내리꽂은 것이다. 와지끈, 금속으로 된 망치 머리가 상범의 두개골을 으깨며 뇌를 넘어 안구까지 파고든다.

남자는 선 채로 죽어버린 상범의 배에 오른발을 대고 머리에 꽂힌 망치를 바위에 박힌 곡괭이 뽑듯 퍽하고 뽑아냈다. 틈이 없어 흘러나오지 못한 채 응축되어 있던 검붉은 피가 유연한 호를 그리며 공중으로 흩날린다. 상범은 찢어진 두피 사이로 조각난 두개골과 뭉개진 뇌, 혼탁한 피를 주룩주룩 쏟아내며 그대로 바닥에 쓰러졌다.

'…예쁘다.'

은수는 사랑에 빠졌다.

그녀의 황홀한 시선은 피가 뚝뚝 떨어지는 망치를 든 채 상범의 시신을 무감하게 바라보는 남자에게서 떨어지지 못했다. 사실 은수는 그를 처음 본 순간부터 어렴풋한 운명을 느꼈다. 운명이 아니고서야 말이 안 되니까.

죽기 직전이었다. 상범의 식칼에 목을 베이기 직전, 그의 등장이 상범을 멈췄다. 병원 이곳저곳을 돌아다니며 나를 찾기 위해 애썼다. 상범이 은수는 본인 거라며 헛소리를 뱉자마자 일말 고민도 없이 그의 머리를 부숴버렸다.

진한 눈썹, 훤칠한 키, 심지어 어깨도 넓다. 게다가 은수를 위해서라면 곧바로 살인을 저지르는 결단력과 사람을 죽이고도 표정 변화 하나 없는 대담함까지. 반하지 않을 이유가 없다. 오랜 시간 자신을 괴롭히던 상범의 머리에 거대한 크레이터가 생성되는 장면을 볼 때, 은수는 말로 표현할 수 없는 카타르시스에 전율해야 했다.

문득 영락보린원에서 읽었던 동화가 떠오른다. 마왕에게 잡힌 공주를 왕자가 나타나 구해주는 이야기. 드디어 나타났구나. 나의 왕자님은 망치를 든 흑기사다.

은수는 머리를 매만지고 옷매무새를 한번 정돈한 뒤 조신하게 책상 밖을 나섰다.

"안녕하세요."

갑작스레 등장한 탓일까, 남자가 흠칫 놀라며 묻는다. "누구세요?"

"저는 여기, 참빛의원 간호사예요. 이름은 서은수고요. 혹시 실례가 안 된다면 성함을 알려주실 수 있나요?"

남자는 멍하니 은수의 얼굴을 바라보다 답했다. "…아, 저는 진호입니다. 김진호."

'진호? 이름도 멋지네.' 왕자님의 이름을 곱씹어 보는데 그의 표정이 어둡다. 고민에 잠긴 얼굴이 바닥만 내려다보고 있다. 은수는 그의 시선을 따라가 보았다.

그곳에는 은수를 2년간 가둬둔 독이 깨져있었다. 상범의 두개골에서 고추장같이 선명하고 끈적한 피가 주르륵 흘러나와 주변을 물들이고 있다. 독이 깨진 것은 기립박수를 칠 정도로 후련한 일인데, 왕자님의 표정이 좋지 않으니 은수의 마음도 편치 않다.

'무슨 고민이 있으신 건가?'

망설이던 은수는 최대한 밝고 상냥한 목소리로 그에게 물었다. "혹시 어디 아프신가요? 안색이 안 좋으시네요. 제가 이래

103

봬도 간호사라 가벼운 병은 봐 드릴 수 있는데…."

진호가 은수를 바라본다. 은수도 진호를 바라본다. 은수의 심
장이 요동친다. 진호도 그렇다. 이제 그의 눈빛은 공허하지 않
다. 그의 눈에는 무언가 분명한 목적이 담겨있다.

머뭇거리던 진호는 자신의 속내를 털어놓기 시작했다. "사
실… 저는 오늘 자살을 하려고 했어요."

"자살이요? 왜요?" 은수가 다급히 물었다. 이제야 사랑을 찾
았는데, 그가 죽으면 안 된다.

"더는 살 이유가 없다고 생각했거든요. 프로포폴 주사를 맞고
편하게 세상을 떠나려 했죠. 이 병원에 온 이유도 그거예요. 프
로포폴 찾으려고."

"왜요…? 왜 살 이유가 없어요?"

"뭐, 말 그대로예요. 정말 이유가 없었어요. 더는 살아갈 필요
가 없다 해야 하나. 부모님은 트럭에 받혀 돌아가시고, 그렇게
진행된 장례식에 제 친구는 한 명도 없었어요. 나이는 스물여덟
인데 세금 내는 법도 모르죠. 꿈도 희망도 목표도 없었어요. 인
생이 끝났다고 생각했죠."

"아니에요, 세상에 즐거운 일이 얼마나 많은데요! 잘 찾아보면
분명 진호 씨도 살아갈 이유가 있을 거예요!"

푸하하, 진호가 기분 좋은 웃음을 터뜨린다. "그게 문제에요.
방금 전에 죽고 싶은 마음이 사라졌거든요. 그래서 이걸 어떻게
해야 할지 고민이에요."

은수는 안도했다. 자살 생각은 이미 버렸구나.

"그럼 안 죽으시면 되죠. 뭐가 문제에요?" 은수가 생글생글 웃으며 즐겁게 물었다. 순수한 아이의 얼굴이다.

진호는 미소를 감추지 못하며 답한다. "은수 씨도 보셨듯이 제가 방금 사람을 죽였잖아요." 진호가 망치 끝으로 상범을 가리킨다. 인생을 잃은 자는 일말의 미동도 없다. 주룩주룩 흐르던 피도 이제 점점 굳어간다. 추운 날씨 덕에 평소보다 응고 속도도 빠르다.

"어차피 저도 죽을 거니까 아무렴 어떠냐 하는 생각에 죽인 건데, 이제는 그게 아니니까…. 일이 너무 복잡해졌어요. 지금 저는 범죄자가 됐잖아요." 하, 진호가 한숨을 쉰다. "조금만 더 신중하게 생각하고 행동할걸."

은수는 다른 의미로 놀랐다. 생각보다 훨씬 사소한 고민이었다.

"그게 걱정이셨던 거예요? 제가 도와드릴게요! 이 세상 범죄자 중에 아무런 처벌 없이 살아가는 사람이 얼마나 많은데요!"

"진짜요? 그게 가능해요?" 진호가 눈썹을 추켜세운다. 그의 눈에 기대감이 가득하다.

"그럼요. 안 들키면 그만이에요. 완전범죄로 만들면 되죠." 은수가 씩 웃는다. "그리고, 이 사람은 원래 죽어야 하는 인간이었어요. 죄책감 가지실 필요 하나도 없어요."

"아뇨, 뭐 죄책감은 딱히…. 여튼 도와주신다니 정말로 감사합니다."

"근데 자살하시려다가 갑자기 마음을 바꾸신 계기는 뭐에요?"

진호가 섣불리 대답하지 못하고 망설인다.

"말씀하시기 불편한 얘기면 안 하셔도 돼요." 은수가 생긋 웃는다.

"아니에요. 뭐, 불편한 얘기는 아닌데." 진호가 콧잔등을 살짝 긁는다. "그, 사실 은수 씨 보고 첫눈에 반했거든요. 가능하면 오래 보고 싶어서요. 죽으면 못 보잖아요." 시종일관 담담하던 진호의 얼굴에 어색함이 피어오른다. 그가 고개를 푹 숙인다. 계속 보고 싶은 마음을 고백했더니, 오히려 부끄러운 마음에 볼 수가 없게 되었다.

은수는 긴장감에 굳어있는 진호의 양손을 꼭 붙잡았다. "운명이네요. 저도 진호 씨 좋아해요."

✳ ✳ ✳

완전범죄를 위해서는 살인의 흔적이 하나도 없어야 한다. 진호가 남긴 증거는 무엇일까. 은수와 진호는 로비 소파에 앉아 차분히 얘기를 나눴다. 범죄가 일어났다는 사실을 증명하는 단서는 의외로 많지 않았다. 금이 간 유리문, CCTV에 찍힌 그들의 모습, 벽과 바닥에 묻은 상범의 피, 그리고 원장실 바닥에 엎어져 있는 그의 시체. 끝이다. 적어도 그들이 생각하기엔 그랬다. 살인사건의 증거가 될 만한 흔적을 파악한 그들은 행동을 개시했다.

은수는 우선 시체에서 흘러나오는 피가 더 이상 바닥에 묻지 않도록 비닐봉지로 얼굴을 감싼 뒤 목을 꽉 묶었다. 아직 살아있었다면 질식사할 정도의 압력이다.

"문은 어떻게 하는 게 좋을까요?" 진호가 물었다.

새벽 3시 35분. 이 시간에 유리문 교체는 무리다.

"좋은 생각이 있어요."

소파에 앉아있던 은수가 벌떡 일어나더니 창고로 들어갔다. 잠시 후, 그녀는 둘둘 말린 종이 뭉치를 가지고 나왔다.

"그게 뭐예요?"

"포스터요." 그녀가 말아놨던 종이를 펼친다. 대학생 대상 할인 행사를 설명해 주는 포스터다. 대학교 개강 시즌마다 출입문에 붙였었다. "일단 이걸 붙여놓으면 모르지 않을까요?"

개강 시즌은 아니지만, 임시방편이다. 새 문으로 교체하기 전까지 며칠만 버텨주면 된다. 어차피 병원문에 붙어있는 포스터를 자세히 읽는 사람은 별로 없다.

은수는 곧장 출입문으로 걸어가 금이 간 부분에 포스터를 앞뒤로 한 장씩 붙였다. 다행히 금이 간 면적은 그리 넓지 않았다. 간호사가 붙인 포스터는 반창고처럼 문에 난 상처를 완벽히 덮어줬다.

"좋은데요?"

진호의 칭찬에 은수가 살짝 웃는다.

"CCTV는 어디 어디 달려있나요?"

"로비에 한 대밖에 없어요! 저기요." 은수가 손으로 천장 구석을 가리킨다. 자그마한 돔형 카메라가 보인다.

"각도를 보니까 전부 찍히긴 했겠네요." 진호가 착잡하게 말했다.

"괜찮아요. 다 지워버리면 돼요. 어차피 재도 몇 달 전부터 제가 관리하고 있었거든요." 은수가 접수대 안쪽으로 들어간다. 그녀는 접수대 컴퓨터의 전원을 켜더니 서랍을 열어 무언가를 꺼냈다. "진호 씨." 그녀가 진호를 손짓으로 살살 부른다.

"네?" 진호는 그녀에게 홀린 듯 다가갔다.

은수가 그에게 십자드라이버를 내밀며 말한다. "이걸로 CCTV 좀 떼주세요."

"아예 떼버리게요?"

"네, 모형 카메라로 교체하려고요. 그편이 안전할 것 같아서요."

CCTV 관련 증거는 카메라 내부의 메모리카드를 폐기하고, 접수대의 컴퓨터로 자동 전송되는 데이터만 삭제하면 끝이다. 은수에게 그 정도는 간단하다. 상범과 수미가 그녀에게 잡일을 몰아준 덕분이다. 괴롭힘이 완전범죄에 도움이 될 줄이야. '업보'라는 단어가 괜히 만들어진 게 아니다.

CCTV 아래로 걸어간 진호는 옆에 있는 일인용 소파를 당겨 CCTV 아래에 놓았다. 신발을 벗고 소파 위로 올라간다. 180을 넘는 큰 키와 소파의 높이가 합쳐지니 천장쯤은 여유롭게 손에 닿는다. 코앞으로 성큼 다가온 CCTV 구조를 찬찬히 살펴본다. 천장과 붙어있는 밑판의 네 귀퉁이에 나사가 죄어져 있다.

'얘네만 풀면 되는 건가?' 진호가 밑판에 박힌 나사를 하나씩 푼다. 총 네 개의 나사를 풀자, CCTV가 부드럽게 떨어지다 덜커덕, 공중에서 멈췄다. 전선이다. CCTV 내부에 연결된 전선 다발이 천장 안쪽으로 이어져 CCTV를 붙잡고 있다.

"은수 씨, 전선은 어떻게 할까요?"

"전선….." 컴퓨터에 저장된 CCTV 파일을 삭제 중이던 은수가 진호의 말을 되풀이했다. "어, 일단 가위로 잘라버리죠. 창고에 가면 꽤 큰 가위 있을 거예요."

진호가 고개를 끄덕이며 소파에서 내려와 신발을 신는다.

"혹시 모르니까 자르실 때 장갑 끼세요! 창고에 라텍스 장갑도 있어요!"

"네." 진호는 창고로 향했다.

'여기는 탕비실로도 쓰였구나.' 의료도구와 청소도구가 즐비하게 뒤섞인 가운데 가장 먼저 눈에 들어오는 것은 커피머신과 커피믹스 상자였다. 가위는 커피머신 바로 옆에 놓여있었다. 의료용 가위가 아닌 두꺼운 주방용 가위다. 오히려 잘됐다. 전선을 자르기엔 이런 큼직한 가위가 제격이지. 라텍스 장갑 역시 금방 찾았다. 사실 가위 손잡이 부분이 플라스틱이라 장갑을 끼지 않아도 감전 위험은 없을 것 같지만, 진호는 은수의 말을 따르기로 했다.

'조금이라도 더 안전한 게 좋지.' 그에게는 이제 죽을 마음이 없다.

진호는 장갑 두 겹을 넉넉하게 낀 뒤 가위를 들고 로비로 나왔다.

'어디 가셨지?'

접수대 안쪽에 있던 은수의 모습이 보이지 않는다.

"저 찾으세요?"

진호가 뒤를 돌아본다. 은수다. 그녀는 화장실에서 대걸레를 가져오던 참이었다. 로비와 원장실 입구 부근에 묻은 피를 닦을 생각인가 보다.

"앗, 저도 어서 CCTV 마무리하고 청소 도와드릴게요."

"아니에요, 제가 맨날 한 게 청소인걸요. 천천히 하세요."

그녀는 역시 천사다. 천사를 힘들게 놔둘 순 없지. 진호는 다시 신발을 벗고 소파 위로 올라갔다. 전선이 팽팽해질 정도로 CCTV를 잡아당긴 뒤 가위 손잡이를 힘주어 누른다. 툭, 하고 여러 다발의 전선이 동시에 끊어졌다.

"CCTV 분리 완료했습니다!"

"고생하셨어요. 접수 데스크 위에 올려놔 주세요. 나중에 제가 챙길게요." 그녀는 바닥 청소를 하는데 여념이 없다.

돔 형태의 카메라. 진호는 평평한 부분을 밑으로 데스크 위에 올려두었다. '이 카메라에 내가 사람을 죽인 모습이 전부 담겨있단 말이지.' 기분이 묘하다.

"진호 씨, 혹시 차 있으세요?" 열심히 바닥을 닦던 은수가 걸레질을 멈추고 물었다. 그녀가 이마에 흐르는 땀을 훔친다.

"집에 부모님 차 있죠. 운전 면허도 있고요."

"지금 차 몰고 여기로 와주실 수 있나요?"

진호가 고개를 끄덕이며 말한다. "가능…하죠. 근데 왜요?"

"사실 CCTV가 저희 병원에만 있는 게 아니라 건물 1층 출입문에도 하나 있거든요. 근데 그건 건물주가 관리하는 CCTV라서 제가 함부로 건드릴 수가 없어요."

"1층 출입문이면…. 거기에도 은수 씨랑 제 모습이 찍히겠군요."

"맞아요."

"괜찮아요?"

"새벽에 건물을 출입하는 게 죄는 아니니까요. 저는 실제로 근무도 했고, 진호 씨는 원래부터 저랑 친구 사이였다고 하면 되죠. CCTV에는 이 시체만 안 찍히면 돼요." 은수가 바닥에 뻗어 있는 사체를 가리킨다. 으깨진 머리에는 검붉은 혈액이 말라붙어 있다.

"사각지대가 있을까요?"

"저도 잘 모르겠어요. 근데 딱히 상관없어요."

상관이 없을 수가 있나? 진호가 고개를 갸웃거렸다.

"어차피 시체는 창문으로 내릴 거거든요." 은수가 진호 뒤편을 가리킨다.

진호는 뒤를 돌아 그녀의 손가락이 향하는 곳을 봤다. 그곳에는 가로 80cm, 세로 60cm 크기의 제법 큰 창문이 있었다.

"여기로요?"

"네."

진호가 창문을 살펴본다. 앞으로 밀어서 여는 여닫이식 창문이다. 두꺼운 유리창. 고무와 플라스틱을 섞은 듯한 재질의 단단한 청록색 창틀. 은수의 판단대로 사람 한두 명이 빠져나가기엔 충분해 보인다. 진호는 잠금쇠를 돌리고 창문을 힘껏 밀었다. 뻑뻑한 창문이 천천히 열린다. 서늘한 새벽공기 속으로 고개를 내밀고 아래를 살펴본다.

어둡고 좁은 골목. 가로등도 없다. 이곳은 의도적으로 만들어진 공간이 아니다. 남영빌딩과 바로 옆 빌딩, 두 채의 건물을 짓다 보니 그 중간에 자연스럽게 생긴 틈새다. 심지어 골목 끝은 시멘트벽으로 막혀있다. 입구만 있고 출구는 없는 막다른 길이다.

'확실히 보는 눈은 없겠네.' 찬 바람이 훅 밀려든다. 진호는 다시 창문을 닫고 물었다. "그러면 저 아래로 시체를 떨어트릴 생각인 거예요?"

"아니요. 붕대로 묶어서 살살 내릴 거예요. 막무가내로 떨어트렸다가 파편이 이쪽저쪽으로 튀어버리면 뒤처리가 귀찮아질 테니까요. 압박 붕대가 생각보다 엄청 질기거든요. 밧줄 대용으로도 충분히 사용 가능해요."

아, 진호는 은수의 의도를 깨달았다. "그렇게 내린 다음에 차에 실을 생각이군요."

"맞아요. 시체를 내릴 동안 골목 입구를 차로 막아두면 가림막도 되어줄 테고요." 은수가 다시 한번 예쁜 미소를 짓는다.

그녀의 웃음을 보고 있자니 진호의 마음이 몽글몽글해진다. 부끄러워라.

"머리 회전이 되게 빠르시네요." 진호는 어색한 칭찬을 던지며 다른 곳으로 시선을 돌렸다. "그러면 지금 바로 차 가져올게요."

"네, 이따 봬어요."

이런, 참빛의원을 나서려던 진호의 발이 멈췄다.

"왜 그러세요?"

"죄송해요. 제가 착각했어요."

"착각이요?"

"네. 저희 집 차, 교통사고로 반파돼서 폐기 처분했거든요. 그걸 잊고 있었네요." 진호가 입술을 잘근 깨문다. 좋아하는 사람 앞에서 이런 바보 같은 실수를 했다는 게 수치스럽다.

"괜찮아요, 다른 방법이 있겠죠. 신경 쓰지 마세요." 은수는 진호를 열심히 달랬다. 하지만 그녀의 머릿속도 복잡해지긴 마찬가지였다. 그녀 역시 차가 없기 때문이다.

'차가 없으면 어떻게 시체를 옮기지?' 은수는 필사적으로 머리를 굴렸다. 도보로 옮기기엔 들킬 위험이 너무 큰데, 병원 안에서 시체를 유기할 방법이 있을까? 진호도 그녀의 옆에서 손톱을 물어뜯으며 고민을 계속했다.

잠시 후, 진호가 입을 열었다. "천장 타일을 뜯어서 천장 위에 숨겨두는 건 어떨까요?"

은수가 고개를 젓는다. "냄새 때문에 안 돼요. 며칠은 괜찮겠지만, 부패가 진행될수록 악취가 심해져서 3층 사람들이 신고할 위험이 커요."

"가방에 들어갈 만한 사이즈로 토막 내서 옮기는 방법은요?"

"왔다 갔다 하는 동안 들킬 위험도 있고, 버릴 장소도 문제라서…."

"아예 잘게 썰어서 변기에 내려버리는 건…?"

"불가능해요. 시체를 변기에 버리려면 모든 뼈를 손가락 마디 하나 크기로 조각내야 할 거예요…."

"그렇네요…."

난관에 봉착한 기분이다. 모든 증거를 완벽하게 없애도 시체를 처리하지 못하면 아무 소용이 없다. 은수가 착잡한 표정으로 붕대만 만지작거린다.

"원장님은 차 안 타세요?" 진호가 물었다.

"원장님이요? SUV 타고 다니시긴 하는데, 오늘은 술 드셨으니까 안 가져오시지 않았을까요?"

"그거 혹시 하얀색 쏘렌토에요?"

"네, 맞아요. 어떻게 아셨어요?"

"아까 올라오기 전에 건물 앞에 주차된 거 봤거든요. 차 갖고 오신 거 아니에요?"

"어? 그런가?"

은수의 시선이 시체를 향한다. 일생을 과체중으로 살아온 상범은 언제나 바지가 꽉 끼어 주머니에 뭘 넣어뒀는지 윤곽으로 알려주는 사람이다. 그가 오늘 입고 온 바지는 보라색 골프바지. 오른쪽 주머니가 직사각형 모양으로 불룩하다. '저건 스마트폰이네.' 왼쪽 주머니로 눈길을 돌린다. 마찬가지로 불룩하다. 그러나 우측보단 정도가 덜하다. 모양도 작은 타원형이다. 상범의 허벅지를 만지긴 싫지만, 어쩔 수 없이 손을 넣어본다. 공간이 없어 뻑뻑하다.

'원장은 여기에 어떻게 손을 집어넣는 거야?'

격렬한 사투 끝에 은수는 지방과 천 사이에 파묻혀 있던 물건을 끄집어냈다. 발굴 성공. 자동차 키다. 버튼을 누르면 열리는 전자식 열쇠. 그렇게 취한 상태로 정말 차를 몰고 왔을 줄이야.

평소 같았으면 인간 말종 쓰레기라며 치를 떨었을 행동이지만, 오늘만큼은 고마워해야겠다.

"있어요?" 진호가 기대하며 물었다.

"네, 여기요." 은수가 밝은 얼굴로 열쇠고리를 흔들어 보인다. 타원형 차 키가 매달린 고리. 잘그락 소리가 경쾌하게 울린다.

진호는 은수에게 다가가 손을 내밀었다. "주세요. 제가 골목 막아둘게요."

"네, 주차 끝나면 다시 올라오세요."

은수에게 키를 받은 진호는 병원 밖으로 나갔다.

'다행이다.' 운송 수단까지 무사히 확보했다. 안도를 뱉은 은수가 주변을 둘러본다. 말끔하다. 벽에 튀어있던 피도 손걸레로 전부 닦아냈다. 이제 시체만 치우면 평소랑 다를 바 없는 평범한 참빛의원이 된다.

'그러고 보니 내 스마트폰은 어디 갔지?' 마지막으로 은수의 스마트폰을 가져간 이는 상범이었다. 그런데 시체는 스마트폰을 쥐고 있지 않다. 바닥에도 없다. 설마 오른쪽 주머니에 들어있는 게 내 스마트폰인가?

은수가 그것을 꺼내 본다. 아니다. 이것은 상범의 스마트폰이다. 혹시 바지 뒷주머니에 넣은 건 아니겠지? 그녀의 안색이 창백해진다. 뒷주머니에 있다면 상범의 둔근을 만져야 한다.

'하느님 제발, 여기 있어라.' 찾았다. 그녀의 스마트폰은 상범이 입은 패딩 조끼 주머니에 있었다. 휴, 은수는 차 키를 찾았을 때보다 더욱 깊은 안도를 뱉었다.

그녀는 스마트폰을 열고 문자를 적었다.

- 늦은 시간 연락드려 죄송합니다. 원장님께서 급한 볼일이 생기셔서 외국으로 장기 출장을 떠난다고 하십니다. 한동안 출근하지 말라고 공지 부탁하셨습니다.

전송. 수신인은 김가영과 최수미다.

직원은 해결. 다음은 손님이다. 은수는 네이버에 들어갔다. 참 빛의원의 관리자 아이디로 접속. 원장님께서 출장을 떠났다는 설명과 함께 영업시간을 잠정 휴무로 바꿨다. '이렇게 하면 아무도 안 오겠지?' 은수는 만족하며 스마트폰을 주머니에 넣었다.

주차를 위해 내려간 진호는 금방 돌아왔다.

"오셨어요?" 은수는 시체에 붕대를 감는 중이었다.

"네, 골목으로 못 들어가게 완벽하게 가로막았어요." 그의 얼굴에서 뿌듯함이 느껴진다. "차가 커서 좋더라고요."

"고생하셨어요. 여기 와서 이것 좀 같이 들어 주실래요?"

"당연하죠." 진호가 그녀에게 후다닥 달려갔다.

"잠시만요, 이제 발목만 묶으면 끝이에요."

시체는 어깨와 허리, 허벅지가 붕대로 둘둘 감싸져 있다. 한눈에 봐도 단단한 매듭이다.

'풀릴 걱정은 없겠군.'

"됐다." 은수가 손뼉을 짝 친다. "진호 씨가 상체 들어주세요.

제가 하체 들게요.”

“아니에요. 이 정도는 혼자 들 수 있어요.” 진호가 스쿼트 자세
로 바닥에 쪼그려 앉더니 시체의 날개뼈와 허벅지 아래로 양팔
을 집어넣는다. 흡, 그는 짧은 기합과 함께 시체를 번쩍 들어 올
렸다. 진정한 데드리프트다. “창문 앞에 놔두면 되겠죠?” 남성미.

“네, 맞아요.”

진호가 창문으로 척척 걸어간다. 창문 옆에 시체를 기대어 봤
으나 벽을 따라 주르륵 미끄러지더니 바닥에 털썩 쓰러졌다. ‘기
대지진 않네.’ 이번에는 시체의 상체만 일으켜 기대본다. 성공이
다. 앉은 자세가 된 시체. 멀리서 보면 단순히 기절한 사람으로
보일 것 같기도 하다.

“이제 저는 밑으로 내려갈게요. 진호 씨가 여기서 시체 내려주
세요.”

“알겠습니다.”

“아, 그전에.” 은수가 자신의 스마트폰을 꺼낸다. “언제 내릴지
말씀드려야 하니까, 전화번호 알려주세요.”

누구나 알겠지만, 사실 전화가 아니어도 된다. 참빛의원은 고
작 2층. 육성으로 소리쳐도 충분히 들리는 거리다. 그녀는 그저
왕자님의 번호가 알고 싶었을 뿐이다. 물론 그 마음은 진호도 마
찬가지. 그는 재빨리 번호를 알려줬다.

“그럼 내려가서 바로 전화할게요!”

“네, 밖에 어두우니까 계단 조심해서 내려가세요!” 진호가 활
짝 웃으며 손을 흔들었다.

남영빌딩 밖으로 나온 은수는 시간을 확인했다. '벌써 4시야?' 해도 달도 없는 칠흑 같은 하늘. 몇 없는 별빛만이 미약하게 빛난다. 좌측에는 하얀 쏘렌토가 남영빌딩과 옆 건물 사이의 골목을 자로 잰 듯 정확히 가로막고 있다. 은수가 바라던 바로 그 위치다.

'생각도 잘 맞네.' 이렇게 되면 골목은 차를 거쳐야만 들어갈 수 있다. 은수는 운전석 문을 열고 차 안으로 들어가 운전석 문을 단단히 잠갔다. 그 후, 조수석 문을 열고 골목으로 나왔다. 눈앞에 등장한 골목은 가로등 하나 없이 컴컴하고 양팔을 전부 펼치지 못할 정도로 비좁다.

'이 정도면 거의 범죄자를 위해 만들어진 장소네.'

은수는 플래시를 켜고 왕자에게 전화를 걸었다. 신호음 한 번이 채 끝나기 전에 전화가 연결됐다. 진호도 오매불망 은수의 전화만 기다리고 있던 모양이다.

"진호 씨."

"네, 은수 씨. 잘 내려가셨어요?"

"네, 아까 시체 기대놓으셨던 창문 바로 밑이에요."

2층 창문에서 스마트폰 불빛이 은수를 비춘다. 진호다. 은수는 밝게 웃으며 그에게 손을 흔들었다.

"아, 보이네요." 진호도 함께 손을 흔든다. "지금 바로 내릴까요?"

"네, 다치지 않게 조심하세요."

"알겠습니다." 툭, 스마트폰을 바닥에 내려두는 소리가 들렸다. "잘 들리나요?"

스피커폰으로 바꿨구나. 조금 울리긴 하지만 내용을 알아듣기
에는 문제없다.

"네, 잘 들려요."

"다행이네요. 그럼 내릴게요." 웃차, 스마트폰 너머로 진호의
기합이 들린다.

은수는 창문을 향해 플래시를 비추며 그의 작업을 실시간으로
지켜봤다. 열린 창문으로 운동화를 신은 시체의 창백한 발이 나
온다. 곧이어 다리가 나오고, 허리가 나온다. 가래떡 기계가 떡
을 뽑아내는 모습 같다. 세로로 쭉 밀려 나오던 시체는 어깨까지
나오더니 덜렁, 하고 가로로 늘어졌다.

'안 무거우시려나.' 내려올 땐 별생각 없었는데, 막상 밑에서
보고만 있자니 미안한 마음이 고개를 든다.

"이제 밑으로 쭉 내릴게요. 은수 씨는 뒤로 물러나 계세요." 스
마트폰에서 진호의 목소리가 흘러나왔다.

"붕대 길이는 충분한가요?"

"네, 충분해요." 그의 숨소리가 제법 거칠다.

망설이던 은수는 미안한 감정을 표했다. "저기, 진호 씨만 힘
들게 해서 죄송해요."

"무슨 소리예요. 신경 쓰지 마세요. 저는 진짜 괜찮아요. 일단
뒤로 물러나세요."

아, 나 때문에 못 내리고 있었구나. 은수가 자리를 피하자, 승강
기를 탄 듯 천천히 내려오던 시체가 바닥에 툭 하고 가라앉았다.

"잘 도착했나요?"

"네. 완벽해요."

"알겠습니다. 이제 저도 내려갈게요." 진호가 통화를 종료하고 창문을 닫았다.

휴, 진호가 한숨을 내쉰다. '끝났네.' 욱신거리는 팔을 주무른다. 은수에게 내색은 안 했지만, 사실 상범의 시체를 옮기는 작업은 만만치 않았다. 작은 고추가 무겁다고 해야 할까. 키가 작아서 얄봤는데, 켜켜이 쌓인 지방의 무게는 그리 우습게 볼 녀석이 아니었다.

'고요하군.' 밖으로 나가기 전에 참빛의원의 내부를 다시 한번 둘러본다. 망치로 내려쳐 금이 갔던 출입문은 포스터로 가렸다. 프로포폴을 찾느라 이쪽저쪽 헤집어놨던 진료실은 완벽히 정리했고, 원장실 벽과 바닥, 입구에 묻었던 상범의 피도 말끔하게 닦아냈다.

CCTV가 달려있던 천장에는 전선 다발이 튀어나온 동그란 구멍이 남아있지만, 저것도 곧 있으면 모형 카메라가 가려줄 것이다. 완벽하다. 이제 시체만 숨기면 정말 완전범죄다.

진호는 진료실과 원장실, 로비의 조명을 차례대로 끄고 참빛의원을 나왔다. 구석에 밀어두었던 입간판도 본래 위치에 곱게 세워놓았다.

'은수 씨는 대체 뭐 하는 분일까?' 진호는 천천히 계단을 내려가며 그녀와의 만남을 돌이켜보았다.

프로포폴만 찾으면 끝날 인생이었다. 집에 가서 보드카를 마시고 진탕 취한 뒤, 삶을 마치려 했다. 그렇기에 상범이 튀어나와도 아무 거리낌 없이 망치로 내리친 것이다.

하지만 그녀를 본 순간 진호는 계획을 진행할 수 없었다. 살면서 그런 감정은 처음이었다. 무미건조한 책상 밑에서 개화하듯 피어나는 그녀는 천사였다. 심장이 쿵 하고 내려앉았다. 그렇게 내려앉은 심장은 곧이어 미친 듯이 뛰기 시작했다. 아드레날린과 도파민, 옥시토신이 마구마구 분비된 결과다.

초췌 속에 빛나는 아리따움. 시커먼 석탄 사이에 숨어있던 다이아를 발견한 기분이었다. 동시에 수많은 번뇌가 진호를 덮쳤다. 이런 분은 죽이고 싶지 않은데, 이분은 나를 신고하려 하겠지? 그러면 나는 어떡해야 할까. 죽어야 하나? 그러면 이분을 볼 수 없는데. 하지만 예상과는 다르게 그녀는 너무나도 친절하고, 자상하며, 부드럽게 다가왔다.

대체 어떻게? 사람을 죽이는 장면을 두 눈으로 목격했는데도 겁에 질리지 않고 그렇게 상냥하게 다가오는 게 가능한가? 외모에 반하고, 태도에 사랑했다. 심지어 그녀는 진호의 범죄를 완전 범죄로 만들어 주겠다 약속했다. 거짓이 아니었다. 지금도 행동으로 증명하고 있다. 대가 없는 친절함이다.

아무런 보답도 바라지 않으며 무한한 호의를 베풀어 주는 사람. 이런 사람은 진호의 인생에 없었다. 물론 부모님을 잊은 건 아니다. 어머니 아버지도 많은 사랑과 호의를 베풀어 주셨지.

하지만 그들도 무의식중에, 마음속 깊은 곳에서는 보은을 바라고 있었다. 시간과 돈을 들여 키웠으니 언젠간 이 아이도 자신들을 돌봐줄 것이라는 기대를 하고 있었다.

확실하다. 어릴 때는 몰랐으나 세월이 흐를수록 명확하게 느꼈다. 대학을 졸업한 후로는 그 마음이 입 밖으로 나올 정도로 또렷해졌다. 돌아가시기 전날에도, 어머니께서는 진호에게 취업을 물어왔다.

물론 이것이 잘못되었다고 생각하진 않는다. 기브 앤 테이크. 사람이 무언가를 베풀면 그것에 대한 보상을 원하는 것은 당연한 심리다. 그렇기에 더욱 은수가 신비로운 것이다.

그녀는 어째서 나를 좋아할까? 한없이 궁금하고, 동시에 사랑스럽다. 아무것도 바라지 않으니 오히려 모든 걸 해주고 싶다. 진호는 그렇게 계단을 내려갔다.

* * *

잠시 후, 건물 밖으로 나온 진호가 SUV 운전석을 열었다. 그가 차에 올라타는 동안 은수는 조수석 문을 열어줬다. 사소하지만 기분 좋은 친절이다. 진호는 차에서 내려 조수석 문을 닫았다. 시체 한 구만 덜렁 누워있는 출구 없는 골목. 진호와 은수를 제외하면 살아있는 이는 아무도 없다.

"이제 싣기만 하면 되는데."

문제가 생겼다. 쏘렌토로 골목 입구를 막아둔 상태에선 트렁크를 열고 시체를 넣을 수가 없다. 차를 앞으로 빼자니 범행 장면을 거리에 공개하는 셈이고, 골목 안으로 들이기엔 너비가 안 된다. 진호와 은수가 서로의 눈치를 살핀다.

용기 내어 정적을 깬 것은 진호였다. "좌석에 싣는 건 좀 그렇겠죠?"

"네, 아무래도 창문이 있다 보니….”

상범의 쏘렌토는 선팅을 하지 않았다.

고민하던 진호는 쏘렌토 쪽으로 걸음을 옮겼다. 차와 벽 사이
에 난 약간의 틈새로 얼굴을 내밀고 거리를 살펴본다. 지나다니
는 사람은 아무도 없다.

"그냥 지금 빨리 차 빼고 실을까요? 어차피 사람도 없는데."

은수가 고개를 끄덕인다. "네, 그편이 좋을 것 같아요. 이대로
고민해봤자 다른 방법이 생기는 것도 아니니까."

허락이 떨어지자마자 진호는 재빨리 차에 올라탔다. 쏘렌토가
앞으로 살짝 전진한다. 꽉 막혀있던 골목에 사람이 드나들 만한
너비의 출입구가 생겼다. 진호는 빠르게 운전석에서 내려 골목
안에 누워있던 시체를 안아 올렸다. 은수가 그를 부른다.

"지금이에요, 아무도 안 와요." 그녀는 어느새 트렁크를 열어
두었다.

깊은 새벽, 번화가도 주택가도 아닌 상가 거리. 관객은 한 명
도 없다지만 살인자 역을 맡은 이상 긴장을 놓을 수 없다. 진호
는 뒤뚱이는 걸음으로 최대한 빠르게 걸어가 트렁크 안에 시체
를 내던졌다. 온 힘을 다해 던졌다고 생각했는데, 시체의 오른
다리가 트렁크 밖으로 삐져나왔다. 계속해서 무거운 망치를 들
고 시체를 옮기느라 힘이 빠졌던 모양이다. 하지만 진호에겐 완
벽한 파트너가 있었다. 주위를 감시하던 은수가 재빨리 상범의
다리를 트렁크에 밀어 넣고 문을 닫았다. 몇 번이나 합을 맞춘

듯 죽이 척척 맞는 환상의 호흡이었다.

"고생하셨어요, 정말로."

"감사합니다." 진호가 뿌듯하게 웃는다. "그런데 시체는 어디에 묻을 생각인가요?"

"그건 이제 찾아봐야죠. 대충 서울 변두리에 있는 이름 없는 산에 묻으면 되지 않을까요?"

"이름 없는 산이요?" 진호가 되물었다.

"네. 등산로도 없고 산책로도 없는 그런 산 있잖아요. 아무도 신경 안 쓰는 산."

괜찮은 생각이다. 평범한 사람이 그런 산을 오르다 매장된 시체를 발견할 확률은 로또에 당첨될 확률보다 적겠지.

스마트폰으로 매장 장소를 찾아보던 은수가 물었다. "혹시 집에 삽 있으세요?"

"삽이요? 삽은 없었던 것 같은데…."

"이걸 생각 못 했네." 은수가 짧게 신음한다. 삽을 어디서 구해야 하지? 시체를 매장할 만한 깊이의 흙을 손으로 팔 수는 없는 노릇이다.

진호는 고민에 잠긴 은수를 바라보다 말했다. "어차피 오늘은 늦은 것 같은데 내일 다시 만나죠. 삽은 제가 사 올게요."

"내일이요?"

"네, 지금 외곽으로 나가려면 못해도 한 시간은 걸릴 텐데, 그때부터 시체를 파묻고 내려오기엔 동이 터서 위험할 것 같아요."

이것도 맞는 말이다.

"그러네요. 그럼, 우리 서로 할 일을 딱 정해요."

"어떻게요?"

"진호 씨는 삽이랑 모형 CCTV를 구해주세요. 아, CCTV는 천천히 구하셔도 돼요. 인터넷에 검색해 보시면 금방 나올 거예요."

진호가 스마트폰 메모장에 모형 카메라와 삽을 적는다. "알겠습니다."

"저는 유리문 시공업체랑 시체 묻을 장소를 찾아볼게요. 그리고 내일 새벽 한 시에 여기서 다시 만나죠!"

깔끔한 정리. 참 야무진 사람이다.

"좋아요. 삽은 하나만 사면 되겠죠?" 진호가 물었다.

"네? 아뇨, 저도 같이 파야죠."

"아니에요, 제가 삽질하는 동안 은수 씨는 뒤에서 망만 봐주세요."

사실 사람이 드나들지 않는 무명 산에 간다면 망을 세울 필요도 없다. 이것은 은수에게 궂은일을 시키고 싶지 않은 진호의 마음이었다. 함께 일하기를 고집하려던 은수는 진호의 눈빛에서 배려를 읽고 한발 물러났다.

"알겠어요…. 그럼 차는 진호 씨가 가져가실래요?"

"네. 저희 아파트 단지에 아버지가 항상 주차하던 자리가 있거든요. 거기에 대면 될 것 같아요."

"알겠어요. 그럼 내일 봬요." 은수가 고개를 꾸벅 숙인다. "오늘 만나서 정말 좋았어요."

"그건 제가 할 말이죠. 처음 본 사람을 이렇게 도와주셔서 정말 감사해요." 진호도 머리가 땅에 닿을 정도로 허리를 깊게 숙였다.

"그럼 가볼게요."

"조심히 가세요!" 진호가 쏘렌토에 올라탔다. 헤드라이트가 깜빡인다.

은수는 그 모습을 가만히 바라보다 몸을 돌렸다. 헤어지긴 아쉽지만, 내일 재회를 약속했다. 그다음 날도, 다음다음 날도 계속 만나리라. 그 만남이 행복하려면 오늘 맡은 일을 문제 없이 해내야 한다. 어서 집에 돌아가 부족한 잠을 보충하고 임무를 완수해야지.

은수는 양팔을 하늘 높이 뻗으며 기지개를 켰다. 한 치 앞도 보이지 않던 어두운 새벽 거리가 무한한 가능성을 지닌 우주처럼 느껴진다. '이런 기분은 처음이네.' 피로가 농축된 발걸음을 떼려는데, 철컥, 뒤에서 차 문이 열리는 소리가 들렸다.

"은수 씨!" 진호의 목소리다.

"네?" 은수가 뒤를 돌아본다. 떠난 줄 알았던 진호가 차에서 내려 그녀를 보고 있었다.

"타세요. 데려다줄게요."

"저요? 걸어서 10분이면 가는데."

"그래도요. 밤길 위험하잖아요."

잠시 고민하던 은수는 밝은 얼굴로 진호에게 달려갔다.

놀랍게도 은수는 진호와 굉장히 가까운 곳에 살고 있었다. 그녀의 집은 진호가 사는 후암미주아파트에서 참빛의원으로 가는 길 중간에 위치한 빌라였다.

'여기구나.' 진호가 차창 너머로 그녀의 빌라를 살펴본다. 낡았다는 느낌이 물씬 풍기는 건물. 강풍이 불면 쓸려나갈 듯 아슬아슬하고 안타까운 모래성 같다. 진호가 평생을 살아온 아파트도 꽤 오래됐지만, 이곳과 비교하면 아직 현역이다. 후암미주아파트가 나이는 들었지만 건강관리는 잘한 중년이라면 이 빌라는 암 투병으로 고생 중인 노인이다.

진호는 이 빌라가 돌아가신 부모님보다 나이가 많으리라 확신했다. 은수가 이런 곳에서 살고 있었다니. 연약하고 여리여리한 여성이라 생각했는데, 생각보다 굳은 인생을 살아왔을지도 모르겠다.

"데려다주셔서 감사해요." 은수가 조수석에서 내리며 말했다.

"아니에요. 어서 들어가세요."

"네, 내일 새벽 한 시 잊지 마세요!"

진호가 탄 suv가 멀어져간다. 휴, 은수는 작은 한숨을 내쉬었다. 이제야 하루가 끝난 느낌이다. '피곤하네.' 기묘한 일이다. 진호와 함께 있을 때는 이렇게까지 피곤하진 않았는데, 그가 사라지자마자 몸이 납덩이처럼 둔해졌다.

빌라로 들어가는 유리문도 평소보다 배는 무겁게 느껴진다. 은수의 집은 201호. 그녀는 난간에 매달리다시피 몸을 늘어뜨렸다. 계단에 묶인 발을 억지로 떼어내며 한 단 한 단 올라간다. 계단 한 칸의 높이가 원래 이렇게 높았던가. 집이 2층이라서 다행이지, 3층이나 4층이었다면 층계참에서 잠들었을지도 모른다.

이렇게 흐릿한 의식으로 몽롱하게 계단을 올라가는 와중에도 은수의 머릿속에는 한 가지 걱정이 끈질기게 맴돈다. '가영 언니나 수미 쌤이 내가 보낸 문자를 못 보면 어떡하지?'

범행 흔적을 대충 없애두긴 했지만, 아직 모자란 부분이 있었다. 유리문도 교체해야 하고 모형 CCTV도 달아야 한다. 문자를 못 본 채 참빛의원에 출근한다면 충분히 발견할 수 있는 흔적이다. 그 후로도 영원히 문자를 못 보면 그나마 사정이 낫지만, 흔적을 마주한 후에 문자를 읽는다면 일이 복잡해진다.

막내 간호사가 원장의 출장 공지를 보낸 새벽에 병원 출입문이 깨지고 CCTV는 사라졌다? 누가 봐도 은수를 수상하게 여길 것이다.

어찌해야 할까. 그녀는 묵직한 현관문을 당기며 시간을 확인했다. 4시 42분. 참빛의원의 출근 시간은 8시 30분이다. '3시간 48분 남았네.' 머릿속에 가득한 고민이 하품으로 변해 입에서 밀려 나온다. 가방을 대충 던지고 화장실에 들어가 찬물 세수를 해 봐도 잠기운은 가시질 않는다.

'일단… 조금만 자자.'

그녀는 7시 30분에 알람을 맞추고 기절하듯 잠들었다.

Sweet box의 'Life is cool'이 은수의 고막을 거칠게 긁는다.

그녀는 신음하며 알람을 껐다. 알람으로 설정하기 전에는 세상에서 가장 좋아하는 노래였는데, 지금은 가장 싫어하는 노래가 되었다. 그렇다고 다른 노래로 알람을 바꾸자니 싫어하는 노래가 점점 많아지게 될 것 같아 억지로 버티는 중이다. 7시 30분. 세 시간도 못 잤구나. 머리가 지끈거린다.

'원하는 만큼 자는 사람은 얼마나 행복할까.'

무거운 눈을 끔뻑거리던 은수가 이불을 걷고 일어났다. 한기가 밀려든다. 몸을 부르르 떨며 부엌으로 간 그녀는 식탁에 놓인 500ml 생수병을 돌려 열고 미지근한 물을 꿀꺽꿀꺽 들이켰다. 말라 있던 목이 촉촉하게 젖는다.

'지금쯤이면 수미 쌤도 가영 언니도 일어났겠지?'

은수는 목청을 가다듬고 가영에게 전화를 걸었다.

"여보세요?" 가영은 바로 전화를 받았다.

"언니, 문자 보셨어요?"

"확인했지. 당분간 병원 쉰다며? 다행이야. 사실 내가 지난달에 임신했거든."

생각지도 못한 소식이다.

"임신하셨다고요? 와, 축하드려요."

"아니야, 어쨌든. 그래서 슬슬 단축 근무를 신청해야 하나 눈치 보고 있었는데 마침 잘됐더라. 너도 이참에 푹 쉬어."

다행이다. 위험 요소 중 하나가 줄었다.

"진짜 잘됐네요. 타이밍이 딱 맞았다."

"응, 응. 근데 원장은 갑자기 웬 출장이래?"

"저도 자세한 얘기는 못 들었어요. 새벽에 논문 번역하고 있는데 갑자기 전화 오더니 공지 돌리라 하더라고요."

"어쩐지 문자 보낸 시각이 되게 늦더라." 흠, 가영이 콧숨을 쉰다. "너도 진짜 고생 많았네. 어제도 야근한 거야?" 의심 한 올 없는 순수한 말투다.

"저야 뭐, 알잖아요. 야근 안 하는 날이 없죠. 그래도 이제 당분간 쉴 수 있을 것 같아서 다행이에요."

"정말 다행이다. 다음에 둘이 한번 보자, 푹 쉬어~!"

"네, 제가 연락할게요!"

통화가 마무리됐다. 다음은 최수미. 은수는 곧바로 전화를 걸었다.

"서은수? 왜 전화했어."

"선생님, 혹시 문자 확인하셨나요?"

"문자? 무슨 문자?"

안 봤구나. 전화를 걸지 않았다면 큰일 날 뻔했다.

"원장님께서 어제 외국에 급한 볼일이 생기셨다고 장기 출장을 다녀오겠다고 하시더라고요. 저희는 당분간 출근하지 말라고 하셨어요."

잠깐의 정적.

"야, 그걸 왜 이제야 알려줘?"

"예? 아, 저도 어제 새벽에 들어서, 듣자마자 바로 문자 보내드렸는데…."

"나 이미 출근 준비 다 끝냈단 말이야! 그렇게 중요한 건 문자가 아니라 전화로 말했어야지!"

고막이 찢어질 것 같다. 은수는 급하게 스마트폰 음량을 줄였다.

"새벽에 전화를 드리면 자는 데 방해되실까 봐…. 죄송합니다."

"그건 내가 판단할 일이고! 에휴, 됐다. 하여튼 잘하는 게 없어. 다음부턴 바로바로 전화해. 알겠어?"

"네…." 기어들어 가는 목소리로 대답을 마쳤을 때 전화는 이미 끊어진 상태였다.

'미친 인간.' 은수가 입술을 꽉 깨문다. 시간을 확인하니 7시 37분이다. 머리는 여전히, 아니. 더 지끈거린다. '조금만 더 자자.' 급한 불은 껐다. 알람 시간을 오후 한 시로 바꾼 그녀는 매트리스에 털썩 쓰러졌다.

＊＊＊

오후 한 시, 해가 중천을 넘어서도 은수의 방은 어두컴컴하다. 커튼을 쳐서 그런 것이 아니다. 당당하게 뚫려있는 그녀의 창문엔 천 쪼가리 한 장 걸리지 않았다. 날씨 탓도 아니다. 오늘 기후는 맑음. 구름 하나 없이 화창하다. 그런데도 은수의 창문은 페인트를 칠한 듯 흑색이다. 옆 건물의 시멘트벽이 부담스러울 정도로 찰싹 달라붙어 있기 때문이다. 이 정도 좁은 틈새는 고양이도 고개를 절레절레 저으며 출입을 거부할 것이다. 그녀의 창문은 채광용이라기보단 환기용이다. 냉정하게 말하면 환기도 잘 안된다.

결국 이번에도 은수를 깨운 주체는 빛이 아닌 소리가 되었다.

그녀가 혐오하는 'Life is cool'이 작은 방을 가득 채운다. 시체처럼 침대에 퍼져있던 은수가 벌떡 일어났다. 산발이 된 머리. 무의식적으로 머리칼을 쓰다듬었더니 손바닥에 찐득한 유분이 잔뜩 묻어나온다.

"윽."

찝찝하다. 은수는 침대에서 일어나 화장실로 직행했다. 하품을 하는데 반쯤 감긴 눈꺼풀 사이로 벽에 걸린 샤워기가 보인다.

'샤워…' 볼품없는 장작처럼 너저분하게 쌓여있던 욕망에 화르르 불이 붙는다. 샤워를 하고 싶다. 지금 당장 따뜻한 물로 몸을 녹이며 피로를 씻어내면 얼마나 개운할까? 그다음 뽀송하게 머리를 말리고 상쾌해진 몸으로 한잠 더 푹 자면 그만한 행복이 없을 텐데.

'아니야.' 은수는 고개를 저었다.

그녀에게는 먼저 처리해야 할 일이 있다. 유리문 교체. 한시라도 빨리 시공업체를 찾아 작업을 맡겨야 한다. 은수는 가벼운 세수와 양치로 지친 정신을 조금이나마 달래줬다.

화장실에서 나온 그녀는 부엌으로 갔다. 오래된 회색 노트북 한 대가 놓인 식탁에 앉는다. 대학에 들어간 날, 입학 기념으로 산 노트북이다. 영락보린원에서 퇴소하며 받은 자립지원금으로 구매했다. 사용기간이 워낙 오래되어 고장 날 법도 한데 지금까지 죽지 않고 버텨주고 있는 고마운 아이다.

그녀는 노트북을 켜고 근처 시공업체를 찾아보았다. 괜찮은 곳이 없으면 어쩌나 걱정했는데, 의외로 조건에 맞는 곳을 어렵

지 않게 찾았다. 유리문 교체 작업 가능, 예약 필요 없음. 위치
역시 용산역 근처로 아주 가깝다. 은수는 사이트에 적혀있는 번
호로 즉시 전화를 걸었다. 클래식한 멜로디. 80년대를 떠올리게
하는 피아노와 실로폰 소리다.

얼마 지나지 않아 담백한 남성의 목소리가 이를 대체했다.
"네, 용산 수리입니다."

"안녕하세요. 혹시 유리문 교체하려고 하는데, 가능할까요?"

"예, 가능합니다. 수리가 아니라 교체인 거죠?"

"네, 맞아요."

"원하시는 제품이 있나요? 저희 가게 찾아오시면 사이즈 별로
유리문 정리해 둔 파일 보실 수 있거든요."

"아, 지금까지 사용하던 문이랑 같은 제품으로 교체하려고요."

"알겠습니다. 현재 사용하고 계신 문이 정확히 뭔지 알려주실
수 있나요?"

예상치 못한 질문이 들어왔다. 뭐라 설명해야 할까. "어, 그 살
짝 초록빛이 돌고. 위아래가 철판으로 덮여있는 유리문이에요."

은수는 나름 괜찮은 답변을 줬다고 생각했는데 전문가 입장
에서는 아니었던 모양이다. 그는 잠시 침묵을 지키다 되물었다.
"…가로세로 길이가 각각 어떻게 되나요?"

머리가 아파진다. 은수도 간호 분야 외에서는 아직 스물다섯
어린 여성일 뿐이다.

"손님?"

"죄송해요. 제가 문 사이즈는 정확히 몰라서 지금 가서 재보고

다시 연락드릴게요."

"오늘 바로 작업 착수하고 싶으신 건가요?"

"네."

"그러면 병원 주소만 불러주세요. 저희가 직접 가서 확인해 보고 똑같은 제품으로 교체 진행해 드릴게요."

"앗, 정말요? 감사합니다." 은수는 영상통화가 아닌데도 고개를 꾸벅 숙이며 감사를 표했다. "저희 병원 주소가, 잠시만요. 용산구 한강대로 104길 51 남영빌딩 2층이에요."

스마트폰 너머로 수첩에 주소를 적는 소리가 들린다.

"알겠습니다. 작업은 몇 시부터 시작하는 게 편하실까요?"

"빠르면 빠를수록 좋아요."

다시 무언가를 적는 소리.

"그러면 30분 후에 병원 앞에서 뵐까요?"

"아, 혹시 한 시간 후는 안 될까요?"

"아뇨, 상관없습니다. 그럼 한 시간 후에 뵙죠."

"네, 감사합니다!"

통화가 마무리됐다. 예상보다 일이 술술 풀린다.

한 시간 뒤, 은수는 개운해진 몸으로 참빛의원 앞에 도착했다. 처음 약속 시간에서 30분을 미룬 것은 이를 위함이었다. 그녀의 긴 생머리에는 아직 축축한 부분이 군데군데 남아있지만, 앞에서 보이는 부분만큼은 비단처럼 뽀송하다.

잠시 후 누군가의 발소리가 1층에서부터 계단을 타고 올라왔다. 소리만 들어도 제법 건장한 체격의 남성이라는 게 느껴진다.

"안녕하세요, 유리문 교체 요청하신 손님 맞으시죠?" 30대 중반으로 보이는 줄자를 든 남성이 물었다. 두툼한 회색 숏패딩이 따뜻해 보인다.

"네, 맞아요. 서은수입니다."

"미인이시네." 칭찬을 쓱 던지더니 참빛의원의 출입문을 가리킨다. "바꾸시려는 문이 이건가요?" 손등에 불룩 나온 핏줄이 두껍다. 따로 운동을 했다기보단 현장에서 단련된 근육이 몸을 가득 채운 것 같다.

은수는 고개를 끄덕였다.

"겉으로 보기엔 크게 이상 없어 보이는데." 그가 앞뒤로 문을 밀어본다. "아, 포스터로 가려 놓으셨구나. 금이 갔네."

"맞아요."

"포스터 떼어도 되나요?"

은수가 다시 고개를 끄덕인다. 남자는 문에 붙어있던 포스터가 찢어지지 않게 조심히 떼어 은수에게 넘겨주었다. 은수가 포스터를 돌돌 마는 동안 남자가 유리문에 생긴 상처를 자세히 살펴본다.

"강화 유리가 이렇게 되려면 충격을 꽤 많이 받아야 하는데. 이거 어쩌다 이런 거예요?"

예상 질문이다. 은수는 긴장하지 않고 준비한 답변을 자연스레 읊었다. "위층에 사물놀이 학원이 있거든요. 거기 애들이 소화기로 장난치다가 문에 박아버렸어요."

"진짜요? 병원 입장에선 되게 당황스러우셨겠네." 기계적인 리액션이다.

은수로서는 오히려 감사한 태도였다. 집요하게 이유를 파고드는 것보단 할 일만 하고 빠져주는 것이 좋다. 시공업체의 남자는 무표정으로 줄자를 펼치곤 문의 크기를 쟀다. 기계처럼 정확하고 빠른 손놀림. 프로다.

측량을 마친 그는 줄자를 집어넣고 말했다. "저희 가게에서 취급 중인 규격이네요. 이틀이면 공사 완료될 거예요."

"이틀이요?"

하루면 될 줄 알았는데, 생각보다 시간이 오래 걸리는구나. 하지만 어쩔 수 없다. 그동안 보는 사람이 없길 바라는 수밖에.

"이왕 바꾸는 거 더 좋은 문으로 교체하시는 건 어떠세요?" 그가 나른한 눈빛으로 물었다. 실적 올리기에 혈안인 얼굴은 아니다. 그는 그저 사장의 지시를 의무적으로 따르는 것 같다.

은수는 눈을 피하며 답했다. "죄송해요. 저는 원장님이 시키시는 대로 하는 것뿐이라. 원장님은 원래 쓰던 문이랑 같은 제품으로 바꾸라 하시더라고요."

"그렇구나. 알겠습니다." 남자는 깔끔하게 단념했다.

그가 가방에서 자그마한 기계를 꺼낸다. 볼록 튀어나온 숫자 버튼을 꾹꾹 누르자 기계에서 영수증이 쭉 밀려 나온다. 그는 출력된 용지 뒷면에 숫자를 슥슥 적더니 은수에게 건넸다.

"여기 적힌 계좌로 공사비만 보내주세요. 공사비는 영수증 보시면 적혀있습니다. 작업 완료되면 사진 찍어서 전화 주셨던 번호로 보내드릴게요."

"저는 이대로 가면 되는 건가요?"

"네, 들어가셔도 돼요. 문이 바뀌면 그에 맞춰서 열쇠도 새로 나올 텐데, 그건 직접 받으러 오실래요, 아니면 택배로 보내드릴까요?"

"직접 받을게요."

어차피 용산 수리는 은수의 집에서도 크게 멀지 않다.

"기본 제공되는 열쇠는 두 개인데, 몇 개 더 추가하시겠어요?"

"음, 하나만 더 부탁드려요."

"알겠습니다. 추가 요금은 당일 결제하시나요?"

"당일이면 열쇠 받는 날 말씀하시는 거죠?"

남자가 고개를 끄덕인다.

"네, 그렇게 할게요."

"알겠습니다. 그럼 조심히 들어가세요."

"네, 감사합니다." 은수는 인사를 마친 후 남영빌딩을 나왔다.

'유리문도 끝났네.' 집으로 돌아가는 길에 남은 일을 정리해 본다. 삽과 CCTV는 진호가 사기로 했으니, 은수는 시체를 묻을 장소만 찾으면 끝이다. 진호와 만나기로 한 시간은 새벽 한 시. 아직 열 시간 정도 여유가 있다.

'한숨 더 자도 되겠지?'

그녀는 집에 도착하자마자 편한 옷으로 갈아입고 쓰러지듯 잠들었다.

***

은수를 빌라 앞에 내려준 진호는 수마의 무서움을 실감했다. 첫사랑에 휘감겼던 뇌에 사랑이 멀어지자, 수면욕이 그 자리를 덮치더라. 얌체 같은 뇌. 사랑하는 이성과 함께 있을 때는 그녀의 모습을 한 컷이라도 더 담으려 안달이더니, 그녀가 사라지자마자 기능을 종료하려 한다. 덕분에 진호는 SUV를 탄 상태로 전봇대를 들이받을 뻔했다. 어두워진 의식이 스파크가 튀듯 돌아왔을 때, 전력을 다해 브레이크를 밟아서 다행이었다.

그는 그 후로도 쭉 의식을 사이에 두고 수마와 줄다리기를 하며 아파트에 도착했다. 무슨 정신으로 주차를 했는지도 모르겠다. 감기는 눈으로 흐릿하게 보이는 도어락을 간신히 눌러 열었다. 헤롱헤롱. 어찌어찌 방으로 들어가 고꾸라지듯 몸을 던졌다. 침대라는 드넓은 골대에 제대로 골인도 못 하고 반만 걸쳤다. 얼굴과 가슴만 이불에 파묻고 하체는 방바닥에 널브러진 기묘한 자세였지만, 고쳐 누울 체력도 없어 그대로 잠들었다. 요 며칠간 자살 생각에 가슴이 떨려 얕은 잠만 잤던 탓일까. 다시 자라면 절대로 못 잘 불편한 자세가 심해처럼 깊고, 꿀처럼 달콤한 수면을 선물해 줬다. 롱패딩도 못 벗은 갑갑한 상태임에도 완벽한 숙면이었다.

결국 그가 잠에서 깬 시각은 오후 세 시. 흐아암, 하마가 보여 줄 법한 늘어지는 하품과 함께 하루를 시작했다. '내가 오늘 사야 하는 게 뭐더라.' 스마트폰을 꺼내 메모장을 확인한다.

– 삽, 모형 카메라.

'일단 삽부터 사자.' 삽을 살 장소는 이미 정해놨다. 어제 망치를 샀던 철물점에 가면 된다. 그곳에선 삽도 판매한다.

집에 남은 음식으로 대충 배를 채운 후 현관으로 나서던 진호는 걸음을 멈췄다. 그는 방으로 돌아가 롱패딩을 벗고 안에 입고 있던 옷도 전부 벗기 시작했다.

'아무래도 롱패딩 안에 청청은 좀 그렇지.' 어제까지만 해도 패션은 아무런 상관없었다. 어차피 죽을 인생이니까. 남들이 어떤 시선으로 쳐다보든 알 바 아니었다. 하지만 이제 그는 은수와 행복한 미래를 그리고 있다. 행복한 삶을 위해선 주위 시선도 신경 써야 한다.

무난한 옷으로 갈아입은 진호는 기분 좋게 집을 나섰다. '분명 은수 씨도 나를 좋아한다고 말했었어.' 새벽에 벌어진 일들을 음미하듯 되새겨본다. 아무리 필름을 되감아 봐도 믿기지 않는다. 자살하러 들어간 병원에서 그런 일이 생길 줄이야.

사람의 머리를 깰 줄도 몰랐고, 그렇게 예쁜 여성을 만나게 될 줄도 몰랐으며, 그런 사람한테 고백을 받을 줄은 상상도 못 했다. 싱글벙글. 눈꼬리와 입꼬리가 맞닿을 판이다.

'그러고 보니 아직 나이도 모르네.' 스마트폰을 꺼내 카톡을 켜본다. 새로운 친구 목록에 그녀의 이름이 보인다. 서은수. 문자를 보내고 싶다. 전화도 하고 싶다. 일은 잘되어 가고 있는지 물으며 자연스레 대화의 물꼬를 트고 싶다. 하지만 낮은 자존감이 이를 허락하지 않는다.

내가 먼저 다가가도 될까? 나 같은 하층민은 그녀가 다가와

주길 얌전히 기다려야 하지 않을까? 은수가 진호를 어떻게 생각하든, 진호가 그녀에게 보여준 첫인상은 누군가를 죽이는 모습이었다.

진호는 결국 절제를 택했다. 아쉬운 마음을 삼키며 그녀의 프로필만 눌러본다. 올려둔 사진이 한 장도 없다. 배경 사진 역시 기본 화면인 회색 일색이다. 그렇게 예쁜 얼굴을 이렇게 방치하다니. 그녀에 대한 궁금증이 더욱 커진다.

'어서 보고 싶네.'

그녀를 생각하다 보니 어느새 철물점 앞에 도착했다. 이곳 사장님은 언제나 문을 활짝 열어둔다. 진호가 안으로 들어가자, 사장님은 오늘도 그를 반갑게 맞이해 주었다.

"오, 어제 왔던 청년이네. 오늘은 또 뭐 사려고?"

"오늘은 삽을 좀 사려고요."

"어제는 망치를 사더니 오늘은 삽이야? 집에서 공사라도 하는 거야?"

"아…." 진호는 '아니요.'라고 대답하려던 입을 급하게 멈췄다. 여기서 부정하면 공사가 아닌 다른 이유를 대야 한다. 하지만 공사를 한다고 하기에도 애매하다.

이곳은 시골이 아닌 서울 한복판, 그것도 용산구다. 집에서 공사를 하냐는 사장의 질문은 흘리듯이 던진 농담이 당연하다. 그렇다고 집 밖에서 공사를 한들, 20대 청년이 단독으로 할만한 공사가 있을까? 단기 알바로 막노동을 뛰러 간다고 하기에도 어폐가 있다. 건설 현장에는 이미 장비가 준비되어 있다.

아무 생각 없이 던진 농담에도 대답은 필요하다. 스물여덟 살 남자가 이틀에 걸쳐서 용접용 가면과 망치, 삽을 구매할 명분. 어서 찾아내야 한다. 여기서 의심을 샀다간 나중에 이 사장님이 중요 참고인이 될 가능성도 있다.

　머리가 복잡해진 진호는 순간 한 가지 해결책이 떠올랐다. 그가 허리를 쭉 펴고 주위를 살핀다. 그와 사장을 제외하면 아무도 없다. 철물점으로 오는 길도 거리는 한산했다.

　'죽일까?'

　그래, 그러자. 사장님은 손에 아무것도 들고 있지 않다. 완벽하게 무방비한 상태다. 진호가 범행에 쓸 도구는 주위에 널려있다. 대를 위한 소의 희생. 친절한 분이셨지만, 행복한 미래를 위해선 어쩔 수 없다. 진호는 사장을 주시하며 망치가 진열된 곳으로 향했다.

　"말하기 귀찮으면 굳이 안 해도 돼. 나야 사주기만 하면 좋지. 삽은 저쪽에 있으니까 둘러봐."

　그의 세 마디가 많은 걸 바꿨다. 본인의 운명, 진호의 마음. 망치를 들려던 진호는 손을 내렸다.

　'그래, 괜히 일 키우지 말자.' 긴장되었던 몸에 스르륵 힘이 빠져나간다. 삽을 사는 이유도 어젯밤에 벌인 일을 수습하기 위함이다. 여기서 사장을 죽이면 또 새로운 수습을 해야 한다. 진호는 신중한 행동을 다짐하며 안쪽으로 들어갔다.

　조그마한 모종삽부터 공사용 대형 삽까지. 자그마한 철물점 주제에 삽 종류와 가격이 천차만별이다.

"사장님, 흙을 파기엔 어떤 삽이 가장 좋을까요?"

"흙을 파려면 아무래도 삼각 날이 편하지."

진호에게 다가온 사장은 벽에 걸려있는 삽 하나를 추천해 줬다. 날이 정삼각형 모양으로 큼직하게 펼쳐진 삽이다. 철제 날과 손잡이가 튼튼해 보인다. 진호가 가격을 슬쩍 확인한다. 이제는 돈도 허투루 쓸 수 없다. 24,800원. 비싸긴 하지만 도중에 망가져서 손으로 파는 것보단 낫다.

"이걸로 하나 주세요."

"농사를 짓기로 한 건가?" 또. 사장이 계산을 도와주며 은근슬쩍 질문을 던진다.

신경이 거슬렸지만, 참기로 했다. 이제부턴 계속 살아야 하니까.

철물점에서 나온 진호는 곧장 집으로 돌아갔다. 삽은 해결. 다음은 모형 CCTV다. 의자에 앉아 컴퓨터 전원 버튼을 누른다.

'참빛의원에서 쓰던 카메라랑 똑같은 모양으로 사면 되겠지?' 진호는 스마트폰을 켜고 갤러리에 들어갔다. 최근 항목에 새벽에 찍어둔 CCTV 사진이 있다. 엄지와 검지로 사진을 확대해 카메라의 생김새를 자세히 살펴본다. 이렇다 할 개성 없는 평범한 반구 형태의 검은색 카메라다. 고개를 들어보니 어느새 컴퓨터가 켜졌다. 그는 인터넷 검색창에 모형 CCTV를 적은 뒤 검색을 클릭했다.

'의외네.' 사실 진호는 걱정이 많았다. 모형 CCTV를 파는 곳이 있을까? 괜한 염려였다. 인터넷 세상은 생각보다 훨씬 넓고 아득히 깊었다. 그곳에는 수많은 제품이 앞다투어 자신을 어필하고 있었다.

신기하다. 수요가 많아야 공급도 많을 텐데. 무슨 이유인지는 모르겠지만, 세상에는 의외로 모형 카메라를 쓰는 이들이 많은가 보다. 진호가 천천히 스크롤을 내려본다. 끝없이 펼쳐지는 낯선 카메라들. 서로 뭐가 다른지 모르겠다.

정렬 기준을 낮은 가격순으로 바꿔본다. 최상단에 뜬 제품의 가격이 아주 놀랍다. 맨 처음 시작하는 숫자가 1. 그 뒤로 이어지는 숫자는 0 두 개뿐이다. 화폐 단위도 우리나라 돈. '100원'이다.

'아무리 그래도 원자잿값이 있는데 100원은 말이 안 되지.'

이건 무조건 사기네, 라고 중얼거리면서도 해당 제품을 클릭해 본다. 살 생각은 없지만 호기심이 이끈 클릭이다. 원산지에 적힌 나라는 중국. 진호는 고민 없이 페이지를 나갔다.

이번에는 구매자 만족도를 기준으로 정렬순서를 바꿔본다. 첫 페이지를 넘기기 전에 참빛의원에서 쓰던 카메라와 같은 모양의 제품을 발견했다. 가격은 이천 원.

'플라스틱 모형이 이 정도 가격이면 나쁘지 않을지도?'

구매자 후기를 읽어본다. 그럭저럭 괜찮은 평이 몇 개 달려있다. 진호는 고민 없이 해당 제품을 구매했다. 로켓배송 지원. 내일이면 도착이다.

'삽도 샀고, 카메라도 샀고. 내가 할 일은 끝났네.' 뿌듯하다. 동시에 좋은 아이디어가 떠올랐다. 일을 마쳤다는 소식을 빌미로 하면 은수 씨와 연락을 시작할 수 있지 않을까? 진호는 스마트폰을 손에 쥐었다.

몇 분간의 고민 끝에, 그는 구매 화면을 캡처해서 은수에게 문자를 보냈다.

- 은수 씨, 저 모형 카메라랑 삽 준비 끝났습니다.

답이 올까? 답장이 오면 어떻게 이야기를 이어갈까? 심장이 두근거리고 양 볼이 붉게 물든다. 하지만 답은 오지 않았다. 30분이 지나도 감감무소식. 빨개졌던 진호의 볼은 차갑게 식었다.

'아직 주무시나?' 가능성 있다. 그녀도 피곤하겠지. 이해한다. 그러나 서운한 마음은 사라지질 않는다. 진호는 그녀와 헤어진 시간을 헤아려 봤다. 집 앞에 바래다준 시각이 새벽 네 시 반쯤. 지금은 오후 4시 11분이다. 이상하다. 헤어진 후로 12시간이 지났다. 반나절이면 피로를 풀기엔 충분한 시간인데. 순간 불안감이 엄습한다. 어제 보여준 친절이 모두 연기였다면?

'속은 건가?'

상식적으로 생각하면 이게 맞다. 진호는 상범을 죽였다. 은수가 근무하는 병원에 무단으로 침입해 원장의 머리를 망치로 깼다. 그런 진호에게 첫눈에 반하고 완전범죄를 도와준다? 말도 안 되는 소리다.

하지만 그렇다고 해서 은수가 정상인의 알고리즘을 따랐다면 어떻게 됐을까? 진호를 보고 겁을 집어먹고 소리를 지르며 경찰에 신고하려 했다면? 은수가 아무리 예뻐도 진호는 그녀를 죽였을 것이다. 그리고 상범 옆에 나란히 뉘었겠지. 그녀는 참빛의원에서 무사히 빠져나가기 위해 사이코패스의 가면을 쓴 것이 아닐까?

무한히 펼쳐지는 부정적이고 현실적인 가능성의 나열. 뇌가 지끈거리고 얼굴이 뜨거워진다. 한동안 머리를 감싸 쥐며 끙끙 앓던 진호는 힘겹게 고개를 저었다.

'아니야, 정말 그런 의도였다면 집에 들어가자마자 나를 신고 했겠지. 그랬으면 경찰이 오고도 남았을 시간이야. 나는 지금 여기 멀쩡히 앉아있잖아. 이상한 생각하지 말자. 그 눈은 거짓말이 아니었어.'

휴, 진호가 스마트폰을 덮는다. '자고 계실 거야.'

피로가 끊이질 않고 몰려온다. '그래, 자고 계실 거야.'

그는 은수와 다시 만날 장밋빛 미래를 꿈꾸며 잠을 청했다.

* * *

어두운 방, 감겨있던 은수의 눈이 스르륵 떠진다. 알람에 의지하지 않은 자연스러운 기상. 상쾌하다. 그녀가 나른하게 기지개를 켠다.

'아, 잘 잤다.'

이토록 아무런 방해 없이 잔 건 오랜만이다. 병원 근무 시절, 수면이라는 활동은 그녀의 자유의지완 무관했다. 평일에는 출근과 야근이 있으니 말할 것도 없고, 주말 역시 상범과의 약속으로 밤잠을 뒤척여야 했다. 은수에게 방금 같은 숙면은 축복이자 행복이다.

"몇 시지?" 그녀가 오른팔을 뻗어 머리맡을 더듬는다. 스마트폰이 손에 잡혔다. 6시 23분. "시간도 충분하네."

진호와는 새벽 한 시에 만나기로 했다. 아직 다섯 시간가량 남은 셈이다. 문득 화면 상단에 문자가 도착했다는 알람이 보인다. 수신인은 김진호. 먼저 연락해 주셨구나. 당장 문자함에 들어가려는데, 미리보기로 문자의 내용이 작게 보인다. 그곳에는 삽과 카메라 준비가 끝났다는 글이 적혀있다.

'나는 아직 유리문 교체밖에 못 했는데….' 그녀는 시체 매장 장소도 찾아야 한다. 전날 나눈 임무를 못 마친 채로 문자에 답하기는 어쩐지 민망한 기분이 들었다. 그녀는 결국 문자함에 들어가지 않고 구글 지도를 실행했다.

'서울 외곽에 사람들이 모르는 산이 어디가 있을까?' 가느다란 손가락이 스마트폰 액정을 슥슥 문지른다. 동으로 갔다가, 서로 갔다가. 척 보기에 왕래가 없을 법한 산을 열심히 찾아본다. 밝게 빛나는 액정과는 달리 은수의 얼굴은 점점 어두워진다.

'우리나라 사람들은 산을 진짜 좋아하는구나….'

서울에 속한 산은 전부 등산로가 깔려있었다. 안내판도 있고, 기념사진 스팟도 있고, 산기슭에는 하산 후 허기진 속을 채울 맛집까지 있다. 감히 시체를 묻을 만한 장소가 아니다. 남산, 북한산, 삼각산, 그런 곳에 시체를 묻는다는 건 자백과 마찬가지다.

'서울은 안 돼.' 범위를 한층 넓혀본다. 그러나 서울 인근을 둘러봐도 등산객이 없는 산을 찾기가 쉽지 않다. 심지어는 템플스테이를 하는 산도 많다.

'헬스장 가서 러닝머신이나 뛰지.' 아무 죄도 없는 등산객에게 괜히 심술이 날아간다. '한강에 버리는 건 안 되겠지?' 네이버에 한강 시체를 검색해 본다. 무리다. 한강 시체 유기 사건 관련 기사가 수천 건이 뜬다. 그만큼 걸리기 쉽다는 소리다. '이러다 못 찾으면 진호 씨한테 뭐라고 말해야 하지…?' 산에 묻으면 들키지 않을 거라고 자신만만하게 장담했는데, 제일 중요한 산을 찾지 못한다면 진호의 얼굴을 볼 자신이 없다.

"어?" 한참을 울적한 표정으로 지도를 넘기던 은수의 손이 멈췄다. "여기는 괜찮을지도…?"

천보산. 경기도 양주시와 포천시 사이에 있는 산이다. 지도의 형태를 위성사진으로 바꿔봐도 지형도로 봐도 별다른 구조물이 없다.

은수는 천보산 등산로를 검색해 봤다. 몇 없는 검색 결과, 그마저도 다 똑같은 길만 설명하고 있다. 천보산 초입에 세워진 회암사라는 이름의 절에서 천보산 정상까지 올라가는 길 하나뿐이다. 그것도 인위적으로 다듬은 길이 아니며, 산의 면적에 비해 등산로가 차지하고 있는 너비는 아주 좁다. 등산로가 뚫리지 않은 반대편에 시체를 묻는다면 단언컨대 아무도 눈치채지 못할 것이다.

갈피를 잡지 못하던 퍼즐 조각의 꼭 맞는 자리를 찾은 느낌이다. 다음은 이동 경로다. 용산구에서 천보산까지 가는 길을 검색해 본다. 차가 없는 새벽에 이동한다면 자가용으로 한 시간 팔분. 시간도 적당하다. 은수의 눈이 기분 좋게 휘어진다. 마침내 진호 씨에게 당당히 연락할 수 있게 되었구나. 그녀는 곧바로 문자함에 들어갔다.

- 진호 씨! 저도 다 끝났어요. 저희 새벽 한 시에 보는 거 아시죠?

답장은 놀라울 정도로 빠르게 돌아왔다. 이 정도면 그녀의 연락만을 기다린 수준이다.

- 당연하죠. 시체 매장 장소는 어디인가요?

은수는 용산에서 천보산으로 가는 경로를 표시한 지도 링크를 진호에게 보냈다.

- 여기예요. 천보산. 차로 한 시간이면 간대요.

이번 답장은 조금 느리게 돌아왔다. 그도 지도를 꼼꼼히 살펴본 모양이다.

- 오, 괜찮네요.

은수의 손이 근질거린다. 계속해서 문자를 보내고 싶다. 진호에게 묻고 싶은 질문도 끊임없이 떠올랐다. 그러나 그 모든 대화가 스마트폰보다는 진호의 얼굴을 마주한 채 직접 나누고 싶었다. 고민하던 은수는 결국 말을 아끼는 쪽을 택했다.

- 그럼, 이따 새벽에 봐요.

- 네, 푹 쉬다 오세요!

그렇게 그들의 첫 문답이 마무리됐다.

***

새벽 한 시. 남영빌딩 앞에 흰색 쏘렌토가 한 대 주차되어 있다. 차 옆에는 패딩을 입은 남자가 한 명 서 있다. 김진호다.

'은수 씨는 언제쯤 오시려나?' 그녀가 사는 빌라 방향을 바라보며 기다리는데, 빌딩 안쪽에서 계단을 내려오는 소리가 들렸다.

"진호 씨!" 은수의 목소리, 뒤를 돌아보니 그녀가 초록색 플라스틱 카트와 파란색 이사 박스를 양손에 들고 내려오고 있다.

진호는 후다닥 달려가 그녀가 가져온 짐을 대신 들어주며 물었다. "이게 다 뭐예요?"

"병원 창고에서 가져왔어요. 차로는 산 초입까지밖에 못 들어가잖아요. 거기서부터 시체를 옮기려면 카트가 있는 게 편할 것 같아서요."

야무진 성격은 오늘도 변하지 않는구나.

"저한테 말씀하시지. 이럴 줄 알았으면 저도 도와드렸을 텐데."

"아니에요. 건물 한 층 내려오는 건데요."

진호는 트렁크를 열었다. 안에는 거무스름한 시체와 미리 실어둔 삽이 보인다. 추운 날씨 덕인가. 생각보다 악취가 심하지 않다. 비릿한 냄새가 살짝 올라오긴 하지만 그래봤자 냉동육 수준이다.

"박스에 시체를 미리 넣어두는 게 좋을까요?" 진호가 물었다.

"음, 그러면 트렁크에 안 들어갈 것 같아요. 이따 천보산 도착해서 넣죠."

"알겠습니다."

진호가 들고 있던 핸드카트를 시체 아래에 밀어 넣는다. 은수도 이사 박스를 얇게 접어 시체 위에 올렸다. 이렇게 보니 박스를 이불처럼 덮고 누운 노숙자 같기도 하다. 시체가 삐져나오지 않도록 잘 정리한 후 트렁크 문을 닫자, 은수가 작게 박수 친다.

"고생하셨어요."

뭘요, 진호는 아무것도 아니라는 듯 웃으며 조수석 쪽으로 걸어갔다. "타시죠." 진호가 고급 호텔의 웨이터처럼 몸을 굽히며 조수석 문을 열어주었다.

은수도 밝은 미소로 화답하며 쏘렌토에 탑승한다. 그녀는 이제 포근한 옷을 입은 고다이바다.

천보산으로 가는 고속도로 위, 은은한 머스크향이 차 안을 맴돈다. 상범이 은수를 만날 때마다 뿌렸던 키엘 향수의 잔향이다. '이게 이런 향이었구나.' 상범과 함께 있을 때는 무겁고 독한 향이라고 생각했다. 다른 사람은 어떨지 몰라도 은수의 취향은 아니라고 여겼는데, 지금은 전혀 그렇지 않다. 오히려 관능적인 꽃향기가 그녀의 마음을 매료한다.

진호가 은수를 힐끗 바라본다. 가만히 향취를 즐기고 있는 옆모습이 아름답다.

"은수 씨, 혹시 나이가 어떻게 되세요?" 전부터 궁금하던 질문을 던졌다.

"맞춰보세요."

이렇게 나올 줄이야. 당돌한 면도 있네.

"음…. 얼굴만 봐서는 스무 살 같으신데, 간호사시니까 스물넷?"

후후, 은수가 수줍게 웃으며 정답을 말해준다. "저 스물다섯이에요. 한 달 후면 스물여섯!"

"진짜요? 되게 동안이시네요."

"진호 씨는 몇 살이세요?"

진호는 자기도 맞춰보라 하려다가, 주책이라고 생각해 곧바로 답을 말했다. "스물여덟이에요. 은수 씨랑 세 살 차이."

"오, 진호 씨도 엄청 동안이세요. 아직 대학생일 줄 알았는데."

당연히 농담일 테지만 기분은 좋다. 미소를 숨기기 힘들 정도다.

"아니에요. 대학 졸업한 지도 벌써 몇 년인데요."

"그럼 오빠라고 불러도 될까요?"

"당연하죠." 마음 한구석에서 은근히 기대하고 있던 제안이다. 진호는 흔쾌히 수락했다.

"알겠어요."

이제 오빠라는 소리를 들을 수 있는 건가? 부푼 마음으로 기다리는데 원하는 소리가 들리지 않는다. 오히려 대화 자체가 사라졌다. 곁눈질로 은수를 힐끗 바라보니 그녀는 조용히 카시트만 바라보고 있다. 막상 오빠라고 부르려니 부끄러운 걸까. 어색한 침묵, 다시 소리를 채운 사람은 진호였다.

"저는 말 놔도 될까요?"

"그럼요…" 머뭇거리던 은수가 한 단어를 덧붙인다. "오빠."

진호는 대답하지 않았다. 은수를 쳐다보지도 않았다. 않았다기보다는 못했다는 게 맞다. 그는 그저 운전대를 꽉 붙잡고 전면 창만 바라봤다. 그것 말고는 아무것도 할 수 없었다. 심장이 멎었기 때문이다.

오빠. 나이 어린 여자가 손위 남자를 정답게 부르는 낱말. 막상 따져보면 별거 아닌 단어다. 입술을 동그랗게 오므리고 숨을 뱉은 뒤, 입술을 벌렸다 닫으며 다시 한번 숨을 뱉는 소리의 나열일 뿐이다. 그런데도 이렇게 설레는 것은 왜일까? 진호와 은수, 둘 다 얼굴이 핫팩처럼 뜨겁다.

진호는 떨어지지 않던 입을 억지로 열어 간신히 말을 꺼냈다.

"그럼, 서로 말 편하게 하자."

은수도 천천히 고개를 끄덕인다. "…응."

그리고 그들은 벙어리가 되었다. 침묵을 지키는 하얀색 쏘렌토가 은밀하게 세종포천고속도로를 지나갔다.

현재 시각 새벽 2시 23분. 지도상에 천보산이라고 표시된 경계는 이미 10분 전에 지나쳤다. 그 후로도 차로 올라갈 만한 너비다 싶으면 어떻게든 집요하게 파고들었는데, 더는 불가능이다.

처음에는 나무보단 꽃과 풀이 많았다. 경사도 완만한 언덕 수준이었다. 이제는 누가 봐도 산이다. 두꺼운 잡목이 울창하게 자라있다. 차로는 이곳이 한계다.

"…여기서부터는 걸어서 올라가야겠다." 미로를 통과하듯 요리조리, 느릿느릿 차를 운전하던 진호가 운전대에서 손을 떼고 말했다.

"응, 고생했어." 은수는 이번에도 오빠라는 말을 붙이고 싶었지만 부끄러워 말이 나오질 않았다.

"내릴까?"

"좋아." 은수가 고개를 끄덕이며 조수석 문을 열었다.

차에서 내려 조심히 주위를 살핀다. 역시나 아무도 보이지 않는다. 어둠과 나무뿐이다. 둘은 말하지 않아도 자신의 역할을 알았다. 진호가 트렁크를 열자 은수는 이사 박스를 꺼내 조립을 시작했고, 그녀가 박스를 조립하는 동안 진호는 시체와 카트를 바닥에 내렸다. 전날 트렁크에 실을 때만 해도 사후경직 때문인지 몸이 굳어있었는데, 지금은 두부로 만든 인형처럼 죽죽 늘어진다.

'역겹군.' 진호는 시체를 만졌던 손을 공중에 털었다. 손등으로 코를 막아도 쿰쿰한 악취가 떨어지질 않는다. 은수가 박스를 준비해서 다행이다. 박스가 없었다면 산 깊은 곳까지 이런 사람 만 한 취두부를 등에 업거나 품에 안고 가야 했으리라. 상상만 해도 끔찍한 고문이다.

"오빠, 여기에 넣어." 은수가 조립을 완료했다.

진호는 힘없이 늘어지는 시체를 파란색 이사 박스에 엉덩이부터 밀어 넣었다. 팔과 머리까지 맞춤 제작한 관처럼 크기가 딱 맞게 들어간다. 뒤룩하게 살이 올라도 키가 작은 덕이다.

"좋아."

검푸른 시체가 박스 안에서 고개를 푹 숙인 채 콩벌레처럼 말려있다. 진호는 박스가 열리지 않도록 네 윗면이 잘 맞물리게 접어주었다.

은수는 삽을 챙기고 어느새 텅 비워진 트렁크를 닫으며 물었다. "차는 여기 놔둘 거야?"

"그러자. 어차피 사람도 없으니까. 멀리 놔두면 왔다 갔다 더 귀찮아질 거 같아."

은수가 고개를 끄덕인다. "알았어."

차의 시동을 끄자, 사방이 어둡고 조용해지며 새삼 장소 선택을 잘했다는 실감이 든다. 달빛마저 나뭇잎에 가려 들어오지 못하는 천보산. 유일하게 들리는 소리는 자그마한 야행성 동물들이 부스럭거리는 나지막한 소음이다. 여기라면 무엇을 묻어도 들키지 않으리라. 어쩌면 은수와 진호의 발밑에는 이미 수많은 시체가 묻혀있을지도 모른다.

진호는 박스를 카트에 실으며 말했다. "가자."

"응"

진호가 카트를 밀며 언덕을 올라간다. 은수는 오른손에는 삽을, 왼손에는 플래시를 켠 스마트폰을 들고 진호가 걸어갈 방향을 비춰주었다.

10분쯤 올랐을까, 은수가 걸음을 멈추고 물었다. "이쯤이면 되지 않을까?" 진호가 손꼽아 기다리던 얘기다.

"응, 나도 여기가 좋을 것 같아." 진호는 박스를 안은 채로 격하게 고개를 끄덕였다. 그의 팔이 겁을 집어먹은 어린아이처럼 부들부들 떨린다. 수전증도 없는데 완(腕)전증이 생겨버렸다. 그는 들고 있던 박스를 흙바닥 위에 던지듯이 내려놓았다.

중간부터 수목이 너무 빽빽했던 탓이다. 도저히 카트를 밀고 들어갈 틈이 없었다. 결국 거기서부턴 카트를 버리고 진호가 직접 박스를 들어야 했다.

후, 진호가 흐르는 땀을 닦으며 스마트폰을 열어본다. 2시 47분. 산에 들어온 지도 벌써 이십 분이 넘었구나. 내일 아침에 찾아올 근육통은 얼마나 저릿할까? 벌써 두렵다.

154

"오빠, 괜찮아? 힘들었지."

"아냐, 깃털 같았어." 진호가 후들거리는 팔을 뒤로 숨기며 말했다.

문득 은수의 손에 들린 삽이 보인다. '이제는 땅도 파야 하네.' 후후, 왠지 모르게 웃음이 나온다. 이럴 줄 알았으면 운동 좀 할걸. 문득 부모님의 빈소를 지키던 때가 떠오른다. 그때도 힘들다고 생각했는데 신체적인 피로만 보면 지금이 훨씬 힘들다. 정신적 고통과 육체적 고통, 둘 중 하나를 고르라 하면 대중은 무엇을 택할까?

"오빠, 좀 쉬자. 어차피 시간도 넉넉해." 진호의 마음을 읽은 걸까, 은수가 또 바라던 말을 해줬다.

"그래. 너도 계속 오르막길 오르느라 힘들었을 텐데 같이 쉬자." 진호가 고개를 끄덕이며 롱패딩을 벗는다.

'땀이 많이 났나 보네.' 은수가 생각하는데, 진호는 패딩을 바닥에 넓게 펼쳤다.

"이걸 왜 바닥에 깔아?" 은수가 놀라 물었다.

"흙바닥에 앉으면 바지 더러워지잖아. 여기 앉아." 패딩을 돗자리로 사용하라는 그의 배려.

"이러면 오빠 패딩이 더러워지는데?"

"괜찮아. 몇 번 털면 돼."

"그래도…. 추울 텐데."

"아니야, 나 지금 되게 더워." 그가 패딩 위에 털썩 주저앉았다. 나무에 등을 기대고 거칠어진 호흡을 가다듬는다. 열이 쉽게

가시지 않는 모양이다. 입고 있는 회색 니트의 가슴 부근을 부여 잡고 펄럭인다. 덥다는 말은 거짓이 아니었다.

"진짜 고생했어, 오빠. 같이 못 들어줘서 미안해." 은수가 진호의 옆에 자연스레 앉는다. 그녀는 진호의 어깨에 살포시 고개를 기댔다. 안 그래도 쿵쾅거리던 심장박동이 더욱 거세진다.

진호는 떨리는 목소리를 숨기며 말했다. "무, 무슨 소리야. 애초에 너는 아무 잘못도 안 했잖아. 너가 왜 사과해. 나는 너한테 고마운 마음밖에 없어." 고마운 마음과, 사랑이다.

딱딱하게 고정된 진호의 목. 은수는 엷게 웃으며 새벽하늘을 올려다봤다. 진호도 그녀의 시선을 따라 하늘을 바라본다. 별과 달은 나뭇잎에 가려 보이지 않지만, 이대로도 충분하다.

"슬슬 땅을 파볼까?" 먼저 자리에서 일어난 이는 진호였다.

욕망을 억지로 떨쳐낸 힘든 결정이었다. 마음 같아선 은수와 함께 영원히 앉아있고 싶었다. 나무에 등을 기댄 채 밤하늘을 바라보며 한없이 낭만을 즐기고 싶었다. 그러나 영원한 낭만을 나누기 위해서는 범죄를 덮는 게 우선이었다.

은수 역시 고개를 주억였다. 자리에서 일어나는 그녀의 얼굴에도 아쉬움이 많이 묻어있다. 그녀는 롱패딩에 묻은 흙먼지를 미련과 함께 털어낸 뒤 진호에게 덮어줬다.

"슬슬 땀도 식어서 추울 텐데 다시 입어."

"고마워."

패딩 지퍼를 단단히 잠근 진호는 양손으로 삽을 쥐었다. 숨을 한 번 들이키고 힘차게 땅을 찍어보는데, 삽이 들어가질 않는다. 신발 밑창으로 삽 머리를 힘주어 눌러봐도 마찬가지다.

"잘 안 들어가?" 은수가 묻는다.

"응, 생각보다 딱딱하네. 겨울이라 땅이 얼었나 봐." 진호가 당황하며 말했다.

"내가 그럴 줄 알고~" 그녀가 코트 안쪽 허리춤을 주섬거린다. "뜨거운 물을 가져왔지!" 그녀의 손에 베이지색 보온병이 들려 있다. 일본 만화의 파란색 고양이 로봇이 생각난다.

"어디서 난 거야?"

"나 힙색 차고 있었거든." 그녀가 보온병을 돌려 열고 바닥에 뜨거운 물을 줄줄 붓는다. 새하얀 김이 뭉게구름처럼 올라온다. "이러면 조금은 잘 파지지 않을까?"

진호는 다시 한번 힘을 주고 삽을 꽂아보았다. 확실히 경도가 달라졌다. 아까는 시멘트 바닥을 때리는 것 같았다면, 지금은 진득한 갯벌을 퍼내는 느낌이다.

"오, 진짜 효과 있는데?"

난이도가 내려가자 의욕이 솟는다. 진호는 시체가 충분히 들어갈 만큼 열심히 흙을 파냈다. 아래로 내려갈수록 흙의 굳기도 점점 부드러워진다. 이 정도면 냉장된 버터를 숟가락으로 파내는 수준이다.

은수는 열성껏 땅을 파는 진호의 모습을 가만히 지켜보다 입을 열었다. "오빠, 오빠가 어제 나한테 부모님 두 분 다 돌아가셨다고 했던 거 기억나?"

진호는 계속해서 땅을 파며 답했다. "응, 기억나지."

"그러면 지금은 혼자 사는 거야?"

"응, 근데 주인아주머니께서 이번에 계약금을 올리겠다 하시더라고." 진호가 씁쓸하게 웃는다. "내년엔 어디서 살아야 할지 모르겠어."

"내년 얼마 안 남았잖아."

"그렇지." 진호는 별다른 대답 없이 삽질에 집중했다.

"오빠." 은수가 짧게 진호를 불렀다.

"응?"

"나랑 같이 살래?"

"뭐?" 열심히 움직이던 진호의 삽이 멈췄다.

"우리 서로 좋아하잖아."

"좋아하지, 좋아하는데…. 괜찮아?" 진호가 붉어진 얼굴로 물었다.

"응, 나도 어차피 혼자 살아." 단호하고 깔끔한 말투다.

진호는 고개를 천천히 끄덕였다. "…좋아."

"그럼 오늘 바로 우리 집으로 가자. 짐은 천천히 옮기면 되니까."

"좋아…." 진호의 작업속도가 한층 빨라진다. 단단한 삽이 무른 땅속으로 깊숙이 파고들었다.

✱✱✱

은수의 빌라에도 주차장이 있다. 사실 주차장이라고 부르기도 민망한 장소다. 차를 대라고 바닥에 그어놓은 흰 선이 고작 두

칸뿐이니까. 주차 구역이라고 부르자. 차 두 대면 꽉 차는 비좁은 주차 구역.

재밌는 점은 이런 곳이 오히려 주차가 쉽다는 점이다. 백화점이나 고급 아파트의 드넓은 주차장보다 허름한 빌라에 딸린 주차 구역이 훨씬 널널하다. 이렇게 낡은 빌라에는 자차를 가진 사람이 없기 때문이다. 이곳 역시 그렇다. 가끔 집주인이 새로운 입주자한테 집 구경을 시켜주러 올 때나 차가 생길 뿐, 오늘은 텅 비었다.

진호는 왼쪽 칸에 주차를 마친 후 차에서 내렸다. 천보산에서 이곳까지 돌아오는 길에는 은수와 함께 떠들며 설레는 마음뿐이었는데, 막상 빌라를 마주하자 걱정이 밀려든다. '하루 만에 더 낡았네.' 은수와 함께 보낼 장밋빛 미래의 배경으로 삼기에는 너무 허름하다. 온수는 잘 나올까? 전기가 끊기진 않을까? 난방은? 화장실은? 둘이 살 공간은 충분할까?

진호가 이런 걱정을 하는 것은 은수에 대한 사랑이 부족해서가 아니다. 오히려 그녀를 너무 사랑해서, 그 사랑에 혹여나 금이 갈까 두려운 마음에 걱정하는 것이다. 그는 지금 은수를 정말로 아끼고 애정하고 있다. 그런데 만일 은수의 집 하나 때문에 그녀에 대한 시선이 부정적으로 바뀌어 버린다면, 그런 자신한테도 실망하고 은수한테도 미안할 게 뻔하지 않은가. 어떻게 보면 자신을 못 믿는 것일 수도 있다.

'이 건물이 내 사랑을 망치는 계기가 되면 어떡하지?' 불안한 마음으로 빌라를 올려다보는데, 은수는 당당한 걸음으로 빌라를 향해 걸어갔다.

"들어와." 이미 빌라로 들어간 은수가 진호를 재촉했다.

진호는 바닥에 접착 되어버렸던 발을 억지로 떼어내야 했다. 망설임 없이 계단을 척척 올라가는 은수에 비해, 그녀의 뒤를 따르는 진호의 얼굴에는 초조함이 뚝뚝 떨어졌다. 생각을 비우려 애써도 새로운 잡념이 쉴 틈 없이 다가온다. 그럴 수밖에. 벽에도, 천장에도, 계단 난간에도, 시선을 두는 곳마다 녹이 슬어있다.

2층으로 올라온 은수가 멈춰 선 곳은 201호 앞. 힙색을 뒤적이던 그녀가 열쇠 하나를 꺼냈다. 그녀의 하얗고 고운 손과는 다르게 열쇠에는 세월감이 잔뜩 배어있다. 중간중간 녹빛이 끼어있는 회색에 가까운 열쇠. 처음 제작된 당시에는 은색이었겠지. 은수의 손에 쇳독이 오르진 않을까 걱정될 정도다. 은수가 조준하는 열쇠 구멍은 열쇠보다 더 오래되어 보인다.

'아무리 봐도 은수는 이런 곳에 어울리는 사람이 아닌데.' 진호는 눈살을 찌푸리며 주름진 미간을 중지로 쓸어올렸다.

그런 진호의 마음을 아는지 모르는지, 은수는 아무렇지 않게 낡은 구멍에 낡은 열쇠를 꽂는다. 철컥, 문고리가 돌아간다.

그녀는 문을 활짝 열고 진호를 돌아보며 말했다. "여기야."

아무 기대도 없던 진호의 눈이 깜짝 놀랄 정도로 커졌다. 복권에 당첨된 채무자의 눈이다. 문 하나를 경계로 이렇게까지 분위기가 바뀔 수가 있다니. 계단을 올라가는 그녀의 발걸음에 일체 망설임이 없는 이유가 있었다.

먼지 한 톨 없이 깨끗하고 새하얀 벽지, 소녀 감성의 예쁜 가

160

구들. 지금까지 느꼈던 허름하다는 인상은 순식간에 날아갔다. 오히려 산뜻하기만 하다. 모두 은수의 미적 감각 덕분이다. 이곳은 세월이 흘러도 낡았다기보단 고풍스럽다는 찬사를 받을 것이다.

"…집 진짜 잘 꾸몄다." 조금 전까지만 해도 어떤 가면을 써야 할지 걱정하던 진호가 진심으로 감탄사를 뱉었다.

"괜찮지? 입주한 날부터 지금까지 열심히 꾸몄어. 유일한 낙이었거든." 뿌듯한 얼굴로 배시시 웃는 그녀. 사랑스럽다.

진호는 집안 곳곳에 스며든 은수의 취향을 탐닉했다. 부엌과 합쳐진 거실에 방 하나, 화장실 하나. 생각보다 엄청 좁지도 않다.

"오빠, 어디서 잘래?"

"음, 나는 거실에서 잘게." 지금은 이게 맞지. 진호는 홀로 고개를 끄덕였다. "혹시 이불 남는 거 있어?"

"응, 근데 겨울 이불은 아니라서…."

"괜찮아. 오늘만 빌려주면 돼. 내일은 내가 집에서 가져올게."

"알았어. 마음껏 써!"

그렇게 이틀 전까지는 서로 얼굴도 모르던 남녀의 동거가 오늘 시작되었다.

***

은수를 만난 후로 진호의 인생관은 크게 달라졌다. 죽으면 모든 게 끝난다는 대전제는 물론 변하지 않았다. 하지만, 지금 그는 살아있다. 살아있는 시간은 즐겨야 한다. 인생을 즐기는 방법. 진호가 찾은 방법은 사랑이다. 사랑하면 죽음을 망각한다. 죽음을 생각할 겨를이 없다. 죽음까지 남은 시간은 사랑하는 사람한테 쏟아부으며 그 사람을 조금이라도 더 행복하게 해줘야 한다.

진호는 다짐하는 동시에 맹세했다. '열심히 살자.' 사랑에 최선을 다하려면 돈이 필요하다. 돈을 벌기 위해선 일을 해야 한다. 일하려면 능력이 있어야 하고, 능력을 갖추려면 노력이 필요하다. 하루가 바쁘고 한 시간이 아쉬워진 진호가 가장 먼저 알아본 것은 아르바이트였다. 돈을 모으고 자격증 공부를 해서 번듯한 직장에 취업하기 위한 첫걸음이다.

은수 역시 마음을 바꿨다. 상범이 의기양양하게 으스댔던 '거미줄 네트워크'에 자신에 관한 소문이 얼마나 안 좋게 퍼졌던 신경 쓰지 않기로 했다. 아무리 질긴 줄도 마찰이 계속되면 끊어지기 마련이다. 그녀는 공고가 올라올 때마다 이력서를 제출했다.

두 명 모두 치열하게 노력하고 온 힘을 다해 사랑했다. 비는 시간에는 맛집에 찾아가 다양한 음식을 먹고, 강가를 거닐며 산책을 즐겼다. 밤이 되면 집에 돌아와 술을 마시고 서로를 탐미했다. 각자의 과거를 들으며 아픔을 나누고 미래를 그리며 행복을 쌓았다. 그러한 과정은 그 둘을 하나로 만들었다.

하루하루가 입에 담을 수 없을 정도로 황홀한 나날이었다.

물론 기쁨이 있으면 슬픔도 있듯이, 은수와 진호의 매일도 순탄하기만 하지는 않았다. 21세기 한국 사회에서 무직의 두 남녀가 어떻게 순탄한 삶만 살겠는가. 그것이 더 기괴한 일이다.

동거를 시작한 지 일주일이 지났을 즈음, 식탁에 앉아 함께 점심을 먹는데 은수의 스마트폰이 짧게 진동했다. 은수는 아무렇지 않게 스마트폰을 확인했다. 그곳에는 너무 바쁘게 살아 잠시 존재를 잊고 있던 이름이 적혀있었다. 김가영. 그녀가 은수에게 문자를 보냈다.

- 은수야, 너 혹시 우리 병원 휴업한 이후로 가본 적 있어? 나 지금 병원 앞인데 아무리 열쇠를 넣어봐도 안 들어가네.

은수는 그대로 굳었다. 낭패구나. 증거를 인멸하고 출입문까지 교체하고선 정작 다른 동료가 병원에 방문하는 미래는 생각하지 않았다. 용산 수리에서 받은 열쇠는 은수만 가지고 있는 상태다.

'이걸 자연스럽게 넘어가는 방법이 있으려나.' 은수는 수저를 내려놓고 고민했다. 가영을 죽이기는 힘들다. 그녀에겐 가족이 있다. 그녀가 사라지자마자 수사가 시작될 것이다. 수사가 시작되고 용의자 명단에 은수가 올라간다면 이전에 죽인 윤상범까지 잇따라 드러날 수 있다.

진호는 급격히 굳어버린 은수의 안색을 가만히 살피다 물었다. "은수야, 괜찮아? 무슨 일 있어?"

"응? 아냐, 스팸 문자가 와서. 요새 부쩍 이런 문자가 많이 오길래 왜일까 생각해 보고 있었어." 은수는 고개를 저으며 대충 얼버무렸다. 유리문 교체는 그녀 담당이었다. 자신의 어리숙함으로 야기된 실수를 진호에게 들키고 싶지 않다.

"아, 스팸? 요즘 나도 많이 오긴 하더라. 그런 건 그냥 무시하고 차단해.”

“응, 알았어.” 은수는 고개를 끄덕였다.

식사를 마친 후, 은수는 이번 설거지는 자신에게 맡기라며 진호를 부엌에서 내보냈다. 진호가 방으로 들어가는 모습을 확인한 후, 싱크대의 물을 틀었다. 그녀는 입술을 깨물며 가영에게 답장을 보냈다.

- 아니요. 저도 휴업 이후로 한 번도 안 가봤어요. 근데 병원은 갑자기 왜요?

가벼운 탐색용 문자에 답장은 1분도 지나지 않아 돌아왔다.

- 아니, 내 텀블러가 없어졌거든. 아무리 집을 뒤져봐도 없길래 이상하다 싶었는데 생각해 보니까 병원에 텀블러를 두고 퇴근한 거야. 그래서 텀블러 가지러 왔지.

텀블러를 두고 갔구나. 은수도 가영이 말하는 게 무엇인지 안다. 자그마한 파스텔 핑크색 텀블러. 그걸 대체 왜 두고 간 거야. 하지만 다행이다. 이 정도 문제는 어렵지 않게 해결할 수 있다.

- 제가 한 번 확인해 볼까요? 선배 열쇠 문제일 수도 있으니까, 제가 가서 열어보고 선배한테 텀블러 가져다드릴게요.

잠시 후, 답장이 돌아왔다.

- 내 열쇠가 안 열리는데 너 열쇠가 열릴까?

은수는 지지 않고 빠르게 답장했다.

- 선배 열쇠가 이가 나간 걸 수도 있으니까요.

- 아무리 그래도 너한테 병원에서 우리 집까지 왔다 갔다 심부름시키는 건 너무 미안한데…. 혹시 지금 집이야?

- 네, 집이에요.

- 그럼 30분 후에 병원 앞에서 볼래?

은수는 잠깐의 고민 끝에 답장을 보냈다.

- 네, 좋아요. 이따 봐요. 언니.

문자를 전송한 그녀는 수세미에 세제를 묻혔다.

참빛의원 앞에 도착한 은수는 시간을 확인했다. 약속 시간에
딱 맞게 왔다. 가영은 아직 오는 중인 걸까. 귀를 기울여봐도 발
소리가 들리지 않는다. '늦지는 않겠지.' 오늘은 날이 꽤 춥다. 건
물 안에 들어와 있는데도 숨을 쉴 때마다 입에서 하얀 입김이
나올 정도다. 은수는 입고 있던 베이지색 더플코트의 토글을 잠
갔다.

계단을 내려다보던 그녀는 출입문을 향해 시선을 돌렸다. 교
체된 문은 사진으로만 봤지, 실물로 보는 것은 이번이 처음이다.
예전과 똑같이 생긴 유리문. 그녀는 햇볕에 반짝반짝 빛나는 손
잡이를 잡고 좌우로 문질렀다. 완벽하다. 손의 기름기가 묻어 사
용감이 생겼다. 이제 의심받을 구석은 하나도 없다. '빨리 집에
가고 싶네.' 은수는 양팔을 쓱쓱 비볐다.

3분 정도 지나가 계단을 올라오는 구두 굽 소리가 들린다. 분
명 가영이다.

"언니." 은수가 밝게 웃으며 그녀를 불렀다.

"은수야, 오랜만! 집에서 쉬고 있었을 텐데 미안해." 그녀가 남
은 계단을 빠르게 뛰어 올라오며 말했다.

"아니에요, 안 그래도 외출 준비하던 중이었어요."

"그래? 다행이다. 열쇠도 가져온 거야?"

"네, 근데 진짜 언니 열쇠로는 문이 안 열려요?"

"응. 열쇠 자체가 구멍에 안 들어가던데?"

"이상하네. 갑자기 왜 그러지." 은수는 출입문에 달린 열쇠 구멍을 빤히 바라보다 물었다. "제가 한번만 해봐도 돼요?"

"내 열쇠로?"

가영이 물음에 은수가 고개를 끄덕인다.

"상관없지. 잠시만." 가영이 가방을 뒤적인다. "여깄다. 근데 너가 해도 안 들어갈걸?" 그녀가 열쇠를 꺼내 은수에게 건네주었다.

은수는 가영의 열쇠를 왼손으로 받은 뒤, 오른손에 쥐고 있던 열쇠를 열쇠 구멍에 집어넣었다. 용산 수리에서 받은 새 열쇠다. 출입문의 잠금쇠가 부드럽게 돌아간다.

"잘 열리는데요?" 은수는 가영을 돌아보며 말했다.

"어? 뭐야. 그러네?" 가영이 어리둥절한 얼굴로 출입문을 쳐다본다.

"제가 보기엔 요즘 날이 추워서 열쇠 구멍에 서리가 껴있었던 거 같아요. 그런 경우가 종종 있더라고요." 은수가 오른손에 쥔 열쇠를 자연스레 가영에게 건네준다.

"아, 그랬나 보다. 어떡해. 내가 좀 더 잘 열어볼걸. 괜히 너 헛걸음만 시켰네. 진짜 미안." 가영의 얼굴이 무안함으로 붉게 물든다.

"아니에요. 괜찮아요. 그럴 수 있죠. 텀블러 같이 찾아드릴까요?"

"아니야, 너 약속 있다며. 문 열어준 것만으로도 감사하지. 너는 어서 약속 가." 가영이 은수를 떠민다.

"아, 맞네." 은수가 능청스레 스마트폰을 꺼내 시간을 확인한다. "슬슬 약속 시간이네요. 까먹을 뻔했다. 그럼 저는 이만 가볼게요, 나중에 봬요!"

"응, 고마워!"

은수는 아쉬운 걸음으로 건물을 빠져나왔다. 혹시나 그녀가 텀블러를 찾는 과정에서 범죄의 낌새를 발견하진 않을까 감시하고 싶은 마음도 있었으나, 약속이 있다고 한 마당에 같이 남아있긴 무리였다. 괜찮겠지. 새로 주문한 모형 CCTV도 천장에 달아났다. 현장에는 아무런 증거도 남아있지 않다.

'어쨌든 가영 언니는 해결됐네.'

이로써 완전범죄에 한 걸음 더 가까워졌다. 만일 수미에게 같은 문제로 연락이 온다면 그녀는 천보산에 묻어도 된다. 독신인 그녀는 죽여도 붙을 꼬리가 짧다.

한층 가벼워진 마음으로 집에 돌아가던 은수에게 전화가 걸려왔다. '또 누구지?' 스마트폰을 꺼내 발신자를 확인한다. 이번에도 액정에 적힌 이름은 '가영 언니' 네 글자다.

번거롭게 자꾸 왜 이러는 거야, 은수는 귀찮은 마음을 숨기며 전화를 받았다. "네, 언니."

"은수야. 우리 병원 로비에 CCTV 있잖아. 혹시 그 녹화 파일 저장된 위치 알아?"

등골이 확 서늘해진다. 하지만 언젠간 겪으리라 예상한 상황이다. 머릿속으로 시뮬레이션도 여러 번 돌려봤다. 은수는 준비해 놓았던 대사를 침착하게 재생했다.

"아, 언니 모르셨구나. 네 달 전에 CCTV 고장 났잖아요. 지금 있는 카메라는 모형이에요."

"진짜?" 처음 들었다는 눈치다. 당연하다. 거짓이니까.

"네, 원장님이랑 수미 쌤께서 저한테 일 몰아주셨던 거 기억나세요?"

"아, 응. 기억하지. 그때 못 도와줘서 미안했어…."

"아니에요. 하여튼 그때 CCTV 관리도 저한테 넘어왔잖아요. 근데 8월인가? 그쯤에 갑자기 카메라가 망가졌었거든요. 그때 수미 쌤한테 어떻게 할지 여쭤보니까 어차피 쓸 일도 없는 거 모형으로 바꾸라고 해서 그렇게 했었어요." 미리 정해놓은 답변을 외는 것도 초조하구나. 목소리가 미세하게 떨렸지만, 다행히도 가영은 이를 눈치 못 챈 듯하다.

"그렇구나. 그럼 어쩔 수 없지."

"근데 CCTV는 갑자기 왜요?" 최대한 능청스럽게 물어보려 했는데. 괜찮았을까?

"아, 아까 말한 텀블러 있잖아. 지금 계속 찾고 있는데 안 보여서. 진료실, 카운터, 창고, 아무 데도 안 보여. 그래서 CCTV로 한번 확인해 볼까 했지."

그놈의 텀블러. 새로 하나 사주고 싶다.

은수는 답답함을 참으며 말했다. "아, 못 찾으셨구나. 어떡하죠."

"괜찮아, 정 없으면 새 걸로 하나 사지 뭐. 근데 원장은 아직도 출장 중이래?"

"저도 잘 모르겠어요. 그날 공지 돌리라고 한 이후로 저한테도 딱히 연락이 없어서…."

"그래? 혹시 빚지고 야반도주한 거 아니야?" 가영이 킥킥 웃는다.

은수도 억지로 웃음을 맞췄다. 자세히 들어보면 가늘게 떨리는 게 꼭 어린 염소 울음소리 같기도 하다.

"하여튼 알려줘서 고마워. 다음에 꼭 한번 보자!"

"네. 들어가요, 언니!"

뚝, 전화가 끊어졌다. 굳어 있던 은수의 어깨가 축 늘어진다.

'이제 가영 언니는 진짜 끝이겠지?'

지친 마음을 추스르며 집으로 돌아간 그녀는 도착하자마자 침대에 몸을 던졌다.

"힘드네."

베개에 얼굴을 묻은 채 한 꺼풀씩 옷을 벗는다. 거실 소파에 앉아 스마트폰을 하던 진호는 그런 은수의 모습을 멀뚱히 쳐다봤다. 약속에 나간다더니 금방 돌아와 꿈지럭거리며 양말과 외투를 벗는 게 이상해 보였나 보다.

그는 은수에게 조심스레 다가가 물었다. "약속 다녀온다더니 벌써 왔어?"

은수는 베개에 파묻힌 고개를 천천히 끄덕였다.

"왜? 무슨 일이야? 누구랑 싸웠어?"

은수가 고개를 젓는다. 저러면 화장이 다 번질 텐데.

"싸운 것도 아닌데 왜 그래." 그녀의 등을 다독이던 진호는 문득 안 좋은 예감이 스쳤다. "혹시 참빛의원 일이야?"

조용히 몸을 일으킨 은수는 힘없이 고개를 끄덕였다.

"왜? 무슨 일인데? 혹시 경찰에 들켰어?"

"아니야. 이미 다 해결했어."

"이미 다 해결했다고?" 진호는 영문을 알 수 없었다. 집에서 놀고 있던 사이 무슨 일이 벌어진 것인가. 어리둥절한 진호에게 은수가 천천히 자신의 무용담을 들려주기 시작했다.

"아까 점심 먹을 때 내가 스팸 문자 왔다고 했던 거 기억나?"

"응, 기억하지. 내가 다 차단하라 했잖아."

"사실 그 문자가 가영 언니였거든."

"가영 씨? 너희 병원 선배 말하는 거야?"

"응." 은수가 고개를 끄덕인다.

"그 사람이 왜? 뭐 눈치채고 협박이라도 했어?"

"아니, 그런 건 아닌데. 마지막 출근 날 병원에 텀블러를 놓고 갔다더라고. 그래서 병원에 와봤더니 열쇠가 안 맞는다고 문자가 온 거야."

"그래서 어떻게 했어?" 진호가 놀란 표정으로 물었다.

"병원 앞에서 보자고 한 다음에 언니가 갖고 있던 열쇠를 새 걸로 바꿔쳤지."

"그게 가능해? 대단하다."

"막상 해보면 별로 안 어려워." 은수는 손을 휘젓다 말을 이었다. "문제는 그게 아니야. 언니한테 열쇠를 주고 난 후에 집으로 돌아오는데, 언니가 또 나한테 전화했어."

"또 왜?" 진호가 눈살을 찌푸린다.

"아무리 찾아도 텀블러가 안 보인다고 CCTV를 보고 싶어 하더라고."

"모형으로 바꾼 그 CCTV?"

"응. 근데 상관없었어. 어차피 CCTV는 한참 전부터 내가 관리하고 있었거든. 몇 개월 전에 망가져서 모형으로 바꿨다는 식으로 둘러대니까 믿더라."

"혼자 고생했네. 왜 나한테 말 안 했어. 말했으면 같이 도와줬을 텐데."

"문 교체는 처음부터 내 담당이었잖아. 괜히 오빠 힘들게 하기 싫었어."

진호는 침대 끝자락에 걸터앉은 그녀를 가만히 바라보다 온몸이 부서지도록 꽉 껴안았다. "고마워, 역시 너는 천사야. 그래도 다음부턴 꼭 말해. 뭐든지 같이 하자." 그가 은수의 머리를 마구 쓰다듬는다.

"알겠어. 오빠도 힘든 거 있으면 말해." 은수도 진호의 허리를 양팔로 감싸 안았다.

"그나저나 그 인간은 왜 텀블러를 깜빡하고 난리래. 괜히 너 귀찮게."

"가영 언니한테 그러지 마. 병원에서도 유일하게 나 챙겨준 사람이야." 은수가 진호에게 맡겼던 몸을 뒤로 확 빼며 말했다. 그녀의 눈은 진호를 째려보고 있다.

"그렇지, 맞아. 사람이 살다 보면 당연히 실수할 수 있지." 진호는 어쩔 줄 모르며 다급히 태세를 전환했다.

연애의 기본은 상대를 맞춰주는 것. 은수는 헐레벌떡 말을 바꾸는 진호를 노려보다 웃음을 터트렸다.

***

다음 날 오후, 저녁은 뭘 먹을지 고민하던 은수에게 전화가 걸려 왔다. '또 가영 언니인가?' 스마트폰을 확인하는데, 이번 전화는 집주인이었다. '아주머니가 갑자기 왜 전화하셨지?'

은수는 고개를 갸웃거리며 전화를 받았다. "여보세요?"

"은수 씨. 지금 집이야?" 어딘가 뿔이 난듯한 목소리다.

"네? 네. 맞아요. 왜요?"

"잠깐 확인해 볼 게 있어서. 20분이면 도착하니까 잠시만 있어."

"지금 오신다고요?"

"그래. 왜. 문제 있어?"

"저 곧 약속이 있어서 나가봐야 할 것 같은데…." 집주인이 갑자기 들이닥치는 상황을 막고자 튀어나온 거짓말이었다. 지금 은수는 진호와 함께 살고 있다. 그녀에게 들켜봤자 좋을 게 없다.

"20분만 미뤄. 그 정도는 상관없잖아. 얼마 안 걸린다니까?"

막무가내로 밀고 들어오는 그녀. 무언가 화가 난 게 있구나. 집주인의 마음을 눈치챈 은수는 그녀의 요청을 수락했다. "알겠어요. 기다리고 있겠습니다."

"그래. 이따 봐."

뚝, 전화가 끊어졌다. 은수는 곧바로 침실 문을 열었다. 침대에는 야간 아르바이트를 하고 온 진호가 잠들어 있었다. 그녀는 진호를 흔들어 깨우기 시작했다.

"오빠, 일어나. 오빠."

진호는 반쯤 감긴 눈으로 물었다. "왜 그래. 뭐 급한 일 있어?"

"지금 주인아주머니께서 오신대. 잠깐 나가 있는 게 좋을 것 같아. 근처 카페라도 가 있어." 그녀가 옷장을 열어 패딩을 꺼내준다.

"그분은 갑자기 왜 오시는 거야." 진호가 하품하며 뜬 머리를 벅벅 긁는다.

"나도 몰라. 통화상으로는 약간 불만이 있어 보였어. 일단 어서 나가자. 괜히 늦었다가 중간에 마주치기라도 하면 이상해질 거야."

"알겠어…. 아주머니 가면 연락 줘."

"응. 미안해."

"아니야. 이따 봐." 진호는 아르바이트로 지친 몸을 이끌고 밖으로 나섰다.

그가 나가고 집주인이 도착하기까지의 공백. 은수에게 주어진 짧은 시간 동안 그녀는 진호의 흔적을 숨기고자 최선을 다했다. 그의 수저와 칫솔을 같은 비닐봉지에 넣어 부엌 찬장 깊숙이 감추고, 그가 입던 옷을 전부 포개 침대 아래로 밀어 넣었으며, 그가 신던 신발은 베란다 수납장에 쑤셔 넣었다.

대충 정리가 끝났을 즈음, 아슬아슬하게 초인종이 울렸다. 은수는 곧장 현관으로 나가 출입문을 열어주었다.

"오셨어요?" 그녀는 최대한 반가운 표정을 가장하며 인사를 건넸다.

"응." 집주인은 짧은 대답으로 대화를 마치고 신발장으로 시선을 돌렸다. 그녀는 모든 신발을 꼼꼼히 확인하더니 다시 말했다. "잠깐 안에 좀 볼게." 분명 무언가를 찾고 있는 것이다.

집 안을 여기저기 돌아다니는 그녀. 은수는 그런 그녀의 곁을 졸졸 쫓아다니다 물었다. "근데, 여긴 갑자기 왜 오신 거예요?"

주인아주머니는 고개를 홱 돌리더니 소리쳤다. "그걸 내 입으로 말해야 해? 은수 씨 착한 사람인 줄 알았는데 전혀 아니었네. 내가 CCTV 보고 얼마나 놀랐는지 알아?"

"네? 그게 무슨 소리세요?" CCTV를 봤다니, 설마 남영빌딩을 본 건 아니겠지? 그럴 리가 없다. 이 사람이 남영빌딩의 건물주는 아닐 테니까. 만약 봤다고 해도 여기서 이럴 이유는 없다.

"여기, 여기 있네. 이거. 이거 남자 머리카락 아니야?" 그녀가 바닥에서 머리카락 한 올을 주워 들이민다. 한눈에 봐도 은수의 머리 길이보다는 훨씬 짧긴 하다.

은수는 빠르게 머리를 굴리고 최대한 적당한 답을 찾아 말했다. "아, 어제 저희 집에 친구가 놀러 왔었어요. 아마 그 친구 머리카락일 거예요."

"놀러 왔다는 사람이 일주일 넘게 집에 머물러? 나머지 증거는 다 어디 숨긴 거야?"

174

"일주일이라뇨. 그런 적 없어요, 아주머니."

"계속 그렇게 잡아뗄 거야? 내가 CCTV를 보고 왔다니까! 지금도 주차장에 쏘렌토 주차해 놨더만. 11월 22일에 그 차에서 은수 씨랑 그쪽 또래 남자랑 같이 내렸잖아. 그 이후로 계속 여기서 같이 사는 주제에 언제까지 모른 척할 거야?"

주차장 CCTV를 확인할 줄은 몰랐는데, 다 들켰구나. 이걸 어찌해야 한담.

"당장 남자애 데려와서 같이 사과시켜." 주인아주머니가 단호하게 명령한다.

고민하던 은수는 인정을 택했다. "알겠어요, 죄송해요. 지금 오라고 문자 보낼게요. 잠시만 기다려 주세요."

그녀는 곧장 진호에게 문자를 보냈다.

- 오빠, 우리 집으로 와봐. 주인아주머니께서 이미 CCTV를 보셨대. 동거한다고 솔직하게 밝혀야 할 것 같아.

답장은 바로 돌아왔다.

- 알겠어.

진호가 집에 도착해서 마주한 아주머니는 어딘가 낯이 익었다.

"봐. 내 말이 맞네. 제 또래 남자애랑 놀고 있었네."

"죄송해요. 먼저 말씀드렸어야 했는데."

"웃기지 마. 내가 먼저 눈치채기 전까진 말할 생각 전혀 없었잖아."

"아니에요. 저도 요즘 정신이 없어서 그랬어요. 동거에 익숙해지면 바로 말씀드리려 했어요."

그녀들의 격렬한 설전이 이어지는 동안, 진호는 앞에서 뭐라고 떠들든 들리지 않았다. 그는 그저 답답한 표정으로 아줌마를 바라보며 과거를 복기하기 바빴다. 분명 어디선가 봤던 사람인데 누군지 도무지 기억이 안 난다. 뜻은 아는데 단어가 떠오르지 않는 갑갑함이다.

자신을 빤히 쳐다보는 진호가 이상했던 걸까. 집주인이 그를 힐끗 쳐다보더니 눈이 확 커졌다. "어? 너, 너." 그녀가 느닷없이 진호를 향해 통통한 검지를 뻗는다.

'아, 그분이구나.' 살이 잔뜩 오른 손가락에 묻혀있는 보석 반지. 얼굴만 볼 때는 흔한 중년 비만 여성 중 하나던 사람이 반지를 보자 정체가 떠올랐다. 전셋집 아주머니다. 그녀가 진호에게 남긴 첫인상은 비계에 파묻힌 반지였다. 그 반지는 어느새 아주머니의 정체성이 되어버렸다. '이 아줌마 여기저기 집이 많았네.'

"너 김재진 씨 아들 맞지?" 의외의 장소에서 의외의 인물을 만나면 반가움을 느끼는 것은 인간의 본능일까. 그녀의 얼굴에도 아주 잠시 반색이 스쳤다. 그러나 그것은 정말 찰나였다. 그녀는 곧장 얼굴을 찌푸리고 거북함을 표했다. "와, 너도 정말 웃기는 애네. 부모님이 돌아가시자마자 여자친구한테 붙어먹어?"

"죄송합니다." 진호는 그제야 정신을 차리고 허리를 깊게 숙이며 사죄했다.

"됐어. 월세 올릴 거니까 그렇게 알아."

"월세를 올리시겠다고요?" 옆에서 듣던 은수가 놀라 물었다.

"당연하지. 동거하잖아."

"동거랑 월세 올리는 거랑 무슨 상관이에요?" 은수의 말투가 예리하게 변했다. 찌를 듯이 날카로운 고드름이 집주인의 목젖을 향한다. 진호로선 처음 보는 모습이다.

그러나 집주인은 하나도 주눅 들지 않고 강하게 받아쳤다. "무슨 상관이냐니, 정말 몰라서 묻는 거야? 내가 은수 씨한테 돈 받을 때 월세만 받지 관리비도 받아?"

"관리비가 얼마나 한다고요. 가스비는 제가 내잖아요."

"가스비만 내면 다야? 너희가 같이 산 후로 전기세에, 수도세에 두 배가 뛰었어, 두 배가! 이러면 월세 더 받을 수밖에 없지."

"아니, 계약기간이 아직 안 끝났는데 갑자기 무슨 월세를 더 받는다고 그러세요. 이러면 계약 위반이죠."

"계약 위반? 내가 이 방을 내놓은 건 애초에 1인 가구 대상이었어. 근데 이렇게 둘이 살고 있으면 계약 위반은 너네가 하고 있는 거지."

진호는 고개를 절레절레 저었다. 이 사람은 지금 자신만의 이상한 논리에 사로잡혀 타인의 말을 전부 묵살하고 있다. 이러면 내가 집을 나갈 수밖에 없다.

그가 잘못을 시인하려 앞으로 나서는데, 은수가 오른팔을 뻗어 진호를 가로막았다. "아주머니, 혹시 남편 있으세요?" 신비롭게도, 그녀의 말투는 아주 상냥했다.

난데없이 튀어나온 뜬구름 잡는 질문에 집주인은 어리둥절하며 답했다. "뭐? 결혼도 안 했는데 무슨 남편이야."

"결혼 안 하셨구나. 그럼 자식도 없으실 테고. 부모님이랑 연락은 자주 하세요?"

"갑자기 무슨 뜬금없는 소리야. 호구 조사하는 거야?"

"일단 말씀해 보세요. 생각해 보니까 제가 잘못한 게 맞는 것 같아서요. 죄송해서 도와드리려 그래요." 변검술을 하듯 확 바뀌어 버린 은수의 표정. 친절하면서도 강압적인 그녀의 말투는 상대에게 대답을 쥐어짜기 충분했다.

"부모님…. 연락 안 하지. 그 인간들은 옛날 사람이라서 아들한테 밖에 관심이 없어."

"그럼 연락하는 사람이 딱히 없겠네요?" 은수가 짐짓 위로를 건넨다.

"상관없어. 인생은 돈만 있으면 돼. 나 봐. 집 있으니까 일 안 해도 잘 살잖아." 그녀가 손을 들어 가락 가락에 박제된 여러 반지를 보여준다.

"그렇구나. 알겠어요. 제가 아주머니께서 좋아하실 만한 정보 하나 알려드릴게요. 이쪽으로 오세요, 차 한 잔 타드릴 테니까 같이 마시면서 얘기해요." 그녀는 상냥하게 부엌 식탁으로 안내했다.

직업이 없는 그들에게 갑작스레 월세가 올라간다는 건 정말 힘든 상황이다. 하지만 그들은 남들에게 없는 특별한 경력이 있다. 그들은 사람을 죽일 수 있었다. 은수가 진호에게 눈짓을 보냈다. 진호는 고개를 끄덕이고 살해 도구를 준비했다.

두 번째 살인은 첫 번째 살인보다 간단했다. 은수가 시선을 끄는 사이 뒤에서 기습해 목을 조르는 과정도 쉬웠고, 매장 장소 역시 예전에 갔던 천보산을 재탕했다. 천보산에 도착한 그들은 지난번에 했던 것처럼 파란색 이사 박스에 시체를 넣고, 카트 위에 박스를 실었다. 두 번째 작업이라 그런지 처음보다 일 처리가 훨씬 능숙했다.

'저번에 원장을 묻었던 자리가 어디였더라.' 진호는 기억에 의존해 산길을 올라가는 은수의 뒤를 쫓아 카트를 밀었다. 그들은 원장을 묻은 곳에 이번 시체도 묻고 싶었다. 시체 여러 구를 이곳저곳에 묻기보단 한곳에 집중하는 게 들킬 확률이 적을 것 같았기 때문이다.

그렇게 이쪽저쪽 플래시를 비추며 산속으로 들어가다 보니, 저 멀리에 흙무더기가 어지러이 뒤엉킨 곳이 보였다. '저기네.' 딱 봐도 무언가 묻힌 자리다. 깔끔하게 뒷정리를 마쳤다고 생각했는데, 그날은 몸도 마음도 지쳤긴 했나 보다. 흙이 불룩하게 덮인 모양새가 무덤과 다름없다. 이렇게 땅이 들쑤셔져 있는데 아무한테도 의심을 안 샀다니. 천보산에 사람이 없긴 하구나. 어찌 보면 천운이다.

진호는 매장지를 고른 은수의 안목에 감탄하며 땅을 파기 시작했다. 얼마 지나지 않아 삽에 뭔가가 걸렸다. 플래시를 비춰보니 사람의 형태가 보인다. 원장이다. 피부가 까맣게 변색됐다고 생각했는데, 전부 개미였다. 원장의 시신은 그 자체가 개미집이자 대형 뷔페가 되어있었다.

"뷔페 한층 더 입점하겠습니다."

진호는 개미가 오글거리는 원장의 사체 위에 새로운 시체를 조심스레 포갰다. 사람을 죽이는 행위에는 아무런 죄책감도 들지 않았지만, 풍족한 식량에 신나 춤추는 개미 떼들을 짓뭉개긴 마음이 아팠다.

그렇게 개미집 확장공사를 끝마친 진호는 뿌듯함을 가슴에 안고 은수와 함께 안전히 귀가했다. 두 번째 살인의 감상은 '너무나도 후련하다!'였다. 집주인이 사라졌으니 더는 월세를 내지 않아도 되기 때문이다. 연고가 없다는 걸 확인했기에 누군가 그녀의 부재를 이상하게 여기진 않을까 걱정할 필요도 없었다.

누구의 의견이었는지는 잊었지만, 한번은 그런 제안도 나왔다. 어차피 재계약도 없어졌으니 진호가 살던 전셋집으로 짐을 옮길까? 하지만 얘기를 나눠본 결과, 은수는 자신이 꾸민 아기자기한 집이 좋았고 진호 역시 그곳에 가면 기분이 울울해질 것 같아 동거는 은수의 집에서 하기로 정했다.

***

며칠 후, 저녁은 뭘 먹을까, 알바는 잘 되어가냐 식의 소박한 얘기를 나누던 중, 저음질의 초인종 소리가 그 둘의 대화를 끊었다.

"뭐 배달시켰어?" 진호가 은수에게 물었다.

은수가 고개를 젓는다. 아무것도 모른다는 얼굴이다. 그러는 사이 다시 한번 초인종 소리가 울렸다.

"뭐지? 오빠도 시킨 거 없지?"

진호는 당연히 고개를 끄덕인다. 띵동, 세 번째. 쨍한 벨 소리가 다시 한번 집안을 채운다. 택배를 주문한 게 있었던가? 중얼거리며 현관으로 나간 은수가 외시경에 얼굴을 가져다 댄다. 뿌연 렌즈 너머로 갈색 무스탕을 입은 남성이 보인다. 처음 보는 얼굴이라 생각했다. 그런데, 볼수록 기억의 저편에서 익숙한 낯이 서서히 떠오른다. 짧은 스포츠머리, 까무잡잡한 피부, 가로로 얇게 째진 입, 눈 밑에 점. 설마.

'유길준…? 저 오빠가 왜?' 느낌이 좋지 않다. 은수는 부엌으로 빠르게 걸어갔다. 그녀가 찬장에서 커피포트를 꺼내며 명령조로 말한다. "오빠, 방에 들어가 있어."

'왜?'라고 물으려던 진호는 어서 들어가라는 그녀의 손짓을 보고 급히 은수의 방으로 들어갔다. 방문을 닫고 낡은 나무 문에 귀를 붙여 바깥의 소리에 집중한다. 이 빌라는 방음이 좋지 않다. 마음만 먹으면 옆집의 소리도 들을 수 있다.

방문이 닫히는 모습을 본 은수는 침착하게 현관으로 나가 차분한 얼굴로 현관문을 열어주었다.

유길준.

    유길준. 영락보린원 출신 남성. 은수와 달리 길준은 그곳에 버려진 순간의 기억을 여전히 간직하고 있다. 정확한 날짜까지 아는 것은 아니지만, 계절은 확신한다. 어머니가 입고 있던 헤진 반팔 옷, 습기 찬 더운 날씨, 시끄러운 매미의 울음소리. 그날은 여름이었다.

    새벽 다섯 시. 아직 해가 정수리밖에 뜨지 않아 붉은빛이 어둡게 깔린 하늘. 길준은 세상에 태어난 후로 이렇게 일찍 외출한 날은 처음이었다.

    길준이 호기심에 "엄마, 우리 어디 가?"하고 물으면

    돌아오는 대답은 "응, 좋은 곳." 짧았다.

    엄마 손을 꼭 붙잡고 한참을 걸었다. 어린 그에게는 다리가 욱신거릴 정도로 먼 거리였다. 그렇게 도착한 곳이 영락보린원이었다.

    길준의 엄마는 보린원 대문 앞에 길준을 세웠다. 그녀는 아이를 마주 보며 바닥에 무릎을 꿇고 앉았다.

    잠시 아이의 볼을 쓰다듬던 그녀는 떨리는 목소리로 자신이 해야 할 말을 한 글자씩 천천히 뱉었다. "길준아, 여기 가만히 서 있다가 문이 열리면 안으로 들어가. 엄마가 여기에 있으라 했다고 말씀드리면 나머진 알아서 해주실 거야."

갑자기 왜? 엄마의 의도를 알 수 없었다. 하지만 길준은 엄마의 말을 잘 듣는 아이였다. 그는 고개를 힘차게 끄덕이며 답했다. "알았어!"

씩씩한 목소리로 대답하는 아들을 꼭 안아주는 엄마의 볼엔 눈물이 흘렀다. "다 너 잘되라고 이러는 거야, 알겠지? 어디 가지 말고 꼭 여기 있어야 해. 엄마가 나중에 꼭 데리러 올게."

그리고 그녀는 자리에서 일어나 왔던 길을 돌아갔다. 그것이 마지막 포옹이었다. 그 후로 엄마는 돌아오지 않았다.

길준은 꿋꿋이 서 있었다. 시간이 지날수록 다리 저림은 심해졌다. 주저앉고 싶었지만, 서 있어야 한다는 엄마의 말을 떠올리며 어떻게든 마음을 다잡았다.

머리만 보이던 태양이 세상을 완연히 밝히고 길준의 몸에서도 땀이 흐를 때쯤, 드디어 문이 열렸다. 길준은 반가운 마음으로 뒤를 돌아보았다. 보린원 문을 열고 나온 사람은 나이 든 아주머니였다. 아무리 낮게 잡아도 길준의 엄마보다 최소 스무 살은 많아 보였다.

후들거리는 다리로 간신히 서 있는 어린아이. 그녀는 길준을 발견하곤 한숨을 내쉬었다. 하지만 길준을 바라보는 눈빛은 차갑지 않았다. 오히려 그녀의 시선에는 연민이 서려 있었다.

"어디서 왔니?" 그녀가 이미 약간은 굽어진 허리를 더욱 굽히며 길준의 머리를 쓰다듬었다.

길준은 머뭇거리다 답했다. "엄마가 저한테 여기 있으라고 했어요."

"그래, 안으로 들어와라." 심기가 불편해 보였지만, 짜증의 대상은 길준이 아닌 듯했다.

아주머니를 따라 건물로 들어간 길준은 깜짝 놀라 걸음을 멈췄다. 자신만큼이나 자그마한 아이들이 가득한 공간. 처음 보는 광경이었다. 길준이 그동안 살아온 세계에는 등장인물이 많지 않았다. 나와 엄마, 때때로 바뀌는 낯선 아저씨. 그게 전부였다. 유치원도 다니지 않은 길준에게 이런 장면은 굉장히 낯설었다.

그는 제 또래 아이들이 밝게 웃으며 장난치는 모습을 넋 놓고 바라봤다. 당장이라도 달려가 그들과 함께 놀고 싶었다.

"이쪽으로 오렴." 아주머니가 우두커니 서 있는 길준을 불렀다. 길준은 고개를 끄덕이곤 멀어진 아주머니의 뒤를 잽싸게 쫓아갔다.

창문 하나가 뚫려있는 자그마한 사무실. 아주머니는 안쪽에 놓인 책상으로 걸어가 '아이고' 신음을 뱉으며 의자에 앉았다. 책상 위에는 제법 두꺼운 공책이 한 권 놓여있었다. 공책을 펼치고 종이 몇 장을 넘기던 그녀는 길준에게 질문을 던지기 시작했다.

"몇 살이야?"

"다섯 살이요." 길준은 살짝 긴장한 목소리로 답했다.

"이름은?"

"길준이에요."

"길준? 멋진 이름이구나."

"고맙습니다." 길준이 고개를 꾸벅 숙인다.

"성은 뭐니?"

"없어요."

"성이 없다고?" 일관 무표정하던 그녀가 의아해하며 물었다.

"네, 엄마가 저는 성이 없다 그랬어요. 아빠가 누군지 모른대요."

"어머니 성은 어떻게 되시는데? 아빠를 모르면 엄마 성을 따르면 되지."

"엄마 성은 전인데, 엄마가 자기 성은 쓰지 말랬어요."

"왜?"

"할아버지한테 받은 성을 저한테 주고 싶지 않대요. 엄마는 할아버지가 싫다 했어요. 그래서 저는 성이 없어요."

그녀는 들고 있던 펜을 책상에 내려놓곤 길준의 머리를 쓰다듬었다. "길준아, 사람은 누구나 성이 있어. 엄마가 성을 지어주지 않았으면 네가 직접 정하면 돼."

"누구나 성이 있다고요?"

"당연하지, 너는 무슨 성을 갖고 싶어?"

"'있다'로 할래요!"

"응?" 예상치 못한 엉뚱한 대답에 그녀는 당황을 감추지 못했다.

"누구나 성이 있다고 했으니까 '있다'로 할래요. 있다길준!"

음, 그녀가 눈을 감으며 관자놀이를 문지른다. 어린아이의 창의적인 발상에 머리가 아파진 모양이다. "길준아. 있다길준은 발음이 너무 어려우니까, '유(有)'로 할까? 나중에 한자를 배우면 알겠지만, '유'도 있다는 뜻이거든."

"좋아요."

길준은 고집이 없는 아이다. 그는 그렇게 유길준이 되었다.

영락보린원에서 지내는 나날은 즐거웠다. 세상은 생각보다 다채로운 공간이었다. 학교라는 장소도 있고, 음식의 종류도 다양하고, 장난감이라는 물건도 길준의 마음에 쏙 들었다. 또래 친구까지 잔뜩 생겼다. 하지만 아무리 기다려도 엄마는 오지 않았다.

길준은 틈이 날 때마다 보린원에서 처음 만난 아주머니께 물었다. 나중에 알게 된 사실인데, 그녀는 영락보린원의 원장이었다.

"원장님, 우리 엄마는 언제 와요?"

돌아오는 대답은 항상 같았다.

"곧 오실 거야."

그 말을 할 때마다 원장님은 매번 같은 가면을 썼다. 거짓 미소. 길준은 사람과 대화할 때 상대방이 가면을 썼는지, 안 썼는지 정도는 구별할 능력이 있었다. 그만의 천부적인 재능이다. 다만 그 재능은 길준에게 차가운 현실을 알려줬다.

길준이 아홉 살을 넘길 무렵, 그는 자신이 처한 상황을 어렴풋이 깨달았다. 나는 버려졌구나. 이곳은 고아원이고, 엄마는 나를 고아원에 버렸구나. 속상했지만 참을 수 있었다. 버린 물건도 한 번쯤은 다시 쓰고 싶어질 때가 있을 테니까. 재활용품이라는 단어도 있지 않은가. 길준은 엄마와 마지막으로 나눈 대화를 잊지 않았다.

'다 너 잘되라고 이러는 거야, 알겠지? 어디 가지 말고 꼭 여기 있어야 해. 엄마가 나중에 꼭 데리러 올게.'

그 말을 할 당시, 그녀는 분명 가면을 쓰고 있지 않았다. 그렇기에 길준은 당시의 장면을 절대로 잊지 않고 마음속 깊이 간직했다.

'언젠가는 오겠지.'

초등학교 졸업식을 진행할 때도 그녀는 오지 않았다.

중학생이 될 무렵, 길준은 마음을 바꿨다.

'엄마를 찾자.' 굳이 부모가 먼저 자식을 찾아야 한다는 법은 없다. 자식 쪽에서 부모를 찾으러 가도 된다. 그렇게 길준은 지금 껏 비워놨던 장래 희망 칸에 형사를 적었다. 형사는 사람을 찾는 직업이니까. 그는 목표를 이루기 위해 철저하게 계획을 세웠다.

중학교 컴퓨터 수업 시간, 반 친구들이 선생님 몰래 플래시 게 임을 할 때 길준은 인터넷에 경찰이 되는 법을 검색했다. 경찰이 되려면 경찰 시험을 봐야 한다. 경찰 시험에는 두 종류가 있다. 공개경쟁 채용과 경력경쟁 채용.

길준은 하루라도 빨리 형사가 되어 엄마를 찾고 싶었다. 그가 택한 방법은 선택과 집중. 그는 대학교를 인생에서 지우고 18세 가 되자마자 공채 시험을 보는 길을 택했다.

공채 시험 필수 과목은 영어와 한국사다. 나머지는 경찰학 개 론, 형법, 형사소송법, 국어, 수학, 사회, 과학 중 세 과목을 선택 하면 된다. 길준은 고아원에서 생활하는 자신이 경찰학 개론이나 형법, 형사소송법을 공부하기엔 어려우리라 판단했다. 원장님께 말씀드리면 흔쾌히 관련 문제집을 사다 주실 테지만, 얹혀사는 처지에 그런 요구까지 하기엔 양심이 아렸다.

결국 길준이 선택한 과목은 수학, 과학, 국어였다. 수학과 과학은 길준이 초등학교 수업을 듣던 시절부터 재밌다고 생각한 과목이다. 성적도 상위권을 유지해 자신 있었다. 국어는 여러 경찰시험 후기를 뒤져본 후 결정했다. 경시를 본 사람 대부분이 국어과목에 대해 다른 과목보다 어렵다고 입을 모아 말했기 때문이다. 경찰 시험은 상대평가다. 상대평가는 본인만 잘한다면 다른사람이 어려워할수록 유리하다.

'열심히만 하면 돼.'

중학교, 고등학교. 자신과 놀자고 다가오는 친구들에게 솔직하게 사정을 설명하고 공부에 집중했다. 정이 많은 성격상 자신에게 먼저 호의를 표해주는 사람을 밀어내는 것은 죄책감이 일 정도로 어려운 일이었으나, 어머니를 찾기 위해선 어쩔 수 없었다. 다행히도 친구들은 길준을 흉보지 않고 얌전히 물러나 주었다.

가끔은 아쉬웠다. 학교를 마치고 친구들이 어디론가 놀러 가는 모습을 보면 자신도 그 사이에 끼어 놀며 아무 고민 없는 학생의 삶을 즐기고 싶었다. 아무리 뿌리 뽑아도 질긴 생명력의 잡초나 버섯처럼 불쑥불쑥 솟아오르는 게 오락과 유희에 대한 갈증이었다.

그러나 길준은 머리를 털고 이겨냈다. 수도승처럼 욕망을 억눌렀다. 등록비가 없어 학원도 못 갔지만, 언제나 공부에 열중하는 길준을 기특하게 여겨주는 선생님들이 꽤 많았다. 그들은 길준에게 문제집을 사주고 개인 과외를 하듯 공부를 봐줬다.

그는 자신의 학창 시절을 반복 재생으로 설정했다. 학교에서 공부, 보육원에서 공부. 삶의 배경이라곤 학교와 보육원밖에 없는 단조로운 필름이었지만 머릿속에 들어오는 지식의 스크립트는 한 글자도 겹치지 않았다.

체력 시험 대비도 철저히. 달리기와 팔굽혀펴기, 윗몸일으키기 등 경찰 시험에 필요한 운동만 골라 효율적으로 몸을 단련했다. 전부 학교와 보육원 내에서 해결할 수 있는 운동이었다.

그는 운전 면허 취득 가능 나이가 되자마자 면허를 땄고, 학교 친구들이 수능을 보러 가는 날에도 보육원에서 경찰 시험을 준비했다.

결국 그의 친구들이 고등학교 졸업장을 받은 해 상반기, 길준은 또 다른 증명서 한 장을 손에 넣었다. 경찰 합격증이다. 그는 그날 원장님을 품에 껴안으며 눈물을 흘렸다. 그의 몸은 어느새 성(姓)도 없던 어린 시절과는 달리, 남성적인 매력을 잔뜩 풍기는 듬직한 체격으로 성장해 있었다.

경찰이 된 그는 용산 경찰서에 지원했다. 어머니의 손을 잡고 영락보린원으로 왔던 날을 떠올려 보면 이동 수단이 두 다리였기 때문이다. 어린아이가 걸어서 갈 거리라면 그의 옛날 집은 영락보린원에서 크게 멀지 않았으리라. 용산 경찰서는 영락보린원과 가장 가까운 경찰서다.

길준은 생각했다. '용산역을 기점으로 어머니의 흔적을 되짚다 보면 어머니를 찾을 수 있을 거야.' 하늘도 그의 효성을 알아준 걸까. 길준은 바라던 대로 용산 경찰서에 배치되었다.

그는 누구보다도 성실히 근무했다. 형사과에 편입하고 싶다는 의사를 꾸준히 내비치는 것도 잊지 않았다. 결국 스물네 살이 되던 해, 그는 목표하던 형사가 되었다.

경찰에 합격하고, 형사가 되었다. 조금은 풀어질 수도 있는 상황이다. 하지만 길준은 절대로 쉬지 않았다. 학창 시절 쉬는 시간에도 연필을 놓지 않던 그다. 휴식이란 개념은 버린 지 오래였다. 그래야만 했다. 어머니께 죄송하게도, 기억나는 게 없었기 때문이다. 그녀의 말투도, 나이도, 심지어는 얼굴도 기억나지 않는다. 아무리 기억을 되살리려 애써 봐도 머릿속에 떠오르는 장면 속 어머니는 베일을 덮은 듯 이목구비가 흐릿하다. 길준이 유일하게 기억하는 단서는 '전세영' 세 글자. 어머니의 이름이다.

이름 세 글자와 영락보린원 근방이라는 두루뭉술한 지역 증거. 희미하고 아득한 단서다. 하지만 길준은 포기하지 않고 조사를 계속했다. 그러자 조금씩, 많은 것이 드러났다.

용산구는 마포구, 중구, 성동구 그리고 한강으로 둘러싸여 있다. 영락보린원은 용산구 소재의 보육원이다. 마포구와 중구, 성동구에는 각각의 보육원이 있다. 어릴 적 길준이 어머니와 살던 집은 용산구였다는 뜻이다.

거기까지 추리를 마친 길준은 휴무 날 용산구청에 찾아갔다. 그는 공적 업무를 가장하며 경찰 신분증을 내밀고 수사 협조를 부탁했다. 구청은 의외로 길준의 요청을 흔쾌히 수락했다. 그의 요구가 그리 어렵지 않았기 때문이다.

길준의 부탁은 1997년 용산구 주민등록 인구 현황 파일에 속한 인물 중 전세영이라는 이름의 여성을 추려달라는 것이었다. 해당 파일은 하루가 채 걸리지 않아 길준에게 도착했다. 비록 이렇다 할 자세한 정보는 담겨있지 않았지만, 각 인물의 생년월일과 증명사진은 있었다. 이름 석 자에서 생일과 얼굴까지 알게 된 것은 크나큰 발전이었다.

1997년. 길준은 다섯 살이던 해. 당시 용산구에 사는 전세영은 총 네 명이었다. 그중 누가 자신의 어머니인지는 사진을 보자마자 알았다. 얼굴을 잊었다고 생각했는데, 기억은 무의식 깊은 곳에 파묻혀 있었다.

'생년월일도 알게 됐고, 증명사진도 확보했네. 이 정도면 거의 다 왔군.' 길준은 낙관하며 다음 수사에 돌입했다. 어머니의 97년 이후 행적을 파악하는 것이다. 어린 시절, 어머니가 자신과 함께 살았던 집의 정확한 주소와 그 후 이동한 거처를 알아내고자 했다.

현재 용산구에 있는 부동산은 총 24개. 그중 1997년도에도 존재한 부동산은 4개뿐이다. 길준은 네 곳의 부동산에 직접 방문했다. 경찰수첩과 어머니의 사진을 보여주며 1997년 세입자 중에 전세영이라는 고객이 있었는지를 확인했다. 하지만 구청과는 달리, 부동산은 20년 전의 자료를 보관해 두는 곳도, 20년 전 고객의 얼굴을 기억하는 사장님도 없었다.

단칸방으로 돌아온 길준은 방바닥에 깔아둔 이불 위에 대자로 뻗었다.

'막막하군.'

사방이 꽉 막혔다. 더는 나아갈 방향이 보이지 않는다.

'이 정도면 할 만큼 한 건가.'

해가 지면 어둠이 찾아오듯, 포기라는 괴물은 자연스럽게 다가온다. 길준은 눈을 감았다.

'그래, 할 만큼 했어. 이제는 할 수 있는 게 없잖아.'

후, 뜨거운 한숨이 기도를 타고 올라왔다.

'포기하자.' 길준은 스마트폰을 들었다. 유튜브에 들어가 추천 영상을 쓱 훑어봤다. 흥미가 가는 영상이 하나도 없다.

'앞으로 나는 뭘 하고 살지?' 갑자기 찾아온 의문. 그는 누워있던 몸을 일으켜 양반다리로 이불 위에 앉았다. 아무리 생각해도 하고 싶은 게 없다.

'어머니를 찾고 싶어서 형사가 된 거였는데.' 여기서 포기하면 직업도 의미가 없어진다. 조금만 더 해볼까.

답답한 마음으로 스마트폰을 만지작거리는데, 문득 썸네일 하나가 눈에 들어왔다. 치렁치렁한 금발을 늘어뜨린 외국 가수가 마이크를 들고 있는 모습이다. 영상 속 그녀와 눈이 맞자, 새로운 가능성이 섬광처럼 스쳤다.

'해외인가?' 해외. 길준의 어머니는 그날 출국을 선택했을지도 모른다. 힘을 잃고 앞으로 말렸던 허리가 꼿꼿하게 펴진다.

생각을 거듭할수록 그럴듯한 이유가 딸려 나온다. 그녀는 길준을 영락보린원에 맡겼다. 국내에서 집을 옮긴다면 굳이 그럴 필요가 없다. 가족이 두 명이라고 해서 집세가 두 배로 늘어나는 건 아니니까. 하지만 비행기를 탈 때는 아무리 소아 할인을 받는다고 하더라도 추가 비용이 든다.

'맞아, 어머니는 해외로 나가셨어. 외국에서 돈을 버는 동안 나를 잠시 맡겨두려 하셨던 거야.' 그는 자리를 박차고 일어나 경찰서로 향했다.

간절함에서 비롯된 귀납은 빗나가지 않았다. 인천공항에는 어머니의 출국 기록이 남아있었다. 길준을 영락보린원에 맡긴 당일이다. 그녀는 저가 항공을 이용해 멕시코로 출국했다.

길준은 해당 기록을 발견하자마자 모아뒀던 연차를 전부 사용했다. 사용 목적은 당연히 멕시코 입국. 돈은 충분했다. 어머니와 함께 행복한 생활을 즐기는 것이 인생의 목표였기에, 어머니가 없었던 지금까지는 돈을 쓸 곳이 없었던 덕분이다.

그러나 막상 멕시코에 도착한 길준은 자신이 너무 섣불렀음을 깨달았다. 그가 형사인 것은 한국 한정이다. 타국에 떨어진 그는 평범하고 수많은 관광객 중 한 명이었다.

'어떡하지…?' 그는 절박한 마음을 참지 못하고 막무가내로 공항 직원에게 부탁했다. 전세영이라는 이름을 가진 한국 여성에 대한 입국 자료를 보여달라. 자신이 한국의 형사라는 공적 자격부터 그녀의 아들이라는 사적 신분까지 전부 말해줬다. 하지만 멕시코 공항에서 돌려준 답변은 'No.' 짧은 한마디뿐이었다.

공항 직원이 보기에 그는 그저 어머니를 찾고픈 마음에 매몰되어 기본 예의도 갖출 줄 모르는 떼쟁이었다. 그렇게 길준은 아무런 수확 없이 한국으로 돌아왔다.

경찰서에 출근한 그는 다시 한번 그녀의 이동 경로를 정리해 보았다. 출국 기록만 있고 귀국 기록은 나오지 않는다.

'아직 멕시코에 체류 중인 건가?' 그렇다면 차라리 멕시코에 귀화해 해외 경찰이 되는 게 낫지 않을까? 한인타운을 중심으로 수소문하다 보면 새로운 단서를 찾을지도 모른다.

물론 현실성 없는 허황된 생각이다. 길준도 이를 안다. 하지만 이런 생각이라도 하지 않으면 제정신을 유지하기가 힘들었다.

지끈거리는 머리를 부여잡으며 어머니의 출국 기록을 고통스럽게 바라보던 중, "어?" 새로운 사실을 발견했다. 그녀의 항공권은 같은 비행기에 탑승한 다른 이들에 비해 5% 정도 저렴했다. 단체 예매로 인한 할인이다. 왜 이걸 지금까지 눈치 못 챘을까.

길준은 어머니가 이용한 항공사에 찾아가 형사 신분증을 보여주며 말했다. "1997년 8월 5일. 멕시코행 비행기 관련 자료 협조 부탁드립니다."

다행히 국내 항공사는 옛날의 자료도 보관하고 있었다. 당일 멕시코행 비행기에 탑승한 손님 중 어떤 이가 개별 예매를 하고 단체 예매를 했는지 정도로 자세한 기록은 없었으나, 좌석별 손님의 신원과 개개인의 비행기표 구매 내용 정도는 남아있었다.

단체 예매라면 좌석도 붙어 앉았을 터. 길준은 어머니가 앉은 좌석을 중심으로 그녀와 같은 금액을 지불한 고객을 골라냈다.

어머니와 이어진 자리에 앉았고, 똑같은 금액의 단체 할인을 받은 이는 총 다섯 명. 그중 네 명은 어머니 또래의 여성이었으며 나머지 한 명은 어머니보다 스무 살 많은 남성이었다.

'뭐지?' 계속해서 그들이 이용한 비행편 기록을 살펴보던 중, 이상한 점이 발견됐다. 그들은 출국을 함께한 만큼 귀국도 함께 하였는데, 귀국 기록에 오직 어머니만 빠져있었다.

피어오르는 불안감. 길준은 그것을 애써 무시하며 우선 남성을 조사해 보았다. 다른 이들보다 나이가 극명하게 많다. 아마도 당시 모임을 주도한 사람이었겠지. 조사 결과, 안타깝게도 그는 이미 몇 년 전에 세상을 떠난 상태였다. 사망 기록은 그가 입원한 병원에서 찾았다. 원인은 알코올중독으로 인한 간암. 그는 자식도 아내도 없었다.

길준은 남은 네 명에게로 초점을 옮겼다. 한 명을 제외하곤 전부 연락이 닿지 않았다. 연락이 닿은 유일한 여성의 이름은 김연주. 그녀는 현재 의정부에 거주 중이었다. 길준은 망설임 없이 전화를 걸었다.

"여보세요?" 전형적인 40대 중후반 여성의 목소리다.

"안녕하세요. 김연주 씨 맞으시죠?" 길준은 최대한 상냥한 목소리로 물었다.

"네, 누구세요?"

"저는 용산 경찰서에서 근무하는 형사 유길준이라고 합니다. 여쭤볼게…"

"할 말 없어요." 말이 끝나기도 전에 전화가 끊겼다.

아무리 다시 걸어봐도 전화는 연결되지 않았다. 차단을 당한 것일까. 문자를 보내도 답장이 없다.

형사라는 신분에 거부감을 느낀 걸까. 법적으로 켕기는 게 있을지도 모른다. 그러나 길준은 포기하지 않았다. 그는 그녀의 주소로 편지를 보냈다. 편지에는 그녀를 추궁할 마음이 하나도 없음을, 오직 어머니를 찾고자 연락했다는 자신의 마음을 정성스레 담아 적었다.

김연주 아주머니, 안녕하세요. 지난번에 전화 드렸던 유길준입니다. 제가 아주머님께 연락드린 이유는 다름이 아니라, 18년 전 아주머님과 함께 멕시코에 갔던 전세영이 저희 어머니이기 때문입니다.

저는 다섯 살 이후로 어머니를 뵙지 못했습니다. 제가 형사가 된 이유도 오로지 어머니를 찾기 위해서입니다. 부디 한 번만 도와주세요. 저를 도와주신다면 은혜는 평생 잊지 않겠습니다. 제발 연락 바랍니다.

전세영의 아들, 유길준 올림

길준은 간절한 마음으로 편지를 봉했다.

* * *

연주에게 편지를 보내고 며칠이 지난 후, 길준의 스마트폰에 전화가 걸려 왔다. 김연주다. 길준은 혹시라도 전화가 끊어질까 다급히 통화버튼을 눌렀다.

"김연주 아주머니?"

"편지 읽었어요." 그녀는 잠시 침묵을 지키다 말을 이었다.

"…진짜 세영이 아들 맞아요?"

"네, 진짜예요. 맹세할 수 있습니다."

"마지막으로 세영이를 본 곳이 어딘지 말해봐요."

"용산구 영락보린원 앞입니다."

"…이번 주 일요일 한 시에 봐요. 의정부 2번 출구 앞으로 와요."

"알겠습니다! 감사합니다!"

전화가 끊겼다.

'드디어 어머니의 행방을 알 수 있는 건가?' 심장박동이 빨라진다. '그래, 연주 아주머니도 어머니가 어떻게 살고 있는지 아니까 나를 부르셨겠지. 어머니에 대한 정보를 모르면 모른다고 전화로 말해주셨을 거야. 군이 의정부까지 부를 필요가 없어. 어쩌면 아주머니는 지금도 어머니랑 연락하고 있을지도 몰라.'

길준의 설레는 마음은 브레이크가 고장 난 고속 열차처럼 무한히 뻗어나갔다. '어머니가 멕시코에 살고 계시면 어떡할까? 내가 멕시코로 가는 게 좋으려나? 역시 어머니를 한국으로 모셔 오는 게 낫나? 어머니는 내가 경찰이 된 걸 알게 되면 어떤 표정을 지으실까?' 금요일부터 일요일까지. 가슴이 두근거려 잠을 잘 수가 없었지만, 길준은 하나도 피곤하지 않았다.

약속 당일, 길준은 지하철을 타고 의정부로 향했다. 용산부터 의정부역은 환승이 필요 없는 단일 호선이지만, 세상은 어떤 일이 일어날지 모르는 법이다. 그는 모종의 이유로 열차가 지연되는 상황에 대비해 20분 일찍 출발했다. 1번 출구에 도착한 시각은 12시 44분. 과하게 이른 감이 있지만 상관없었다. 약속에 늦어 연주 아주머니가 떠나버리는 대참사보단 훨씬 낫다.

길준이 의정부에 온 것은 이번이 처음이다. 사실 그가 살면서 거쳤던 곳은 용산구와 경찰 시험을 치렀던 시험장, 그리고 멕시코가 전부였다. 참 비좁은 삶을 살았다.

고개를 들어 하늘을 본다. 날이 참 화창하다. 구름도 없고, 태양은 눈부시게 아름답다. 부러울 만치 맑은 하늘. 이제 내 삶도 곧 맑아질까. 연주는 아직 오지 않았다. 오래간만에 찾아온 잠깐의 여유다. 그동안은 주위를 둘러볼 틈도 없이 달려왔다. '사람 구경이나 할까.' 그는 연주가 도착할 때까지 거리를 즐겨보기로 했다.

'여긴 거의 광장이네.' 역이 커서 그런지 사람도 많다. 수많은 행인이 제각기 다른 표정과 속도로 길을 걸어간다. 그들은 머릿속에 어떤 생각을 품고, 어디로, 왜 걸어가고 있을까? 사람은 누구나 크고 작은 목표가 있을 텐데, 저들 중 목표를 이룰 사람은 몇 명이나 될까? 목표를 이루지 못한 자는 인생의 말미에 자신의 삶을 돌아보며 어떤 생각을 할까?

'내가 만약 어머니를 못 찾으면 나는 어떤 기분으로 눈을 감으려나.'

여러 자문을 하던 중, 40대 중후반으로 보이는 여성이 눈에 띄었다. 그녀는 길준이 서 있는 곳을 향해 직선거리로 걸어왔다. 지금까지도 그녀와 비슷한 나이대의 여성이 많이 지나갔으나, 그녀는 꽤 미인이었다. 길준은 그녀에게서 이상한 동질감을 느꼈다.

'저분이 연주 아주머니시구나.' 증거 따위 없는 직감이다. 하지만 묘한 확신이 일었다. 길준은 그녀에게 다가가 고개를 꾸벅 숙이며 인사했다. "안녕하세요. 연락드린 유길준입니다." 길준은 습관처럼 양손을 내밀었으나, 연주는 악수를 받아주지 않았다.

"알겠어요. 거리에서 얘기하긴 좀 그러니까 어디 카페라도 가죠. 따라와요."

길준은 그녀의 인상과 말투, 몸짓에서 그녀가 살아온 삶을 대강 짐작할 수 있었다. 그녀는 이미 숱한 고난을 이겨낸 사람이다. 상처를 회복하는 과정에서 단단해진 여성이 틀림없다.

연주가 길준을 데려간 곳은 의정부역에서 멀리 떨어지지 않은 카페였다. 서울 각지에 퍼져있는 유명한 프랜차이즈 카페는 아니지만, 사람도 많고 매장 규모도 제법 크다. 의정부에서는 꽤 인기 있는 카페인 듯하다. 사적인 대화를 나누기에 딱 알맞은 장소다.

"뭐 마실래요?" 카운터에 선 그녀가 길준을 돌아보며 물었다.

"네? 아뇨, 제가 살게요."

"됐어요. 뭐 마실지나 말해요."

당황스러웠다. 하지만 직원을 앞에 두고 옥신각신할 수도 없는 노릇이다. 길준은 가장 저렴한 메뉴를 골랐다. "그럼, 아이스 아메리카노로 부탁드립니다."

연주는 고개를 끄덕이곤 직원에게 말했다. "아이스 아메리카노 한 잔이랑 밀크티 한 잔 주세요. 밀크티는 핫으로."

"알겠습니다, 손님." 어린 직원이 생글생글 웃으며 포스기를 조작한다. "음료 나오면 번호 불러드릴게요." 알바생이 번호표를 내민다.

길준은 잽싸게 팔을 뻗어 번호표를 낚아챘다. 72번이다. "감사합니다." 음료를 가져오는 일만큼은 내가 해야지, 길준의 소소한 다짐이었다.

"자리 잡아야지. 어디 앉을래요?"

"음, 저기 어떠세요?" 카페 내부를 둘러보던 길준이 사람 없는 창가 자리를 가리켰다. 일 인용 소파 두 개가 사각형 테이블을 사이에 두고 마주 보고 있는 형태다.

"좋아요."

연주는 자리에 앉자마자 본론을 꺼냈다. "그래, 이름이 길준이랬죠?" 따뜻한 것 같으면서도 차가운 말투. 정확한 온도를 모르겠다. 허나 눈빛은 확실히 차갑다.

"네, 유길준입니다. 말씀 편하게 하셔도 돼요."

"나는 이게 편해요. 성은 직접 지은 거예요? 세영이 말로는 성이 따로 없다고 했던 것 같은데. 내가 기억이 잘못된 건가?"

"아뇨, 보린원 원장님께서 지어주셨습니다. '있다'라는 뜻으로, '유'…."

"있다? 부모님이 있다는 뜻인가?"

"아뇨. 처음에 원장님께서 누구나 성이 있다길래, 제가 그러면 '있다길준'으로 하자고 했다가..." 막상 설명하려니 민망하다. "네, 그렇게 됐습니다." 길준은 대충 얘기를 얼버무렸다.

"그래, 알겠어요. 처음에 전화 왔을 때는 형사라는 얘기에 끊어 버렸는데. 나중에 곰곰이 생각해 보니까 길준이라는 이름을 어디서 들어본 것 같더라고. 성 재밌게 잘 지었네." 정말 재밌다면 미소를 지어줄 법도 한데, 수평인 입꼬리는 변함이 없다. "그래서, 물어보고 싶은 게 뭐에요?"

드디어 시작이구나. 길준은 연주를 향해 의자를 당겨 앉았다.

"어머니 행방에 대해서 여쭤보려고 왔습니다. 다른 분들은 다 한국에 돌아오셨는데 저희 어머니만 귀국 기록이 없으시더라고요."

"그런 건 어떻게 알았대. 역시 어려도 형사는 형사구나. 한국에서 범죄 저지르면 안 되겠어."

그때 카운터 안쪽 알바생이 큰 목소리로 외쳤다. "72번 손님 주문하신 음료 나왔습니다!"

길준은 자리에서 벌떡 일어났다.

"제가 가져올게요. 잠시만 기다리세요."

잠시 후, 길준이 음료가 올려진 쟁반을 들고 돌아왔다. 그는 탁자 위에 조심스레 쟁반을 놓고는 말을 이었다. "편지에서도 말씀드렸지만, 제가 형사가 된 이유는 어머니를 찾기 위해서거든요. 혹시 저희 어머니가 어디 있는지 아시나요?"

연주가 시킨 밀크티는 머그컵에 담겨 나왔다. 하얀색 머그컵에서 뿌얀 김이 올라온다. 그녀가 입술을 오므려 입바람을 후후 분다. 길준은 그녀를 재촉하지 않고 기다렸다. 밀크티가 적당히 미지근해지자, 그녀는 그것을 한 모금 마시곤 길준을 바라봤다.

"꼭 알고 싶어요? 지금도 충분히 잘 사는 것 같은데. 굳이 엄마랑 살 필요 없잖아요."

길준이 결연한 표정으로 대답한다. "알고 싶습니다. 형사뿐만 아니라 인생을 살면서 해온 행동 모두가 어머니를 찾기 위함이었습니다."

연주가 미간을 찡그린다. "그렇게까지 엄마를 좋아하는 이유가 뭐예요? 어릴 때 헤어졌으면 추억도 별로 없지 않아요? 내가 길준 씨였으면 오히려 세영이가 미웠을 거 같은데."

"추억이 없어서 더 찾고 싶어요. 이제부터라도 추억을 만들고 싶어서. 저는 아버지도 없습니다. 어머니가 제 유일한 가족이에요. 어머니가 어떤 삶을 살고 계시든 상관없어요. 제가 알아서 해결하겠습니다. 제발 알려주세요. 부탁드립니다."

연주는 기다란 속눈썹이 말려 올라간 눈을 천천히 깜빡였다. 침묵을 지키던 그녀는 머그컵을 테이블 위에 내려놓았다.

"죽었어요. 세영이."

죽었다는 게 무슨 뜻일까. 곱씹을 틈도 없이 심장이 피를 뿜어낸다. 내 몸에 혈액이 이렇게 많았던가. 두피, 안구, 고막, 피부,

손끝, 발끝, 성기, 온몸으로 피의 급류가 휘몰아친다. 눈이 충혈돼 앞이 보이지 않는다. 혀가 뻣뻣해져 말이 나오지 않는다. 달팽이관을 옥죄는 혈압에 소리가 들리지 않는다. 세상의 화질이 사라졌다. 아무리 정신을 차리려 해도 화면이 깨지고 노이즈가 낀다.

정신을 못 차리는 길준을 보며 연주는 한숨을 쉬었다. 예상한 결과다. 이래서 말하기 싫었는데. 그녀는 밀크티를 다시 한 모금 마시고 옛 동료의 아들이 진정하길 기다렸다.

잠시 후, 힘겨워하던 길준이 고통스럽게 입을 열었다. "거짓말…이죠? 죽었을 리가 없잖아요. 저희 어머니께서 지금 많이 힘든가요? 그래서 저한테 죽었다고 거짓말하시는 거예요?"

"거짓말 아니에요. 그래서 내가 말 안 한다고 했었잖아요."

"왜, 왜요? 어쩌다…? 이유가 있을 거 아니에요."

"우리가 왜 멕시코에 갔는지는 알아요?"

"아뇨, 전 아무것도…."

"돈 벌러 간 거예요. 정확히는 술집에서 일하러. 서양 남자 중에는 동양 여자를 좋아하는 마니아층이 있거든. 뭐 막 몸 팔고 그런 추잡한 일은 아니었으니까 이상하게 보지 마요. 왜, 그 요즘 일본 메이드 카페랑 비슷한 느낌이라고 생각하면 돼요. 종규 삼촌이 사업 머리가 좋았거든요. 시대를 앞서 나간 거지."

김종규. 길준의 어머니와 함께 멕시코로 갔던, 지금은 간암으로 세상을 떠난 남자의 이름이다.

"세영이가 그쪽 얘기 많이 했어요. 일 끝나고 같이 술 마실 때마다 맨날 울면서 아들한테 미안하다 했죠. 돈 많이 벌어서 꼭 데리러 갈 거라고."

역시 어머니는 날 버린 게 아니었구나. 길준의 눈에서 눈물이 흐른다.

"근데, 술집 단골 중에 유난히 세영이를 좋아하는 남자가 있었어요. 이름이 호르헤였는데, 사실상 세영이를 보고 단골이 된 거지. 세영이도 그 남자가 계속 팁을 주니까 돈을 빨리 모을 수 있겠다는 생각에 친하게 지냈죠. 그런데, 안타깝게도 남자가 정상이 아니었어요."

앞으로 연주의 입에서 어떤 이야기가 흘러나올지는 너무나도 뻔하다. 듣기 싫지만, 당장이라도 이 자리를 뛰쳐나가고 싶지만, 그래도 들어야 한다. 길준은 오른손을 꽉 쥐며 물었다. "…왜요?"

"집착이 도를 넘었어요. 술집 단골이면 술집에서 끝내야 하는데, 호르헤는 그게 안 되는 인간이었어요. 세영이한테 연락처를 끈질기게 요구했거든요. 물론 세영이는 단호하게 거절했죠. 가게 영업 규칙상 불가능하다고. 근데 호르헤는 퇴근 시간까지 세영이를 기다리면서 달라붙었어요."

더는 못 듣겠다. 길준은 두 눈을 질끈 감았다. 그러나 연주의 이야기는 계속됐다.

"결국 세영이가 먼저 종규 삼촌한테 부탁했죠. 앞으로 호르헤한테는 자길 붙여주지 말라고. 이러다 큰일 날 것 같다고. 삼촌도 알았다고 했는데, 그걸로 해결될 일이 아니었어요. 세영이는 가게 자체를 나오지 말았어야 했는데."

목이 바짝 마르지만, 커피를 마실 수도 없다. 벌벌 떨리는 손으로 커피를 집었다간 유리잔을 깨트릴 것이다.

"그날이 아마 영업 시작한 지 2년 정도 지난 겨울이었을 거예요. 호르헤가 취한 상태로 가게에 들어오더니 가게 안을 막 돌아다니더라고. 세영이를 찾는 거였죠."

제발, 제발.

"그때 세영이는 다른 손님한테 술을 따라주던 중이었어요. 호르헤가 진짜 정신병자인 게…. 그 광경을 보자마자 총을 쏴버리더라고요. 손님한테도 쏘고 세영이한테도 쏘고. 미친놈이죠. 저는 너무 놀라서 소리도 못 질렀어요. 피가 사방으로 튀기는 그 광경을 멍하니 보고 있었는데, 호르헤는 멈추지 않고 총을 갈겼어요. 다섯 발쯤 쐈나? 넋이 나갔던 종규 삼촌이 그제서야 정신을 차리고 호르헤를 붙잡았죠. 저는 곧바로 경찰에 신고하고 그동안 익힌 영어로 더듬더듬 구급차를 불렀는데, 총을 그렇게 맞고 살아있을 수가 없지. 심지어 한발은 이마에 맞았거든요. 구급차가 왔을 때는 이미 숨을 거둔 상태였어요."

더는 들을 수가 없다. 어차피 들을 것도 없다. 길준은 고개를 숙인 채 조용히 자리에서 일어났다.

"알려주셔서 감사합니다." 다리가 떨린다. "저는 이만, 가보겠습니다. 바쁜 시간 뺏어서 죄송합니다."

"알겠어요. 충격이 크겠지." 연주가 가방을 주섬거리더니 뭔가를 꺼냈다. "이거 가져가요." 그녀의 손에 들린 것은 하얗고 얇은 종이봉투였다.

"위로금은 필요 없습니다." 길준은 차갑게 돌아섰다.

"돈 아니야. 편지에요."

길준이 걸음을 멈췄다. "편지요?"

"네. 호르헤가 점점 집착이 심해져 갈 때쯤 세영이가 나한테 줬어요. 혹시나 자기가 한국에 못 돌아가게 되면 자기 아들한테 전해달라고."

길준이 떨리는 손으로 편지를 받아 들었다.

"무슨 그런 이상한 소리를 하나 했는데, 엄마의 감이었나 봐. 잊고 있다가 길준 씨한테 편지 받은 후로 생각이 났어요. 여행 캐리어에 들어있더라고."

"…감사합니다." 길준은 연주에게 허리를 깊게 숙였다. 그리곤 카페 문을 밀고 밖으로 나왔다. 그렇게 맑았었는데, 하늘에선 어느새 비가 쏟아지고 있었다.

길준은 근처 편의점에서 우산을 산 뒤, 지하철을 타고 집에 돌아왔다. 우산에 잔뜩 맺힌 빗물을 털어내 우산꽂이에 꽂는다. 신발을 벗고 집 안으로 들어온 그는 화장실로 걸어갔다. 비누를 문질러 거품을 내고 양손을 씻는다. 어머니가 써 주신 편지는 재킷 안주머니에 보관해 놓았다.

마음 같아선 카페에서 나오자마자 편지를 읽고 싶었다. 하지만 그러지 못했다. 돌아가신 어머니가 남겨주신 편지다. 밖에서 읽다간 편지가 상할지도 모른다. 길준은 이 편지가 비에 젖는 것도, 구겨지는 것도, 찢어지는 것도 용납할 수 없었다. 그는 깨끗한 손으로 어머니의 편지를 읽고 싶었다.

수건으로 물기를 꼼꼼히 닦아 건조해진 손으로 왼쪽 가슴에 들어있던 편지를 꺼낸다. 아직 첫 문장도 읽지 않았는데 가슴이 먹먹하다. 그는 조심스레 편지 봉투를 뜯었다. 봉투 안에는 연노랑 편지지가 두 장이나 들어있었다.

'멕시코에서 썼구나.'

길준은 어머니가 남긴 편지를 한 글자 한 글자 찬찬히 읽어내렸다.

길준아, 잘살고 있니? 사실 나는 네가 이 편지를 읽지 않았으면 좋겠어. 네가 이 편지를 읽는다는 건 내가 너를 데리러 가지 못했다는 뜻이니까.

하지만 동시에 너는 최소한 글을 읽을 수 있을 만큼 교육을 받게 되었고, 연주 언니와도 무사히 만났다는 뜻일 테니 조금은 마음이 편해지는구나.

비록 내가 너를 돌본 시간은 5년이 채 안 될 정도로 짧았지만 너는 말을 정말 잘 듣는 착한 아이였어. 너라면 분명히 보린원 원장님의 사랑을 받으며 무럭무럭 잘 자랄 거야.

엄마는 너한테 미안한 게 너무너무 많아. 엄마가 너를 다섯 살 때 보린원 앞에 두고 간 건 너를 싫어해서가 절대 아니었어. 오히려 널 너무나 사랑했기에, 너한테 잘해주고 싶어서, 너와 계속 붙어있고 싶은 마음을 꾹 참아가며 놔두고 간 거란다. 한국에서는 엄마를 받아줄 직장이 없었거든.

네가 보기에는 우스운 변명이라고 생각될지도 몰라. 하지만 엄마는 진심이야. 딱 5년만 보린원에 신세를 지고, 해외에 나가서 열심히 돈을 벌면 네가 10살이 될 무렵에 너를 데리러 갈 거야. 글을 쓰고 있는 지금도 이 생각은 변함이 없단다.

하지만 요즘은 무서워. 호르헤라는 이상한 아저씨가 엄마를 자꾸 따라다니고 있거든. 그래도 너와 행복하게 살 만큼 돈을 벌려면 이 공포를 이겨내고 계속해서 일을 해야만 해. 엄마가 해낼게 우리 아들.

이 편지가 연주 언니를 통해서가 아닌, 내 손을 통해서 너한테 전달됐으면 좋겠다. 그렇게 된다면 예전엔 이런 일도 있었지, 하고 웃으면서 얘기할 수 있을 텐데.

그래, 부정적으로 생각하지 말자. 분명 그렇게 될 거야. 지금 네가 일곱 살일 테니 3년만 지나면 볼 수 있겠구나. 한국에 돌아가면 엄마가 피자 사줄게. 같이 맛있게 먹자. 최근에 엄마가 치즈피자에 빠졌거든. 따뜻한 빵과 고소한 치즈가 정말 잘 어울려. 힘든 일상을 잊게 해주는 유일한 낙이야.

그러니까 조금만 기다려 줘. 엄마가 약속했잖아. 우리 길준이는 엄마가 꼭 데리러 갈 거야. 사랑해.

1999년 8월 13일 길준이를 너무너무 사랑하는 엄마가.

미국 느낌이 물씬 풍기는 디자인의 편지지에는 어머니의 마음이 가득 담겨있었다. 길준은 편지를 읽는 내내 편지지를 자신의 얼굴보다 높이 들어 올렸다. 뚝뚝 떨어지는 눈물에 편지가 젖는 걸 막기 위해선 그래야만 했다. 편지를 다 읽은 길준은 흐르는 눈물을 닦으며 편지지를 원래 형태로 접고, 편지 봉투 안에 소중히 넣었다.

이 편지는 그가 어머니와 나눌 수 있는 마지막 대화였다.

* * *

다음 날, 경찰서에 출근한 길준의 모습은 누가 봐도 정상은 아니었다. 언제나 무언가에 몰두하던 그동안의 모습은 완전히 사라졌다. 그는 그저 습관처럼 출근한 태엽 인형이었다.

"…준! 유길준!"

자신을 부르는 팀장님의 목소리에 길준은 겨우 정신을 붙잡았다. "네?"

"왜 이렇게 정신이 빠져있어. 무슨 일 있어?"

"아, 아무것도 아닙니다."

"아니긴 뭘 아니야. 완전히 넋이 나갔구만. 무슨 일이야. 솔직하게 말해봐."

숨길 일도 아니다. 길준은 자신이 처한 상황을 그대로 말했다. "어머니께서 돌아가셨습니다."

"뭐?" 팀장의 얼굴이 당혹감으로 물든다. "너 보육원 출신 아니었어?"

"맞습니다. 그래서 어제 알게 됐습니다. 18년 전에 돌아가셨더라고요."

팀장의 입이 굳게 닫혔다. 무슨 말을 해야 할지 모르겠다는 얼굴이다. 주위에 앉아있던 동료들도 흔들리는 동공을 모니터에 애써 고정한다.

크흠, 팀장이 헛기침을 뱉었다. "…충격이 크겠네. 오늘은 연차 쓰고 집 가서 쉬는 건 어때?"

"아니요. 괜찮습니다." 길준은 짧게 대답을 끝냈다.

그날은 아무도 그에게 일을 주지 않았다. 모두가 암묵적으로 동의한, 최소한의 배려였다. 덕분에 길준은 근무 시간 내내 자신의 정체성을 고민할 수 있었다.

어머니를 찾기 위해 선택한 직업이다. 어머니가 돌아가셨다는 사실을 알게 된 지금, 형사를 계속할 이유가 있을까? 물론 형사를 그만두면 당장 먹고살 수단이 사라진다. 하지만 길준이 직업을 가지고 돈을 번 이유는 어머니와 함께 행복하게 살기 위함이었다. 어머니가 세상을 떠났다는 사실을 알게 된 지금, 삶을 살 필요가 있을까?

무색무취의 나날이 흘렀다. 머리가 텅 빈 채로 출퇴근만 반복했다. 무엇을 위해 살아야 할지 고민해 봤자 답이 나오지 않았다. 멕시코에 찾아가 호르헤를 죽일까도 생각했다. 하지만 이내 마음을 접었다. 길준의 어머니는 자식이 살인자가 되는 미래를 바라지 않을 것 같았고, 길준 자신도 살인을 원하지는 않았다.

그렇게 두서없이 몇 주를 보내던 어느 날, 집으로 돌아가는 길이었다. 초점 없이 계단을 오르던 길준이 발을 헛디뎌 앞으로 엎어졌다. 삐죽하게 튀어나온 계단 모서리가 왼쪽 정강이에 정면으로 부딪쳤다. 어머니를 잃으며 감각도 잃은 줄 알았는데 막상 고통을 마주하니 통증이 굉장했다. 한 걸음 내디딜 때마다 수어 개의 식칼이 왼쪽 다리를 후벼파더라.

길준은 얼마 못 가 걸음을 멈춰야 했다. 피가 배어 나오는 왼쪽 다리를 든 채 근처 병원을 검색했다. 다행히 멀지 않은 곳에 정형 외과가 하나 있었다. 그곳의 이름은 참빛의원이었다. 그는 왼 다리에 무게가 실리지 않도록 절뚝이며 참빛의원으로 향했다.

"안녕하세요." 병원에 도착한 길준이 출입문을 밀고 들어가며 인사했다.

"어서 오세요, 어머."

카운터 안쪽에 서 있던 간호사가 길준의 모습을 보고 놀라 후 다닥 뛰어왔다. 길준은 왼쪽 발이 땅에 닿지 않도록 강시처럼 콩 콩 걸음을 걷는 중이었다.

"다리 다쳐서 오신 거예요?"

"네, 맞아요. 계단에서 넘어져서." 말이 끝나기도 전에 길준의 좌측 겨드랑이 밑으로 간호사의 얼굴이 쑥 들어왔다. 오렌지 향 기가 물씬 풍긴다.

이어서 부드러운 오른팔이 길준의 허리를 감싼다. 그녀는 로 비 소파에 길준을 데려가 앉혀주었다. 푹신하다. 병원에 들어온 후로 길준이 느낀 것은 따뜻함의 연속이었다. 길준은 그녀의 가 슴팍에 달린 명찰을 힐끗 바라봤다. '김가영'이라는 이름이 적혀 있다.

"지금 바로 진료 접수해 드릴게요. 잠시만 계세요." 가영이 곧장 카운터로 뛰어간다.

접수 처리를 하는 동안 길준의 시선은 그녀에게 고정되어 있었다. 그녀는 마치 귀여움을 형상화한 사람 같았다.

길준은 생각했다. '소파까지 가는 길이 좀 더 길었으면 좋았을 텐데.' 그러곤 당황했다. 내가 왜 이런 생각을 하고 있지?

"성함이랑 연락처가 어떻게 되세요?" 카운터 안쪽으로 들어간 가영이 강아지처럼 고개를 들고 물었다. 자그마한 그녀의 손에는 종이와 펜이 쥐어져 있다.

길준은 헛기침을 작게 뱉곤 자신의 이름과 연락처를 알려주었다.

"감사합니다. 조금만 기다리시면 진료 후에 치료 진행될 거예요. 잠시만 앉아 계세요." 가영은 곧바로 원장실로 뛰어갔다.

잠시 후, 원장실에서 나온 그녀가 길준을 향해 뛰어왔다. 가영의 뒤쪽에서 의사 가운을 입은 남성이 진료실로 들어가는 모습이 보인다. 이곳의 원장인가보다. 불룩 나온 배만 봐도 자기 관리에는 영 관심이 없는 사람이라는 걸 알 수 있었다.

"길준 님, 진료실로 모실게요." 의례적인 멘트를 뱉은 가영이 다시 길준의 품속으로 파고든다. 운이 좋게도, 소파에서 진료실까지는 방금보다 거리가 꽤 있었다.

진료실로 들어가자, 아까 본 통통한 남성의 모습이 보였다. 의자에 앉아있는 그는 표정이 굉장히 거만했다. 착각일 수도 있지만, 손님을 별로 달가워하지 않는 얼굴이었다.

"이쪽으로 앉으세요." 남성이 손가락을 까딱이며 자신의 앞에 놓인 의자를 가리켰다.

길준은 가영의 부축을 받으며 등받이가 없는 초록색 원형 의자에 앉았다.

"왼쪽 다리죠? 많이 아파요?"

"네, 땅에 발을 못 대겠습니다. 정강이 부분이 찔리듯이 아파요."

"어쩌다 이랬어요?"

"한 20분 전에, 계단에서 넘어져서 다리를 부딪친 후로 이렇게 됐습니다."

"그럼 골절이나 금이겠는데, 엑스레이 찍기 전에 육안으로 한 번 보고 싶은데 하필 청바지를 입고 있네. 가영 씨, 환자 바지 한 벌만 가져와 주세요."

"넵, 알겠습니다." 가영이 씩씩한 목소리로 대답한 후 진료실에서 나갔다.

"근데 왜 넘어진 거예요? 술 마셨어요?"

"아뇨, 요즘 머리가 복잡해서. 발을 헛디뎠습니다."

가영이 진료실 문을 열고 들어온다. 날다람쥐처럼 재빠른 그녀의 손에는 푸른 무늬가 그려진 환자 바지가 들려있다.

"원장님, 하의 가져왔습니다!"

"잘했어요. 환자분께 바지 드리고 나가서 카운터 봐주세요."

"알겠습니다!" 가영은 고개를 숙이며 인사한 뒤 진료실 밖으로 나갔다.

"바지는 혼자 벗으실 수 있죠?" 원장이 물었다.

"네, 제가 벗겠습니다."

사실 힘들었다. 다른 사람이 바지 밑단을 잡고 당겨주면 편했을 것이다. 하지만 이런 태도의 중년 남성에게 하의가 벗겨지긴 싫었다. 길준은 정강이에 바지가 닿지 않도록 최대한 조심하며 바지를 벗었다. 그러나 두꺼운 데님 바지를 다리에 닿지 않고 벗는 것은 불가능에 가까웠다. 상처 부위에 바지가 스칠 때마다 불에 타는 듯한 고통이 느껴졌다.

번데기가 허물을 벗듯 끙끙거리는 사투 끝에, 길준은 탈의에 성공했다. 스마트폰을 하며 기다리던 원장은 그제야 본격적인 진료를 시작했다.

"멍이 심하게 들었네." 원장이 길준의 왼쪽 정강이를 보며 말했다. "다행히 개방골절은 아니고, 폐쇄 골절이나 금 둘 중 하나인데. 엑스레이를 찍어보죠. 환자용 바지 입고 있으면 이따 간호사가 들어와서 엑스레이 촬영실로 안내해 줄 거예요."

"알겠습니다."

원장은 휭하니 일어나 진료실을 나가버렸다. 정형외과에는 어차피 단골이 생길 수 없다고 판단한 것일까. 저 사람에게는 손님을 유치하려는 의지가 느껴지지 않는다.

잠시 후. 똑똑, 누군가 진료실 문을 두드렸다.

"들어가도 될까요?" 활기차면서도 조심스러운 말투. 가영이다.

"네, 들어오세요."

진료실 문이 열린다. 그녀가 길준 옆으로 바싹 다가왔다.

"바지 다 입으셨네요. 지금 바로 엑스레이 촬영하러 가실까요?"

"네, 좋아요."

길준이 오른쪽 다리에 힘을 줘 몸을 일으켰다. 가영이 잽싸게 그를 부축한다.

"많이 아프시죠?"

"아뇨, 괜찮아요." 오렌지 향. 창백해졌던 얼굴이 달아오른다.

"여기가 촬영실이에요." 가영이 진료실보다 조금 더 깊숙한 곳에 위치한 방의 문을 열었다. 촬영실 중앙에 놓인 연두색 침대. 그 위에는 촬영 장비가 달려있다.

"이곳에 누우세요."

길준은 그녀의 말에 따라 얌전히 침대에 누웠다. 다친 왼쪽 다리를 침대 위로 올리려는 길준의 발목을 가영이 조심스레 받쳐 준다.

"다치신 부위가 정강이 맞으시죠?"

"네, 맞아요."

"사진이 잘 나올 수 있게 무릎까지만 바지를 걷을게요." 섬세하고 부드러운 손길이 천천히 길준의 바지를 걷어 올린다. "촬영 시작하겠습니다. 움직이지 말아 주세요."

"네." 길준은 침대에 누운 채로 어색하게 고개를 끄덕였다.

가영이 능숙한 손놀림으로 기계를 조작한다. 허공에 매달려 있던 촬영 장비가 앞뒤로 움직이며 길준의 다리를 훑었다.

"촬영 끝났습니다." 가영이 걷어뒀던 왼쪽 바짓단을 조심스럽게 내려주었다.

길준은 그런 그녀를 빤히 바라보다 물었다. "저, 근데 원장님께선 성격이 원래 약간 냉소적인 편이신가요?"

사실 길준은 원장 성격이 어떻든 상관없었다. 그런 질문을 던진 이유는 가영에게 말을 걸고 싶었기 때문이다. 그러나 막상 질문을 던진 길준은 아차 싶었다. 냉소적이라는 표현은 엄밀히 따지면 부정적인 평가인데, 간호사한테 원장을 욕하는 질문을 해도 되는 건가?

다행히도 가영은 길준의 말에 친절히 공감해 주었다. "환자분도 느끼셨구나. 죄송해요. 사실 저도 의아한 상태예요. 예전에 제가 입사할 때는 저한테 되게 친절하게 대해주셨거든요. 그래서 엄청 좋으신 분인가 보다, 싶었는데 환자분들껜 되게 까칠하시더라고요." 재잘재잘 떠들던 그녀가 멋쩍은 미소를 지으며 덧붙인다. "솔직히 말하면 저도 원장님이 어떤 성격인지 정확히는 몰라요. 아직 일 시작한 지 세 달밖에 안 됐거든요."

"아, 여기서 근무 시작한 지 삼 개월 되신 거예요?"

"네, 저 스물넷이거든요."

"스물넷이요? 저도 스물넷인데." 동갑이었구나, 예상치 못한 공통점에 웃음이 흘러나온다.

"엇, 스물넷이세요? 되게 성숙해 보이시네요." 가영이 깜짝 놀라며 말했다.

"늙어 보인다는 뜻인가요?"

가영이 당황하며 급하게 손을 젓는다. "아뇨, 아뇨. 그런 뜻이 아니라 정말 어른스러우시다고."

길준은 놀란 토끼 같은 그녀의 모습이 귀여워 웃음을 터뜨린다. "장난이에요. 장난."

농담을 한차례 주고받다가 웃음소리가 끊기자, 고요한 침묵이 찾아왔다. 그녀에게 궁금한 점은 여전히 많지만, 처음 만난 사이에 환자와 간호사라는 관계로 엑스레이 촬영실에서 물어볼 질문은 아니다.

겸연쩍게 이어지던 침묵을 가영이 끊었다. "그럼, 이제 다시 진료실로 가실까요? 엑스레이 촬영 결과는 원장님께서 설명해 주실 거예요."

"네, 알겠습니다."

가영이 다시 길준의 품으로 파고든다. 촬영실에서 진료실까지 바래다주는 길. 환자 바지는 왜 이렇게 얇은 걸까. 길준은 그녀를 이성으로 보지 않도록 온 힘을 다해야 했다. 마침내 진료실 문이 열리고, 가영은 카운터로 돌아갔다. 긴장이 풀리는 동시에 아쉬움이 몰려든다.

"이쪽으로 와서 앉으세요." 원장이 길준에게 말했다.

길준은 절뚝이며 원장 앞에 놓인 의자에 앉았다.

"여기 화면 보시면 아시겠지만, 사람의 종아리는 총 두 개의 뼈로 이루어져 있어요." 상범이 가느다란 지시봉으로 화면 속 종아리를 가리킨다. "안쪽 굵은 뼈가 정강뼈, 바깥쪽 얇은 뼈가 종아리뼈거든요. 지금 환자분은 왼쪽 종아리뼈가 사골절이 된 상태예요."

"사골절이요?"

"네. 사선으로 부러진 거죠. 다행인 건 깔끔하게 부러졌어요.

조각나지 않았으니까 감사한 일이죠. 따로 수술 필요 없이 반깁스만 하시고 뼈 붙을 때까지 목발 이용합시다."

"알겠습니다."

키보드를 두드리던 상범이 길준에게 물었다. "최근에 많이 걸어 다녔어요?"

"왜요?" 길준이 되물었다.

"한번 넘어졌다고 골절이 되는 경우는 별로 없거든요. 뼈가 좀 피로한 상태인 거 같은데."

"아…. 직업이 형사여서 여기저기 많이 돌아다니긴 했습니다."

"휴식 충분히 취하세요. 피로골절 알죠? 뼈는 특별한 충격 없이도 과도하게 무리하면 부러질 수 있어요. 일단 오늘 깁스하고 목발 드릴게요."

퉁명스러워도 치료는 해주는구나.

"감사합니다." 길준은 고개를 꾸벅 숙였다.

목발을 짚으며 집으로 돌아가는 내내 길준은 두 가지 감정에 시달렸다. 죄책감과 상사병. 두 마음은 천사와 악마처럼 치열하게 대립했으나, 길준은 둘 중 누가 천사인지 알 수 없었다. 어머니가 돌아가셨다는 사실을 알게 된 지 한 달도 채 지나지 않았다. 그런 내가 사랑을 해도 되는 걸까? 최소 몇 개월은 더 어머니를 그리워하는 게 자식 된 도리 아닌가?

자신의 불효가 개탄스러움과 동시에 가영의 미소가 아른거린다. 길준은 자꾸만 그녀를 떠올리는 자신의 감정이 너무나도 철

없게 느껴졌다.

"아악!" 집에 도착한 그는 외마디 비명을 질렀다. 가슴속에 잡힌 응어리를 토해내려는 물리적인 발악이었다. 하지만 돌아오는 것은 옆집의 항의였다.

"소리 지르지 마!" 옆집에 사는 아저씨다. 그는 벽을 쿵쿵 두드리며 소리쳤다. 너 혼자 사냐, 예의도 없냐. 벽이 얼마나 얇은지 아저씨의 주먹질과 고함에 집이 울린다.

"죄송합니다!" 길준은 얼굴도 모르는 이웃한테 목청 높여 사과했다. 사실 미안한 마음은 없었다. 울분을 풀고 싶은 마음에 한 번 더 소리 지른 것이다.

어쩌겠는가. 길준이 가영을 보고 호감을 느끼는 것은 불가항력이었다. 그는 남중 남고를 나왔다. 학원은 돈이 없으니 다니지 못했다. 유일하게 또래 여자애를 보는 곳이라곤 영락보린원인데, 어릴 적부터 같이 자란 애들이 여자로 보일 리 없다. 그들은 모두 가족이다.

성인이 된 후로 들어온 직장은 경찰서. 군대와 더불어 대표적인 남초 집단으로 꼽히는 곳이다. 애초에 길준 자체가 어머니를 찾자는 일념 하나로 경주마처럼 시선을 집중하고 달려온 사람이다. 이성에 흥미를 가질 겨를이 없었다.

그런 그가 몇 주 전에 목표를 상실했고, 오늘 가영을 만났다. 그녀는 누가 봐도 예쁘다고 감탄할 만한 여성이다. 외모뿐만이 아니다. 성격도 훌륭하다. 모두에게 친절하고 다정하며, 활기차다. 그런 고운 성격이 다리를 다쳐 병원에 찾아온 길준에게 고스

란히 발현됐다.

어머니가 돌아가신 사실을 알고 비척거리다 다리가 부러졌는데, 아리따운 여성의 섬세하고 다정한 손길을 받는다면 어떻게 사랑에 빠지지 않겠는가. 이것은 자연의 섭리다.

다음날, 길준은 목발을 짚으며 경찰서에 출근했다. 절뚝이는 걸음으로 팀장에게 간 그는 진단서를 제출했다. 병가를 신청하기 위함이었다. 그가 얻어낸 휴식 기간은 7일. 부러진 뼈가 붙기에는 턱없이 모자란 시간이지만, 고뇌를 해결하기엔 충분한 시간이었다.

* * *

병가를 내고 집으로 돌아온 첫날.

그는 좁다란 단칸방 중앙에 가부좌를 틀고 앉았다. 차분하게 감은 두 눈, 양손은 무릎 위에 가지런히 올려놨다. 그는 골똘히 생각했다. 지금 내 상황은 무엇인가. 길준의 목표는 어머니와 함께 행복하게 살아가는 것이었다. 몇 주 전, 그 목표는 이루어질 수 없다는 사실을 깨달았다. 그 탓에 방황했고, 비탄에 빠졌다.

어제는 이상형을 마주쳤고, 사랑을 느꼈으며, 그런 자신에게 실망했다. 지금도 그 마음은 변함이 없다. 어머니를 잃은 우울은 여전하고 가영을 떠올리면 가슴이 두근거린다.

둘째 날.

시야를 바꿨다. 다른 사람이 나와 같은 상황에 놓인다면 어떻게 행동할까. 목표를 잃은 사람에겐 두 가지 선택지가 있을 것이다. 절망하며 모든 것을 내려놓거나, 새로운 목표를 찾거나. 목표가 크고 간절할수록 전자를 택하고, 반대일수록 후자를 택하겠지. 분명 길준의 목표는 그 무엇과도 바꿀 수 없을 만큼 크고 간절했다. 그렇다면 절망하며 모든 것을 내려놓는 게 맞는 걸까?

글쎄, 다수가 선택한다고 해서 그것이 정답은 아니다.

셋째 날.

슬픔의 크기는 여전하지만, 그로 인한 통증은 잦아들었다. 처음 어머니의 죽음을 알게 된 당시 충격은 장대비와 같았다. 하늘에서 매섭게 쏟아지는 빗물 한 방울 한 방울이 길준을 찌르고 할퀴었다. 쉴 새 없이 쏟아지던 비는 어느새 바닥에 고여 호수가 되었다. 지금 길준은 그 잔잔하고 차가운 호수에 목까지 푹 잠겨 있다.

어머니의 마음을 생각해 본다. 그녀가 날 보고 계신다면 그녀는 내가 어떻게 하길 바라실까. 당연히 새로운 목표를 찾길 바랄 것이다. 본인의 죽음 때문에 자식이 인생이 망가지길 원하는 부모는 없을 테니까.

그렇다면 나도 새로운 목표를 가지고 열심히 살아가는 게 정답이 아닐까. 어머니를 추모하는 마음은 영원히 남을 것이다.

넷째 날.

내가 아닌 타인을 떠올려 본다. 여태껏 길준은 모두가 자신처럼 뚜렷한 목표를 위해 산다고 생각했다. 아니었다. 사람이 목표를 대하는 태도는 의외로 다양했다. 길준같은 사람도 있는 반면, 특별한 목표 없이 자유롭게 흘러가는 사람도 있다. 여러 개의 목표를 한 번에 품는 사람도 있으며, 매일 그날의 목표가 바뀌는 사람도 있다.

어쩌면 목표와 좌절은 반비례하지 않을지도 모른다.

다섯째 날.

목표에 대한 정의를 재정립했다. 목표란 '어떤 목적을 이루려고 지향하는 실제적 대상'이다. 말만 들으면 거창하면서도 조심스레 다뤄야 할 개념 같지만, 실상은 그렇지 않다.

생각해 보면 모든 행위는 목표로 이행된다. 허기를 달래자는 목표를 위해 식사를 하고, 피로를 풀기 위해 잠을 자고, 돈을 벌기 위해 일을 한다. 이렇듯 사람은 크고 작은 목표로 매시간을 살아간다.

목표란 연료와 같아서, 모든 행동에 대한 동기가 되어주고 원동력이 되어준다. 연료를 다 쓰면 힘을 잃는 것은 당연하다. 하지만 그럴 땐 새로운 연료를 넣어주면 된다.

새로운 연료를 넣어보자.

여섯째 날.

새 목표를 생각해 본다. 물론 숨을 쉬는 행위조차 '죽지 않겠다'라는 목표를 유지하기 위함이다. 하지만 그것은 어머니와 함께 살자는 목표를 잃은 후, 거대한 연료통 밑바닥에 증발할 만치 얕게 남은 목표다. 공허하게 비어버린 공간을 다시금 꽉 채워줄 방대한 연료가 필요하다. 길준에게 새로운 동력이 되어줄 수 있는 건 무엇일까.

정답은 처음부터 정해져 있었다. 가영을 만나기.

병가 마지막 날.

복잡하던 머릿속이 말끔하게 정리되었다. 오랜만에 찾아온 진정한 휴가다. 이런 날은 배달 음식이 좋지. 피자를 한 판 주문해 본다. 길준이 직접 피자를 주문해 본 것은 이번이 처음이다.

요즘은 배달 시스템이 참 잘 되어있더라. 피자는 주문한 지 30분도 지나지 않아 도착했다. 길준은 유리컵에 콜라를 따른 뒤, 피자를 한 조각 뜯었다. 어머니의 편지를 읽으며 입 안에 넣고, 우물우물 씹어본다.

생애 처음 주문한 치즈피자는 짭짜름한 눈물 맛이 났다.

***

다음 날, 경찰서에 출근한 길준이 팀원들에게 반갑게 인사를 건넸다.

"안녕하세요."

그의 오른쪽 겨드랑이에는 여전히 목발이 끼어있었다. 그가 깁스를 풀고 자유롭게 뛰어다니려면 아직 많은 시간이 필요하다.

"어, 길준이 왔어?"

형사과 팀장 최준식은 밝은 모습으로 돌아온 길준을 보고 마음이 놓였다. 몇 주 전만 해도 어머니가 돌아가셨다며 죽상이 되어 나타난 놈이 일주일 전에는 다리가 부러져선 병가를 신청하길래 이러다 무슨 일 나겠구나 싶었는데. 병가를 갔다 온 사이 안색이 확 피었으니 얼마나 다행인가.

길준은 절뚝거리며 자신의 자리로 걸어갔다. 의자에 앉으니 다리에 걸리던 부담감이 사라진다. 그는 목발을 책상에 기댄 뒤, 의자 등받이에 몸을 뉘었다.

"다리는 언제쯤 나을 것 같대?" 준식이 박카스를 마시며 물었다. 박카스를 들지 않은 손에는 두꺼운 서류뭉치가 들려있다.

"의사가 말하기론 최소 두 달에서 석 달 정도 봐야 할 것 같고 하셨습니다."

준식이 박카스 빈 병을 쓰레기통을 향해 던진다. 골인. 깔끔한 3점 슛이다.

"그래, 깁스 풀기 전까지는 사무 업무 위주로 진행하자."

"사무 업무 말입니까?"

"응, 현재 수사 중인 도난이랑 변사사건 사실확인원 발급해 주고, 강력범죄 통계 관리하고, 형사과로 들어오는 민원 업무만 처리하면 돼."

현장 수사만 담당해 온 길준에겐 통역사가 필요한 소리였다.

길준은 낯선 나라에 떨어진 미아의 얼굴로 팀장을 바라봤다.

준식이 그런 길준을 이해한 듯 다른 이의 이름을 부른다. "창호야."

"예." 길준 옆자리에 앉아있던 안경 쓴 남성이 고개를 들며 답했다.

"길준이가 사무 업무 익숙해질 때까지 네가 옆에서 좀 도와줘. 가능하지?"

"알겠습니다." 창호는 흘러내리는 안경을 중지로 밀어 올리며 고개를 숙였다.

최창호. 길준보다 3년 일찍 들어온 선배다. 자리는 바로 옆이지만 말을 섞어본 경험은 거의 없었다. 업무가 다르기 때문이다.

길준은 형사과로 들어온 이후 대부분의 시간을 현장 수사에 쏟았다. 밖으로 나가서 발로 뛴 것이다. 과장을 조금 보태면 경찰서에 있는 시간은 출퇴근 보고를 할 때가 전부였다.

반대로 창호는 주로 사무 업무를 담당했다. 그도 현장에 나갈 때가 있긴 했지만, 사무와 현장의 비율을 따지면 9 대 1 정도. 현장에 사람이 정말 부족할 때 투입되는 긴급 인력 같은 느낌이다. 그마저도 길준과 같은 사건에 배치되는 일은 한 번도 없었다.

문제는 그뿐만이 아니다. 길준이 생각하기에 창호는 굉장히 차가운 사람이었다. 뭐랄까, 공과 사의 구별이 굉장히 철저하다 해야 하나? 직장에서는 사적인 친분을 일절 쌓지 않는 느낌이다. 누구에게 먼저 말을 거는 법이 없고 일에만 집중하는 선배. 감정이 없는 로봇 같았다.

'내가 이 사람한테 일을 배울 수 있을까?' 살짝 걱정되었다.

눈치를 보던 중, 첫 번째 업무가 들어왔다.

"길준아, 저번 주 용산구 강력범죄 통계 좀 엑셀로 정리해 줘." 준식이 말했다.

"알겠습니다." 일단 대답은 힘차게 했다.

'가능한 선까지는 내 힘으로 해보자.' 길준은 컴퓨터를 켜고, 바탕화면에 깔린 엑셀 프로그램을 실행했다. 모니터에 펼쳐진 하얀색 직사각형의 나열. 여기에 범죄 통계를 어떻게 정리하지? 손이 움직이지 않는다.

고민하던 길준은 창호에게 물었다. "저, 선배님. 죄송하지만 혹시 강력범죄 통계 정리는 어떤 식으로 하는지 알려주실 수 있으십니까?"

"네." 싸늘한 인상만큼 무뚝뚝한 대답. 창호는 앉은 자세를 그대로 유지하며 길준 옆으로 의자를 끌어당겼다. 그는 길준이 켜둔 엑셀 파일을 종료하고 바탕화면 왼쪽 위에 있는 폴더를 클릭했다. "여기 보시면 용산구 범죄 통계 폴더 있죠? 이 안에 통계를 정리하는 양식 파일이 있어요. 이거요. '강력범죄 통계 양식'. 파일 이름이 직관적이니까 알아보기 쉬우실 거예요."

창호가 해당 파일을 열었다. 안에는 빈 표가 있었다. 팀장님이 들고 다니는 서류뭉치에서 여러 번 봤던 양식이다. 표의 가장 좌측 열에는 각종 범죄명이 세로로 나열되어 있고, 각 열에 따른 우측 행은 아직 아무것도 쓰여 있지 않았다.

"보시면 맨 위 칸에 지역이랑 발생 건수라고 적혀있죠? 범죄별로 어느 지역에서 몇 번 발생했는지 정리해 주시면 돼요."

겉보기완 달리, 창호는 차가운 사람이 아니었다. 그는 길준이 모르는 것을 전부 친절하게 설명해 주었고 알면 편리한 노하우까지 하나하나 전수해 주었다.

창호를 한 문장으로 정의하자면, 내가 먼저 다가가진 않지만, 상대가 다가오면 마음 열고 받아주는 스타일이었다.

덕분에 길준은 사무에 금방 적응했다. 창호와도 금세 친해졌다. 경찰서에 마음을 나눈 동료가 그다지 없었던 창호도 길준과의 교류가 반가웠던 모양이다. 그들은 근무가 끝나면 함께 술집에 가 술잔을 기울이고, 주말에는 함께 온라인 게임을 즐기기도 했다. 창호는 자극적이진 않지만 은은한 단맛이 있는, 시장에서 파는 식혜 같은 사람이었다.

* * *

길준의 첫사랑이 근무하는 참빛의원. 길준은 2주 간격으로 그곳에 방문했다. 한 달에 두 번, 두 달에 네 번. 골절의 경과를 확인하기 위함이었다. 길준은 병원에 방문하기 전날마다 설레는 마음에 잠을 이룰 수 없었다. 그의 진료를 모두 가영이 봐줬기 때문이다.

부상의 차도를 확인하러 가는 것인데, 심리 치료를 받는 것처럼 가슴이 따뜻해졌다. 깁스를 풀 때마다 가영과 길준은 서로가 살아온 인생 이야기를 풀었고, 깁스를 조일 때마다 그들의 거리도 조여졌다.

그러나 모든 상황에는 끝이 오는 법.

"현재 상황을 보니까 다음 방문 날 깁스 푸시면 될 것 같아요."

"네, 알겠습니다." 씩씩하게 대답했지만, 속은 차갑게 식었다.

깁스를 풀면 더는 병원에 올 수 없는데, 그러면 앞으로 가영 씨를 어떻게 봐야 하지? 골절이 낫기까지 길면 석 달이 걸린다는데 왜 나는 두 달 반 만에 나아버린 걸까. 길준은 자신의 눈치 없는 종아리뼈를 원망했다.

참빛의원 마지막 방문 날. 언제나 밝은 얼굴로 웃으며 들어갔던 병원인데 그날은 웃음이 나오지 않았다. 길준은 딱딱하게 굳은 얼굴로 천천히 출입문을 밀었다.

"오셨어요?" 가영은 평소와 같이 환한 미소로 길준을 맞이했다.

"네." 길준은 평소와 달리 조용하게 고개를 숙였다.

"진료실로 들어오세요. 깁스 풀어드릴게요."

"알겠습니다." 길준은 익숙하게 목발을 짚으며 진료실로 들어갔다.

가영과 길준은 항상 앉던 자리에 앉았다. 이렇게 앉으면 그들은 서로를 마주 보게 된다. 가영은 길준의 왼쪽 다리를 자신의 무릎에 올린 채 깁스를 자르기 시작했다.

평소 같았으면 길준이 무언가 얘기를 꺼냈을 타이밍이지만, 오늘은 달랐다. 언제나 유쾌하게 떠들던 그의 입은 오늘따라 벌어지지 않았다.

이상함을 느낀 걸까. 가영이 먼저 대화를 시작했다. "길준 씨, 혹시 무슨 일 있으세요? 오늘따라 우울해 보이시네요."

"아니에요. 괜찮아요." 길준은 말을 아꼈다. 지금은 타이밍이 아니다.

고요 속에서 작업이 끝났다. 길준의 왼쪽 종아리를 감싸고 있던 통깁스가 절반으로 쪼개졌다. 본래 깁스를 풀면 악취가 난다. 부상 기간에는 해당 부위를 닦을 수 없기 때문이다.

하지만 가영은 2주 간격으로 깁스를 갈며 알코올 솜으로 길준의 다리를 닦아줬기에 별다른 냄새가 나지 않았다. 물론 깁스를 갈면 그때마다 추가 비용이 붙지만, 가영과 대화를 한마디라도 더 하고 싶었던 길준의 선택이었다.

"땅에 발 한번 디뎌보시겠어요?"

"네."

길준이 앉아있던 몸을 일으킨다. 목발의 도움 없이 두 다리로 몸을 지탱하는 것은 오랜만이다. 살짝은 어색하지만 불편함은 전혀 없다. 치료가 완벽하게 끝난 모양이다. 왼발을 바닥에 두세 번 굴러봐도 아무런 통증이 느껴지지 않는다.

"괜찮네요."

"엑스레이 사진상으로도 완전히 붙었었으니까 아무 문제 없을 거예요. 그동안 고생하셨습니다." 가영이 싱긋 웃었다.

"저기,"

"네?"

길준이 스마트폰을 내밀며 말했다. "연락처 부탁드립니다."

"제 번호요?" 가영의 얼굴이 붉어진다.

"네." 길준은 아무런 사족도 덧붙이지 않았다. 그저 스마트폰을 내민 채 묵묵히 기다렸다. 그의 눈은 가영을 흔들림 없이 바라보고 있다.

가영은 얼굴이 발개지다 못해 고개를 숙여버렸다. 하지만 그녀의 손은 길준의 스마트폰을 가져갔다. 다시 돌아온 스마트폰 화면에는 그녀의 번호와 이름이 적혀있었다.

"감사합니다." 경직되어 있던 길준의 얼굴이 그제야 느슨하게 풀어졌다.

"…번호 알려줬으니까 이제 말 편하게 해." 가영이 작약같이 발간 얼굴로 말했다.

길준은 차마 대답하지 못하고 고개만 주억였다.

간호사와 환자 사이였던 둘은 그렇게 친구가 되었다.

***

가영과 길준은 빠른 속도로 가까워졌다. 그들이 업무에 외적으로 스마트폰을 손에 쥘 때는 백이면 백 서로에게 연락하기 위함이었다. 친구로 지낸 기간은 극히 짧았다. 사실 친구라고 칭할 때도 행동은 애인과 다름없었다. 그들은 하루가 아쉽게 서로의 마음을 간지럽혔고, 곧이어 실제 연인이 되었다.

먼저 퇴근하는 이가 늦게 퇴근하는 이의 시간에 맞춰 함께 저녁을 먹었다. 새로운 영화가 개봉하면 영화의 평점이 높든 낮든 같이 영화관에 갔다. 전에는 어머니를 찾기 위해 사용했던 연차가 이제는 가영을 위해 쓰였다.

그리고 3년 후, 길준은 가영의 손을 잡고 버진로드를 걸었다. 스물일곱 살에 올린 결혼식. 꽃잎이 뿌려진 아름다운 길. 부모님 없이 홀로 자란 길준에게는 믿을 수 없는 현실이었다.

길준의 하객은 두 부류로 나뉘었다. 용산 경찰서의 동료들, 영락보린원의 가족들. 그의 부모님석은 머리가 하얗게 센 보린원의 원장님이 자리했다. 그녀는 가슴으로 낳은 자식의 결혼을 진심으로 축하해 주었다.

그날 길준은 수많은 사람의 환호 속에서 가영과 입을 맞췄다. 모두가 행복한, 흠잡을 데 없는 결혼식이었다.

신혼생활 역시 행복으로 가득했다. 가영을 괴롭히던 원장은 결혼 이후로 그녀를 괴롭히지 않았다. 가영은 드디어 편안한 마음으로 참빛의원에 출근할 수 있게 되었다.

어머니가 돌아가신 사실을 알게 된 후로 인생의 목적을 잃었던 길준은 새로운 목표가 생겼다. 가영을 행복하게 해주기. 그는 형사 일에 최선을 다하며 열심히 실적을 쌓고 승진을 위해 노력했다.

단 한 가지, 아쉬운 점이 있다면 그들에게 아이가 생기지 않았다는 점이다. 아무리 노력해 보아도 가영은 아이를 가지지 못했다.

"괜찮아, 언젠가는 생기겠지."

가영과 길준 모두 크게 개의치 않았다. 노력해서 안 될 것은 없다. 꾸준히 사랑을 나누다 보면 우리의 행복한 가정에 어여쁜 구성원이 한 명 추가되리라 믿어 의심치 않았다.

길준은 가영에게 창호 선배도 소개해 주었다. 길준이 예상한 대로 가영과 창호는 성격이 아주 잘 맞았다. 길준과 가영의 외식에는 창호가 참여하는 일이 잦아졌고, 그 자리에선 언제나 웃음이 끊이질 않았다. 어린 시절에는 느낄 수 없는 행복이었다.

그리고 결국, 가영이 아이를 가졌다. 가영과 길준 모두 스물아홉 살이 된 해의 일이다.

***

길준이 위화감을 느낀 건 며칠 전이었다. 그날은 아내의 아침 식사가 유난히 여유로웠다. 스마트폰을 보고, 밥을 한술 뜨고, 다시 스마트폰을 본다. 이상하다. 이건 주말에나 볼 수 있는 모습인데, 오늘은 평일이다.

"여보, 오늘 출근 안 해?"

"응? 아아, 원장님께서 당분간 출근하지 말라 하시더라고. 사흘 전에 문자 왔어."

그녀가 스마트폰을 꺼내 문자를 보여준다. 참빛의원 원장의 외국 출장 공지 문자였다. 그렇구나, 하고 넘어가려던 길준은 이상함을 느꼈다. 공지 문자를 보낸 발신자의 이름이 서은수다. 길준은 참빛의원의 원장을 만난 적이 있다. 그의 의사 가운에 달린 명찰에는 분명 '윤상범'이라는 이름이 적혀있었다.

"여보, 원장님 성함이 원래 은수셔?"

가영이 피식 웃으며 답한다. "그럴 리가, 은수는 내 후배야. 원장님 대신 공지해 줬어."

마음속 깊은 곳에서부터 찝찝함이 스멀스멀 올라온다.

"그… 은수 씨랑 원장님이랑 사귀는 사이는 아니지?"

"무슨 소리 하는 거야. 은수가 원장님을 얼마나 싫어하는데. 절대 아니야."

정말 이상하다. 문자가 발송된 시각은 새벽이었다. 원장과 간호사가 연인이 아닌 이상 그런 늦은 시간까지 같은 공간에 있을 리 없다. 그렇다면 원장은 은수에게 별도의 연락을 취해 공지를 돌리라고 지시했다는 소리가 된다.

모순이다. 은수에게 연락을 취할 수 있었다면 그 시간에 자신이 공지를 보내면 된다. 괜히 은수에게 공지를 돌리라고 지시했다가 은수가 자고 있었다면 원장의 지시를 못 볼 위험까지 있다.

이뿐만이 아니다. 은수는 가영의 후배라고 했다. 수간호사도 아니고, 가영도 아닌 막내 간호사에게 공지를 부탁하다니. 생각을 거듭할수록 상식에 맞지 않는 정황만 차곡차곡 쌓여간다.

"…그렇구나."

길준은 아무렇지 않은 척 안방으로 들어갔다. 그가 가영과 함께 자는 침대 옆에는 자그마한 협탁이 있다. '가영이가 참빛의원 열쇠를 여기에 넣어놨었지.' 길준이 협탁 서랍 가장 위 칸을 열었다. 역시나 병원 열쇠가 들어있다. 열쇠를 챙기고 조용히 옷을 갈아입는 도중 가영이 방으로 들어왔다.

"어디 나가게? 오늘 휴무 아니야?"

"응, 잠시 슈퍼 좀 갔다 오게."

길준은 아직 자신의 행동을 알리지 않기로 했다. 알고 보면 단순 헤프닝일 가능성도 있다. 별것도 아닌 일에 호들갑을 떨며 아내를 걱정시키기는 싫었다.

"뭐 사려고?"

"아이스크림."

"그러면 나 스크류바 하나만 사다 줘."

"스크류바? 알겠어." 길준이 뒤통수를 긁적인다. 괜한 심부름이 하나 생겨버렸다.

집에서 나온 길준은 곧장 참빛의원으로 향했다. 익숙한 길이다. 거리도 가깝다. 걸어서 5분이면 도착이다. 신혼집을 구할 때 일부러 가까운 곳으로 정했기 때문이다.

막상 병원에 도착하자 문제가 생겼다. 아무리 열쇠를 넣어봐도 출입문이 열리지 않는다. 분명 이 열쇠가 맞을 텐데. 어느 방향으로 꽂아봐도 열쇠가 들어가지 않았다. 문 자체도 유난히 새것이다. 위층과 아래층에 달린 출입문과 비교해 봐도 참빛의원의 출입문만 유독 녹이 슬지 않았다. 그 흔한 생활 기스마저 없다.

'아무리 봐도 이상해.'

가영은 저번 주까지 출근을 계속했다. 그녀는 출근을 일찍 하는 편이다. 그녀가 제일 일찍 출근하는 날도 많다. 만일 그녀의 열쇠가 맞지 않았다면 그녀가 몰랐을 리 없다. 그녀가 알았다면 길준에게 투정을 부렸으리라.

'일단 돌아가자.' 어차피 문은 열리지 않는다. 이런 상황에서 병원 앞에 우두커니 서 있어봤자 상황이 진전될 게 없다. 길준은 발걸음을 돌렸다.

"여보." 집으로 돌아온 길준은 곧바로 가영을 불렀다.

"남편 왔어?"

"응, 여기 스크류바." 그가 손에 든 비닐봉지에서 아이스크림을 꺼내준다.

길준에게 조르르 달려온 가영이 강아지처럼 헤헤 웃는다.

"와~! 고마워."

"아냐. 그보다, 이거 참빛의원 열쇠 맞지?" 길준이 병원 열쇠를 꺼내 보인다.

"어? 응, 맞아."

"이걸로 문 열려?"

"응? 당연하지. 저번 주에도 이거로 열었는데?"

"오늘은 안 열리더라."

"그게 무슨 소리야?" 가영은 영문을 모르겠다는 표정이다.

"오늘 아침에 여보가 보여준 문자 있잖아. 아무리 봐도 이상하더라고. 문자를 보낸 시간도, 문자를 보낸 사람도 이상해. 그래서 열쇠를 가져가 봤지. 안 열리더라. 문이 바뀐 거야. 누군가 문을 부수고 새로운 문으로 교체한 거지." 길준은 곧장 자신의 추리를 늘어놓았다.

"그게 무슨 소리야…?"

"내 생각엔 참빛의원에서 범죄가 일어난 것 같아. 범행 시각은 문자가 발송된 날 새벽. 피해자는 원장님. 가해자는 여보한테 문자 보낸 그 사람. 후배 간호사라는 은수 씨야."

"뭐? 은수가 범죄를 저질렀다고?" 가영의 얼굴에 핏기가 사라진다. "걔가, 아…."

보통 이런 상황에서는 '걔가 왜?'라고 묻기 마련인데, 가영은 모종의 이유가 떠오른 것 같았다. 은수가 범죄를 저지를 만한 이유가.

"그래서 말인데, 그 후배에 대해 아는 것 좀 전부 말해줘."

가영은 잠시 입을 빼끔거리다, 식탁을 향해 비틀거리며 걸어갔다. 의자에 털썩 주저앉은 그녀의 얼굴이 창백하다.

"괜찮아? 미안, 내가 너무 갑작스레 얘기했지." 길준은 당황하며 그녀에게 달려갔다.

아무 생각 없이 휴가를 즐기던 은수가 감당하기엔 꽤 충격이 클 것이다. 그녀도 원장을 싫어한다지만, 아끼는 후배가 원장을 상대로 범죄를 저지르리라곤 상상도 못 했을 테니까. 가영이 은수와 친했던 것은 길준도 익히 들어서 알고 있었다. 혼자서 해결할걸, 후회하며 그녀의 등을 다독여 주던 와중, 가영이 고개를 들었다.

그녀는 새파래진 얼굴로 나지막이 입을 열었다. "오빠가 생각하기엔 진짜 은수가 범인이야?"

고민하던 길준은 천천히 고개를 끄덕였다.

휴, 가영이 자그맣게 한숨을 내쉰다. "알겠어. 다 말해줄게."

그녀가 떨리는 목소리로 느릿하게 말한다. "걔 이름은 서은수고… 나이는 스물다섯이야. 병원에 입사한 날짜는 작년 2월쯤이었을 거야." 그녀가 잠시 말을 멈추더니 물었다. "오빠, 오빠랑 내가 연애할 때 원장이 나한테 무슨 짓 했었는지 기억나?"

"어? 어, 기억나지. 너 좋다고 엄청 따라다녔었잖아."

"따라다니는 수준이 아니라 괴롭힘이었지. 이번에도 원장이 문제였어. 그 인간은 내가 오빠랑 결혼해서 은수를 뽑은 거였거든. 새로운 결혼 상대를 찾으려고. 근데 상식적으로 은수가 그 인간 마음을 받아줄 리가 없잖아. 그러니까 또다시 괴롭힘이 시작된 거지. 은수가 범죄를 저질렀다면 아마 그것 때문일 거야…. 내가 더 도와줬어야 했는데…."

가영이 얘기를 들려주는 동안, 길준은 자신의 형사 수첩에 그녀의 얘기를 묵묵히 적었다.

가영은 그런 길준을 처연하게 바라보다 말했다. "그래도 단정 짓진 마. 걔가 범인이라는 보장은 없잖아. 걔도 힘들게 큰 애야. 우리 용산구에 있는 영락보린원 알지? 거기서 부모님도 없이 혼자 자랐대."

수첩 위에 펜을 놀리던 길준의 손이 멈췄다.

"여보 방금 영락보린원이라고 했어?"

"응…. 왜?"

"왜긴, 나도 영락보린원 출신이잖아. 내가 말 안 했었나?"

"진짜? 나 처음 들어. 보육원에서 자랐다는 건 알았는데 정확히 어딘지는 못 들어. 물어봤다가 괜히 안 좋은 기억 건드릴

수도 있으니까….”

길준이 미간을 찌푸리며 보린원에서의 기억을 되살려 본다. 은수, 서은수. “잠깐만, 이름이 서은수라고? 성이 서 씨야?”

“응, 서은수. 아는 애야?”

“내가 생각하는 걔 맞는 것 같은데, 혹시 그 친구 사진 있어?”

“잠시만, 한번 찾아볼게. 애가 프로필 사진을 올리는 타입은 아니어서….” 가영이 갤러리를 뒤적인다. 이내 사진 한 장을 길준에게 보여줬다. 가영이 은수와 함께 술을 마셨던 날 찍은 사진이다.

“맞네, 서은수.”

“여보가 생각하는 애 맞아?”

“응, 내가 영락보린원에 입소한 나이가 다섯 살이었거든? 그때 은수는 이미 영락보린원에서 살고 있었어.”

“어? 근데…. 은수는 우리보다 네 살 어리잖아.”

“맞아. 사실상 태어나자마자 버려진 거지.” 길준이 고개를 숙이고 입술을 깨문다. “그래, 생각해 보면 애가 좀 특이했어. 살짝 소시오패스 같은 면이 있었지. 친구들이랑 분명 잘 지내면서도 겉도는 느낌….”

“여보, 괜찮아? 뭐라고 하는 거야?”

홀로 중얼거리던 길준이 고개를 번쩍 들고 가영의 어깨를 붙잡았다. “이번 사건 제대로 알아봐야 할 것 같아. 나 도와줄 수 있지?”

가영이 고개를 끄덕인다. “내가 도움이 된다면… 도와줄게.”

"좋아, 그러면 먼저 문에 대해서 물어보자. 오늘 바로 물어보면 경계할 수 있으니까 다음 주에."

"응."

* * *

다음 주, 가영은 은수에게 문자를 보냈다.

- 은수야, 너 혹시 우리 병원 휴업한 이후로 가본 적 있어? 나 지금 병원 앞인데 아무리 열쇠를 넣어봐도 안 들어가네.

물론 가영은 병원에 있지 않았다. 그녀는 집에서 남편과 함께 있었다. 그녀 딴에는 굉장히 떨리는 작업이었다. 답장은 예상보다 더 빨리 돌아왔다.

- 아니요. 저도 휴업 이후로 한 번도 안 가봤어요. 근데 병원은 갑자기 왜요?

과연 이 말은 진짜일까. 가영은 이제 은수를 믿기 어려웠다.

그녀는 길준에게 물었다. "여보, 병원은 갑자기 왜 갔냐는데 뭐라고 답하지?"

"음…. 혹시 병원에 갈 때 항상 챙기던 물건 있어? 스마트폰처럼 언제나 들고 다니는 거."

가영이 고민한다. 스마트폰은 이미 손에 쥐고 있고, 항상 갖고 다니는 물건이 뭐가 있을까?

"아! 텀블러 있다."

"그럼 그거 두고 왔다고 하자."

"좋은 생각이야."

역시 형사다. 가영은 곧바로 문자를 보냈다.

- 아니, 내 텀블러가 없어졌거든. 아무리 집을 뒤져봐도 없길래 이상하다 싶었는데 생각해 보니까 병원에 텀블러를 두고 퇴근한 거야. 그래서 텀블러 가지러 왔지.

- 제가 한 번 확인해 볼까요? 선배 열쇠 문제일 수도 있으니까, 제가 가서 열어보고 선배한테 텀블러 가져다드릴게요.

은수의 답장은 바로 돌아왔다. 이 정도면 가영의 문자만을 기다린 수준이다.

"여보, 은수가 본인이 직접 텀블러 가져다주겠다는데? 이러면 안 되지?"

"안 되지. 나는 병원 현장을 확인하고 싶은 거니까. 게다가 텀블러는 우리 집에 있잖아. 은수가 들어가면 우리가 거짓말한 게 들켜버려." 길준이 턱을 매만지며 고민한다. "여보가 은수랑 병원 앞에서 만나서 은수한테 문만 열게 하고 돌려보낼 수 있으면 좋을 텐데…."

"그렇게 해볼까?" 가영이 물었다.

"할 수 있겠어?"

길준이 되묻자 가영은 자신 있게 답했다. "한번 해볼게."

가영이 곧바로 문자를 보낸다.

- 내 열쇠가 안 열리는데 너 열쇠가 열릴까?

이번 답장도 빠르게 돌아왔다.

- 선배 열쇠가 이가 나간 걸 수도 있으니까요.

은수도 지지 않고 답장을 보낸다. 여자 두 명의 기 싸움을 보는 느낌이다.

- 아무리 그래도 너한테 병원에서 우리 집까지 왔다 갔다 심
부름시키는 건 너무 미안한데⋯. 혹시 지금 집이야?

- 네, 집이에요.

- 그럼 30분 후에 병원 앞에서 볼래?

쉴 틈 없이 이어지던 문자가 멈췄다. 그리고, 잠시 후 마지막
문자가 도착했다.

- 네, 좋아요. 이따 봐요. 언니.

가영은 핸드폰을 주머니에 넣으며 길준에게 말했다. "보기로
했어."

"언제?"

"30분 후에 병원 앞에서."

"알겠어. 참빛의원이 2층 맞지? 내가 먼저 가서 3층에 잠복하
고 있을게. 천천히 준비하고 와." 말을 마친 길준은 곧장 집을 나
섰다. 가영이 은수와 문자를 주고받는 동안 그는 이미 외출 준비
를 끝마친 상태였다.

남영빌딩에 도착한 지 이십여 분이 지난 무렵, 3층에서 대기
중인 길준의 귀에 계단을 걸어 올라오는 소리가 들렸다. 점점 가
까워지던 소리는 2층에서 멈췄다. 길준이 스마트폰을 꺼내 확인
해 본다. 아내에게선 아직 연락이 없다.

'서은수겠군.' 길준은 스마트폰을 꺼내 녹음 기능을 켰다. 만
일 은수가 독백으로 자신의 범죄를 회상한다면 즉시 자백 증거
를 확보하는 셈이다. 하지만 아쉽게도 그런 일은 일어나지 않았

다. 추운 날씨 탓일까. 그녀는 아무 말 없이 입김만 몰아쉬었다.

- 오빠, 나 곧 도착해.

가영이 문자를 보냈다.

- 응, 서은수는 이미 2층 와 있어.

길준은 현재 상황을 그녀에게 알려주었다. 이러면 마음의 준비가 한결 편할 것이다.

잠시 후, 또각거리는 구두 굽 소리가 계단을 울린다. 가영이 왔구나.

"언니." 이 목소리. 듣자마자 떠올랐다. 중간에 공백이 있긴 했지만, 십 년을 넘게 들었던 목소리다. 그녀는 서은수가 확실하다.

"은수야, 오랜만! 집에서 쉬고 있었을 텐데 미안해." 가영은 밝은 목소리로 인사를 건넸다.

"아니에요, 안 그래도 외출 준비하던 중이었어요."

그녀들은 자연스레 대화를 나누기 시작했다.

'역시 연기를 잘하네.' 길준이 생각한 대상은 은수가 아니다. 가영이다. 그는 이미 아내의 뛰어난 연기 실력을 알고 있었다. 그녀는 같이 남아서 텀블러를 찾아주겠다는 은수를 쫓아내는 것도 성공했다. 은수가 문자로 언급한 약속이 빌미였다.

"까먹을 뻔했다. 그럼 저는 이만 가볼게요, 나중에 봬요!" 은수가 계단을 내려간다.

일이 잘 풀렸다. 그녀가 함께 텀블러를 찾아주겠다고 버텼으면 일이 꽤 귀찮아졌을 텐데, 다행히도 그녀는 순순히 물러났다.

"응, 고마워!" 가영의 활약이다.

은수의 발소리가 완전히 사라진 후, 길준은 2층으로 내려갔다. 가영은 병원 문을 열어둔 채 길준을 기다리고 있었다.

"여보, 우리가 한 얘기 들었어?"

"응, 너 열쇠로 문제없이 열렸다고 했지."

"내 말이. 저번 주에 이걸로 열어본 거 맞아?" 가영이 열쇠를 내민다.

"이거 여보가 쓰던 열쇠 아니야. 은수가 바꿔치기한 거야." 길준이 스마트폰을 꺼내 사진을 보여준다. 그는 오늘 같은 상황을 대비해 가영이 쓰던 열쇠를 찍어두었다. 사진 속의 열쇠는 세로 홈이 두 개. 현재 가영이 손에 들고 있는 열쇠는 세로 홈이 하나다.

"바꿔치기했다고? 언제…?" 믿기 힘든 얼굴이다. 그녀가 열쇠를 꼼꼼히 살펴본다.

"은수가 여보한테 당신 열쇠를 줘보라 했었지?"

"응. 그래서 줬지. 내가 집에서 가져온 내 열쇠."

"그리고 걔가 문을 열었고."

가영이 고개를 끄덕인다.

"은수는 그때 여보한테 받은 열쇠로 문을 연 게 아니야. 자기가 따로 챙겨온 열쇠로 연 거지. 그게 원래부터 여보 열쇠였던 척 돌려준 거고. 간단한 트릭이야."

"은수가 그랬다고…?"

믿기 싫은 눈치다. 당연하다. 일 년이 넘는 시간을 함께 보냈다. 상사와 원장을 욕하며 술잔을 기울이고 우정이 깊어졌다고 생각했겠지. 하지만 어쩔 수 없다. 길준의 스마트폰에 증거가 떡

하니 남아있다.

"세상이 원래 그렇지. 다 속고 속이는 거 알잖아. 기운 내."

길준이 해주는 말은 별 위로가 되지 않았다. 가영은 여전히 못 믿겠다는 표정으로 스마트폰을 바라보며 우두커니 서 있다.

"일단 병원으로 들어가자. CCTV 파일 좀 보여줘. 아마 삭제했겠지만."

"응? 어, 알았어."

길준과 가영이 참빛의원으로 들어갔다. 가영은 접수 데스크에 놓인 컴퓨터를 켜는 동안 길준은 로비를 둘러봤다.

"CCTV는 이거군."

천장 구석에 병원 로비가 한눈에 보일법한 CCTV가 있다. 그러나… 딱 봐도 모형이다.

"여보, 참빛의원에서 원래 모형 CCTV 써?"

"응? 아니? 정품일걸? 내가 CCTV 관리할 때는 정품이었어. 왜?"

"지금은 모형이야."

"진짜…?"

길준이 고개를 끄덕인다. "문 교체하면서 CCTV도 같이 바꾼 것 같아. 컴퓨터 확인해 봐. 아마 데이터도 없어졌을 거야."

가영이 마우스를 열심히 움직인다. "그러네, CCTV 데이터 보관 파일이 텅 비어있어."

"최근에 CCTV가 고장 났다거나 그런 일은 없었지?"

"응. CCTV가 고장 났다면 은수가 말해줬을 텐데 그런 말은 없었어."

길준이 로비 구석에 놓인 쓰레기통을 열어본다. 안에는 흰색 라텍스 장갑이 버려져 있다. 길준은 그것을 꺼내 가영에게 보여주며 물었다. "여보, 이거 여기서 쓰는 장갑이야?"

"응? 어, 맞아. 수술할 때 쓰는 의료용 장갑."

"수술할 때 사용하는 장갑이면 수술실에 버리지 않나? 이게 로비 쓰레기통에 들어있다는 건 로비에서 사용했다는 뜻이잖아. 지문을 남기지 않으려고 했던 건가…. 그러려면 장갑도 남기지 말았어야지. 철저하지 못했네."

이 정도면 거의 확정이다. 우리 병원은 범죄 현장이 되었구나. 가영이 실의에 빠져 이마를 짚는다.

아내가 번뇌로 괴로워하는 동안, 길준은 오히려 아득한 유추의 늪으로 깊숙이 잠수했다. 'CCTV 파일 삭제, 범행에 사용한 장갑도 이곳에 버렸지. 그렇다는 얘기는 이곳이 범행 현장이라는 말인데. 원장을 어딘가로 유인한 게 아니라 참빛의원에서 바로 해코지한 거야. 그럼… 우발 범죄인 건가?' 길준이 걸음을 옮긴다. 그가 멈춰 선 곳은 로비 창문이었다. 빌딩에 들어오면서 확인한 결과, 이 건물에는 1층 출입구에도 CCTV가 달려있었다. 그 카메라는 모형이 아니다.

일 년간 이곳에서 근무한 이가 그 사실을 모르지는 않을 테고, CCTV가 있는 곳으로 시체를 들고 나가진 않았겠지. 그렇다면 시체를 빼돌릴 가장 쉬운 방법은 창문이다.

참빛의원 로비에 나 있는 창문은 두 개. 둘 다 사람 한 명 빠져나가기 충분한 크기다. 창문 아래는 막다른 골목길. 골목 입구를 무언가로 가려둔다면 시체를 내리기 안성맞춤인 장소다.

길준은 둘 중 더욱 안쪽에 자리한 창문을 열어보았다. 사람 심리는 무언가를 숨기고 싶을 땐 바깥쪽보단 안쪽으로 들어가는 법이다.

창문을 열어본다. 창틀의 너비는 대략 80cm. 회색 먼지가 지저분하게 묻어있는 아래 창틀에 3cm가량의 너비로 먼지가 쓸려나간 부분이 두 군데가 존재한다. 먼지가 닦인 흔적. 넓이가 넓적한 기다란 끈이 창틀에 닿으며 마찰이 일어난 자국이다.

'붕대 같은 걸로 묶어서 시체를 내렸나 보군.'

길준이 고개를 들어 주변을 둘러본다. 누군가와 통화를 하던 가영은 데스크 안쪽에서 낙담에 빠진 표정으로 멍하니 서 있다.

"여보, 은수 주소 알아?"

"응? 어, 아마 직원 정보 파일에 적혀있을 거야."

"직원 정보 파일? 그런 것도 있어?"

"응…. 우리 원장님이 좀 유난이었거든."

가영이 종이 한 장을 출력해 길준에게 준다. "여기."

"고마워."

은수에 대한 정보가 적혀있는 종이를 찬찬히 훑어본다. 그녀가 사는 곳도 적혀있다. 그녀는 참빛의원에서 말지 않은 자그마한 빌라에 거주 중이었다.

"좋아, 이 정도면 병원에서 얻을 정보는 전부 얻은 것 같네. 나는 이제 은수네 빌라로 가볼게. 여보는 돌아가서 쉬어."

"거기까지 가게?" 가영이 놀라 물었다.

"응. 걱정하지 마. 집에 들어가려는 건 아니니까. 빌라 CCTV만 확인하러 가는 거야. 공지 문자 받았던 날이 11월 21일 맞지?"

가영이 다시 스마트폰을 확인해 본다. "응, 맞아. 그날 새벽에 왔어."

"알겠어. 금방 갈게. 집에서 쉬고 있어."

가영이 고개를 끄덕이며 말한다. "…너무 무리하지는 마."

"고마워." 길준이 밝게 웃어 보였다.

가영과 헤어진 뒤, 길준은 다음 목적지로 걸음을 돌렸다. 빌라에 도착한 그는 건물 한 바퀴를 빙 둘러보았다. 경비원도 없고 CCTV도 한 대뿐이다.

'보안에 그다지 신경 쓰는 곳은 아니군.' 그곳에 설치된 CCTV는 빌라 주차장 전경을 촬영하는 각도로 고정되어 있었다. 혹여나 접촉 사고가 일어났을 시 증거자료 확보를 목적으로 달아둔 모양이다.

길준은 부동산을 통해 건물주의 연락처를 알아낸 뒤, 전화를 걸었다. 트로트가 흘러나온다. 나이가 어느 정도 있는 사람이 좋아할 법한 노래다. 멜로디가 십여 초간 이어지다 전화가 연결됐다.

"여보세요?" 중년의 여성이 전화를 받았다.

"안녕하세요, 용산 경찰서 소속 형사 유길준입니다. 용산구 갈월동 7-24 빌라 소유주 맞으시죠?"

"네, 무슨 일이세요?" 상대는 방어적인 태도를 보이며 물었다.

"11월 21일 전후로 해당 빌라 주차장의 CCTV 파일 좀 확인해 봐도 되겠습니까? 길준은 지체하지 않고 본론으로 들어갔다.

"CCTV 파일이요?"

"네. 사건 조사에 필요한 자료입니다. 협조 부탁드립니다."

"알겠어요. 문자로 메일주소만 알려주시면 녹화 파일 보내드릴게요. 11월 21일 전후 맞죠?" 그녀는 감사하게도 흔쾌히 부탁을 수락하였다.

"네, 맞습니다. 감사합니다." 역시 재산이 많으면 마음도 여유롭구나.

집으로 돌아간 길준은 자리에 앉아 컴퓨터를 켰다. 계정에 로그인하고 메일함을 확인해 본다. 조금 전에 전화했던 건물주에게서 메일이 한 통 보내져 있다. 고생하신다는 메시지와 함께 영상 파일이 첨부되어 있다. 11월 20일부터 11월 23일까지, 빌라 주차장을 녹화한 CCTV 파일이다.

'알맞게 보내주셨군.' 길준은 첫 번째 파일부터 순서대로 재생을 시작했다.

11월 20일. 두 칸짜리 주차장이 텅 비어있다. 한 시간 간격으로 돌려봐도 주차되는 차가 없다. 이 빌라에 사는 사람은 자가용이 없는 모양이다.

11월 21일. 역시나 텅 비어있다. 이상하다. 오늘 길준이 봤을 때는 분명 SUV 한대가 주차되어 있었는데.

11월 22일 오전 4시 13분. 두 개의 주차 칸 중 좌측에 하얀색 쏘렌토가 정차했다. 바로 이 차다. 길준이 봤던 SUV. 자동차 문이 열린다. 운전석에서 남자가 내린 후, 뒤이어 조수석에서 여자

248

가 내린다. 길준은 영상을 정지한 뒤 여자의 얼굴을 향해 화면을 확대했다. 서은수다.

'저 남자는 누구지?' 길준이 남자의 얼굴 쪽으로 화면을 옮긴다. 처음 보는 눈코입. 아무리 관찰해도 기억에 없다.

"여보!" 길준이 모니터에 시선을 고정한 채 가영을 불렀다.

"응?" 안방에 있던 그녀가 길준의 방으로 들어왔다.

"이 사람 누군지 알아?"

가영이 눈을 가늘게 뜨며 화면을 유심히 바라본다. 그녀는 이내 고개를 저으며 답했다. "아니…? 처음 봐."

길준이 확대했던 화면을 원래대로 돌린다. "그럼, 이 쏘렌토는?"

하얀색 쏘렌토. 가영에겐 너무나도 익숙한 차량이다. "이거는 우리 원장님 차인데?"

"이 차에서 아까 그 남자가 은수랑 같이 내렸어. 11월 22일 새벽에. 여보가 문자 받은 다음 날이야."

화면을 가만히 바라보던 가영은 조용히 고개를 주억였다. "그렇구나."

"…잡아도 되지?"

"…응. 죄를 저질렀으면 어쩔 수 없지."

길준도 고개를 끄덕였다.

이후로도 길준은 CCTV 파일을 돌려보았다. 영상에 찍힌 남자가 홀로 쏘렌토를 타고 나가더니, 다시 돌아와 트렁크에서 짐을 꺼내는 모습도 포착되었다. 살림살이를 옮기는 듯한 느낌이다.

'이 남자도 분명 참빛의원이랑 관련이 있는 것 같은데.'

길준은 한동안 독립 수사를 진행했다. 그는 경찰서에 출근해 빌라 근처 골목에 달린 CCTV를 전부 확인했다. 남자가 탄 흰색 쏘렌토가 어디로 향하느냐. 어려워 보이지만 의외로 간단한 작업이다. 여러 가닥으로 갈라진 수많은 길 가운데 남자가 지나간 행로만 찾으면 된다.

길준은 침착하게 모든 갈래를 확인하며 남자의 쏘렌토를 추적했다. 결국 그는 하얀 쏘렌토가 짐을 가지러 간 곳을 밝혀냈다. 그곳은 용산구 후암로 71-1, 후암미주 아파트 4동이었다.

후암미주 아파트는 경찰로서 굉장히 감사한 장소였다. 복도형 아파트인 그곳은 형사에 대한 배려심이 넘쳤다. 일단 경비원이 매일 상주했으며, 출입구에는 물론 엘리베이터와 각층의 복도가 시작되는 라운지까지 전부 CCTV가 설치되어 있었다. 길준은 CCTV에 녹화된 그 모든 파일을 전부 재생했다. 그 결과, 그는 아주 소중한 정보를 얻을 수 있었다.

11월 20일, 사건이 일어나기 하루 전. 오후 3시 3분에 양손 망치와 용접용 가면을 들고 아파트 안으로 들어가는 남자의 뒷모습이 CCTV에 찍혀있었다. 길준은 그 남자가 아파트에서 나온 시각을 파악하기 위해 파일을 앞으로 돌려보았다. 오후 2시 37분이다. 같은 복장을 한 남자가 아파트 입구를 통과하고 있다. '이때는 빈손이네.' 길준이 화면을 확대해 보았다. 은수와 함께 쏘렌토에서 내린 그 남자가 맞다. 길준은 다시 영상을 재생했다. 그러나 20일 녹화 파일에는 이 이상 남자의 출입이 없었다.

다음 파일을 재생해 본다. 21일. 0시부터 시작되는 깊은 밤이다. 공동현관 근처에 설치된 가로등이 어슴푸레한 조명을 비춘다. 밝진 않지만, 사물을 식별할 수준의 광도는 된다. 나가는 사람은 거의 없으나, 술에 취해 귀가하는 사람은 종종 보인다. 현관을 통과할 때마다 천장에 달린 센서 등이 켜져 그들의 불콰한 모습을 적나라하게 비춰준다. 주로 20대 초중반의 대학생이다.

'그 남자는 언제 나오지?' 2시가 넘자 술에 취한 젊은이의 발길도 끊겼다. 추리가 틀린 건가, 초조해질 때쯤 아파트 현관의 센서 등이 켜졌다. 롱패딩을 입은 남자가 용접용 가면을 쓴 채기다란 망치를 들고 뚜벅뚜벅 걸어 나온다. 얼굴을 가렸지만 딱봐도 알 수 있다. 그 남자다. 어처구니가 없다. 누가 봐도 범행을 저지르겠다고 선포하는 복장에 범행도구까지 손에 들고 CCTV 아래를 당당히 통과하다니.

'사고방식이 어떻게 되어 먹은 거야.' 마치 미래를 신경 쓰지 않는 사람 같다.

길준은 황당함을 누르며 수첩을 펼쳤다. 시간 순서대로 차례차례 사건을 정리해 본다. CCTV를 통해 얻어낸 상황 증거. 20일 오후 2시 반에 빈손으로 나갔던 그가 30분 후 망치와 가면을 들고 복귀했다. 그 뜻은 당시 외출이 범행도구를 마련하기 위함이었다는 소리다. 평범한 일반인이 양손 망치과 용접용 가면을 구할만한 장소.

'철물점이군.'

그 후로 며칠간, 길준은 탐문 수사에 돌입했다. 그가 돌아다닌 장소는 후암미주 아파트 근처의 모든 철물점이었다. 그는 영상 속 남자의 얼굴을 확대 후 프린팅해 형사 신분증과 함께 철물점 사장에게 보여주었다.

"안녕하세요. 용산 경찰서에 근무 중인 유길준 형사입니다. 수사 협조 부탁드립니다. 혹시 이 남자를 보신 적이 있습니까? 망치와 가면을 구매한 남성입니다."

대부분이 처음 보는 얼굴이라며 고개를 저었다. 하지만 딱 한 명, 길준이 원하던 반응을 보여주었다. 수염을 수북하게 기른 중년의 사장이다.

"어? 이 남자, 예. 알고 있죠. 저희 가게에 왔던 손님입니다. 망치랑 용접용 가면을 샀고…. 그다음 날에는 삽도 사 갔습니다."

"삽이요? 그때가 몇 시쯤이었죠?"

"정확히 기억은 안 나는데, 아마 세 시쯤이었을 겁니다." 길준을 보며 열심히 말하던 사장의 눈이 다른 곳을 향한다. 길준이 들고 있는 형사 신분증이다. "혹시 그 손님이 뭔가 범죄를 저지른 겁니까…?" 그의 낯빛이 어두워졌다. 자기가 판매한 물건이 범행에 이용되었을까 걱정된 모양이다.

"아직 확정은 아닙니다. 혹시 어디에 사용할 계획인지 들으셨습니까?"

"안 그래도 저도 물어봤습니다. 젊은 청년이 이런 걸 어디에 쓰려나 궁금하잖아요. 근데 알려주질 않더군요." 진실된 눈빛. 정보를 감추는 얼굴은 아니다.

"알겠습니다. 남자 이름은 모르시죠?"

"네, 저도 얼굴만 봤지 자세한 정보는 아는 게 없습니다. 죄송하네요." 풍채 좋은 사장이 고개를 꾸벅 숙인다. 길준은 당황해서 손을 저었다.

"아뇨, 아니요. 괜찮습니다. 이 정도로 충분합니다. 감사합니다."

인사를 마치고 철물점을 나서려던 길준을 사장이 붙잡았다. "저, 형사님!"

"네?"

"혹시…. 만약 그 손님이 범죄를 저질렀으면 저한테도 책임이 생기는 건가요?"

"그런 걱정은 안 하셔도 됩니다. 사장님은 고객의 의도를 전혀 모르셨잖아요. 걱정 마시고 마음 편히 장사하세요."

그는 그제야 가슴을 쓸어내렸다. "알겠습니다. 감사합니다. 수사 힘내시길 바랍니다!"

"감사합니다." 길준은 사장의 응원을 받으며 가게를 떠났다.

'어쩌면 원장을 죽인 건 은수가 아니라 그 남자일지도 모르겠군….' 타당한 의심이다. 일반적으로 여럿이 공동범죄를 저지를 경우, 범행도구를 구매한 자가 해당 범죄의 주모자일 가능성이 높다. 그는 망치를 구매했다. 사람을 죽이기에 충분한 흉기다.

'삽은 다음 날 세 시쯤에 샀다고 했지.' 철물점 사장이 한 증언을 토대로 아파트 CCTV 파일을 돌려본다. 삽을 구매한 날짜는 11월 21일. 오후 3시 00분부터 재생을 시작한다. 몇몇의 왕래가 오가고, 3시 17분. 익숙한 실루엣이 건물에서 나왔다. 길준이 화면을 멈추고 얼굴을 확대한다. 그 남자가 맞다. 그는 42분에 삽을 들고 돌아왔다. 이후로 21일의 외출은 없었다.

다음은 22일의 녹화 파일이다. 22일의 모습은 금방 찾을 수 있었다. 그가 얼굴을 드러낸 시각은 오전 0시 51분. 한 손에 삽을 쥐고 나온 그는 아파트에 주차해 둔 흰색 쏘렌토에 올라탔다. 그가 쏘렌토를 다시 주차 시킨 곳은 은수의 빌라 주차장. 시간은 22일 오전 4시 13분이다. 야밤에 삽과 함께 세 시간이 넘도록 운전할 일이 뭐가 있을까.

'시체를 묻고 왔구나.' 용산구에서 왕복 두세 시간 정도 걸리는 거리에 했을 것이다. 아마도 사람들의 발길이 닿지 않는 무명의 산에 했겠지. 그렇다면 그 남자는 지금 어디에 있느냐. 후암미주 아파트 CCTV가 녹화한 남자의 마지막 모습은 귀가가 아니었다. 외출이었다. 그 후로 그의 모습은 은수의 빌라 주차장 CCTV에서 나타났다.

길준은 확신했다. 둘은 현재 동거 중이구나. 은수의 집 주소는 알고 있다. 길준은 결심했다. 그곳에 가보자. 주위 동료에겐 알리지 않고 혼자. 그래야 하는 이유가 있었다.

다음날, 길준은 은수의 빌라에 도착했다. 태풍이 불면 무너질 듯 낙후된 빌라. 은수가 사는 201호의 출입문 역시 군데군데 녹이 슬어있다. '당연한 일이지.' 보육원에서 퇴소해 간호대학을 졸업하고 곧장 취업전선에 뛰어들었다. 아직 한창 돈을 모으고 있을 나이다. 그런 그녀에게 무슨 일이 있었길래 살인에 연루된 걸까.

띵동, 길준이 초인종을 눌렀다. 회색 플라스틱으로 만들어진 초인종 단추마저 덜걱인다. 아무도 나오지 않는다. '병원은 휴무 중이니까 이 시간이면 분명 집에 있을 텐데.'

띵동, 길준이 다시 한번 초인종을 누른다. 여전히 침묵. 길준은 포기하지 않고 초인종을 눌렀다. 잠시 후, 문 너머로 발소리가 다가온다.

'방음도 잘 안되는군.' 이내 문고리가 돌아가고, 한 여성이 나타났다. 서은수다.

"역시 너였구나." 길준은 담담하게 말했다.

"길준 오빠? 설마 영락보린원 길준 오빠야? 여긴 웬일로 왔어?" 안 그래도 큰 눈이 더욱 커졌다. 아직 그녀는 길준이 무슨 일을 하는지 모르는 눈치다. 순수하게 놀라는 표정 속에 경계심이 서려 있다.

"그냥 안부 물을 겸 왔어. 너 참빛의원에서 근무하지? 간호사로."

은수가 고개를 끄덕인다. "맞아. 어떻게 알았어?"

"거기에 최수미 선생님 계시잖아, 수간호사님. 내가 그분이랑 아는 사이거든. 예전에 치료받은 적이 있어서 그때 친해졌어. 그분이 너 얘기를 해주시더라."

"정말?" 은수가 화들짝 놀란다. "와, 세상 진짜 좁다. 반가워! 오빠는 그동안 잘 지냈어?"

길준은 천천히 고개를 끄덕였다. "나쁘지 않게 지냈지."

"진짜 오랜만이다. 오빠 영락보린원 퇴소한 후로 처음이잖아. 거의 10년 만이네?"

"그렇지. 밖에 좀 추운데 안으로 들어가도 돼?"

"아! 미안, 미안. 어서 들어와."

은수가 길준을 집 안으로 안내한다. 길준은 자연스럽게 집안 내부를 훑어보았다. 15평 정도 되어 보이는 작은 집. 거실과 부엌이 합쳐져 있고 화장실이 하나, 문 닫힌 방이 하나. 아마 저 방은 침실이겠지. '같이 사는 게 확실하군.' CCTV에서 본 남성이 차에 실었던 짐이 집안 여기저기 스며들어 있다. '남자는 저 방에 숨어있는 건가⋯?'

"이쪽으로 와서 앉아." 은수가 길준을 부엌으로 부른다. 길준은 군말 없이 그녀의 말을 따랐다.

"커피 마실래?"

"그래."

은수가 주방에 놓인 커피포트 전원을 켜고 커피를 끓인다. 커피는 원래부터 안에 들어있었고, 그녀는 전원 버튼만 눌렀다.

차갑게 식었던 커피가 데워지는 모습을 보며 길준은 입을 열었다. "은수야, 너희 병원 원장님 지금 외국으로 출장 나가셨다며?"

"맞아. 수미 쌤한테 들었어?"

"응." 길준이 고개를 끄덕인다. "근데 그 공지를 왜 네가 한 거야?"

"왜긴, 원장님이 시켜서 했지. 나도 귀찮았어." 은수가 슬픈 표정을 짓는다. 자신도 피해자임을 어필하는 것이다.

"⋯새벽에?"

"응. 새벽에. 나도 그게 고민이야. 원장님이 연락을 시도 때도 없이 해. 수미 쌤이 오빠한테 말 안 했어? 사실 원장님이 날 좋아하시거든. 근데 그 정도가 좀 심해. 자기 권력을 이용해서 약간 강압적으로 애정을 어필하셔. 전화벨 소리도 항상 켜두래. 그래서 새벽에도 연락받은 거야."

치익, 커피포트가 커피를 다 데웠음을 끓는 소리로 알려준다. 은수는 부엌 찬장을 열고 커피잔을 두잔 꺼냈다. 그녀는 각 잔에 방금 데운 커피를 따랐다.

"은수야, 너희 빌라 주차장에도 CCTV 있는 거 알아?"

"아니? 몰랐네? 요즘 오빠는 뭐 하고 살아?"

"형사야."

"오, 그래? 멋있다. 성공했네. 아, 이거 마셔." 은수가 커피잔을 내민다. 향을 맡아보니 믹스커피인 듯하다.

"뭘 성공해. 매일 바쁘지."

은수는 길준의 맞은편에 앉은 후 커피를 한입 마셨다. 그녀의 목젖이 위아래로 움직인다. 잔에 담겨있던 커피도 확연히 줄었다. 이를 확인한 길준은 그제야 자신에게 주어진 커피잔을 들었다.

커피를 한 모금 넘긴 길준은 차분하게 본론으로 들어갔다. "은수야, 솔직히 말해 봐. 너 남자 숨기고 있지?"

"응?" 은수가 동그란 눈을 끔뻑거린다. "갑자기 무슨 소리야?" 가면이다.

"너희 원장님. 그 남자가 죽였잖아. 괜히 감싸주면서 공범 되지 마. 솔직하게 털어놓으면 너는 무죄 판결받을 수 있어. 협박받아서 어쩔 수 없이 같이 살았다고 말하면 돼."

은수가 가면을 당황한 표정으로 바꾼다. "무슨 소리인지 하나도 모르겠어. 어떤 남자가 우리 원장님을 죽였는데 내가 그 남자랑 같이 살고 있다고? 그게 지금 오빠 얘기야?"

잘 알고 있구나.

"응." 길준이 고개를 끄덕이며 형사 수첩을 꺼낸다. "빌라 주차장 CCTV에 다 찍혔어. 흰색 쏘렌토에서 너랑 그 남자랑 같이 내렸잖아. 애초에 남영빌딩 1층 CCTV만 봐도 알 수 있었어. 너희 원장님께서 술에 취한 채로 건물에 들어갔는데 아무리 시간이 흘러도 나오질 않으시더라. 시체만 안 들키면 다야? 들어가는 모습이 있으면 나오는 모습이 있어야지. 이건 누가 봐도 범죄잖아."

길준을 바라보던 은수의 시선이 차갑게 바뀌었다. 그녀가 조용히 길준을 노려본다. 가면을 벗은 것이다. "오빠 뭔데, 형사야?"

"응. 형사야. 더 말해줘? 병원 창문을 보니까 창틀에 시체를 내린 흔적이 있더라. 먼지를 다 닦았어야지. 게다가 너희가 시체를 내린 골목에는 혈흔도 있었어."

사실 혈흔은 블러핑이다. 핏자국은 없었다. 하지만 효과는 확실했다. 은수의 얼굴이 실시간으로 굳어진다.

"아직 아무한테도 말 안 했으니까 솔직히 고백해. 지금까지 나 혼자 단독으로 수사했어. 나도 너 인생 망치기 싫어서 그러는 거야. 우린 같은 보린원 출신이잖아."

물론 봐줄 생각은 추호도 없다. 모두 자백을 유도하는 행위일 뿐이다. 현재 길준이 입은 자켓 주머니에는 소형 녹음기가 들어

있다. 이 집에 들어온 이후로 여태껏 펼쳐진 모든 대화가 기록되고 있다.

"오빠, 난 아무리 오빠가 고백하라 해도 말할 게 없어. 난 진짜 아무것도 안 했단 말이야…. 오빠 지금 다른 사람이랑 착각하고 있는 거 아니야?"

길준은 소름이 돋았다. 죄를 짓고 어떻게 저렇게까지 태연할 수 있지? 그녀는 자신이 정말 무죄라고 생각하는 것 같다.

"근데 오빠… 안 졸려?"

아까부터 이상하게 몽롱하다 싶었는데.

"너…!"

자리에서 일어나려 했으나 몸에 힘이 들어가지 않는다. 개미지옥으로 빨려 들어가는 느낌. 은수를 노려보려 해도 자꾸만 눈꺼풀이 내려간다. 기를 쓰고 일어서려던 길준은, 그대로 쓰러졌다.

3장.

끊어지는 사슬과 이어지는 사슬,
그리고 끊기지 않는 사슬

유길준.

길준이 눈을 뜬 곳은 좁은 침실이었다. 침실이지만 누워있는 상태는 아니다. 그는 어딘가에 앉아있다. 아니, 앉혀져 있다. '뭐지?' 몸을 움직여 보려 했으나 움직이지 않는다. 흐릿하던 시야가 조금씩 밝아진다. 사물을 식별할 수준이 됐을 때 길준이 가장 먼저 확인한 것은 몸이었다. 내 몸. 수십 겹이 넘는 질긴 청테이프가 몸을 칭칭 감싸고 있다. 그는 침대 옆 의자에 테이프로 묶여있었다.

"으읍!"

입도 마찬가지. 질긴 청테이프가 몇 겹이나 붙어있다. 아무리 소리 쳐보려 해도 딱 달라붙은 입술이 도무지 떨어지질 않는다.

사실 처음에는 가소롭다고 생각했다. 청테이프쯤이야, 한 번에 강한 힘을 주면 충분히 뜯어낼 수 있겠지. 그러나 온 힘을 다해 발버둥을 쳐봐도 의자에 박제된 몸은 풀릴 생각을 안 했다.

5분을 덜컹거렸을까, 닫혀있던 문이 열렸다.

"일어났네?"

방으로 들어온 여성. 서은수다. 사악한 미소. 부엌에서 대화를 나눌 때의 순수한 표정은 온데간데없이 사라졌다. 그래, 저게 진짜 서은수지.

"소리 지르지 않겠다고 약속하면 입에 붙은 테이프는 떼줄게. 어때? 알았으면 고개를 끄덕여 봐. 대신 개처럼 끄덕여야 해. 부모한테 버려져서 길거리 쓰레기봉투 뜯어먹는 유기견처럼."

길준은 은수를 죽일 듯이 노려봤다. 하지만 지금은 자존심을 굽혀야 한다. 그는 꺾이지 않는 고개를 억지로 부러뜨렸다. 눈을 질끈 감고 최대한 개처럼 고개를 휘적여 본다.

푸하하! 은수가 웃음을 터뜨린다. 그녀는 길준에게 다가오더니 그의 입에 달라붙어 있던 청테이프 뭉치를 촥 떼어냈다.

"윽…!" 아릿한 고통. 얼마나 접착력이 좋은 테이프를 쓴 거야. 입술 껍질이 다 벗겨진 느낌이다.

"어떻게 한 거야…?" 길준이 물었다.

"뭐가?"

"커피. 같은 포트에서 따랐잖아. 나는 분명 네가 마실 때까지 기다렸어. 네가 마시는 모습을 봤다고. 근데 왜 넌 멀쩡하고 나만 잠든 거야?"

길준의 진지한 물음에 은수가 또 웃음을 터뜨린다. "아, 그 소리였어?"

"그냥 너도 같이 마신 거야? 어차피 너 집이니까?"

"무슨 소리야, 내가 그걸 왜 마셔. 간단하잖아. 수면제를 커피 포트 말고 잔에다 타면 되지. 오빠는 옛날부터 이상한 데서 어리바리하더라."

하, 한숨이 흘러나온다. 생각이 짧았구나.

262

"오빠, 너무 걱정 마. 나도 오빠 죽일 생각 없어. 아까 오빠가 나를 대하는 태도에 감동했거든. 같은 영락보린원 출신이라서 잘해주고 싶다며. 나도 그럴게. 옛정이 있으니까. 애초에 오빠는 잘못한 것도 없고,"

"…그럼 풀어줘."

"그런데, 곰곰이 생각해 보니까 오빠를 믿을 수 있다는 보장이 없더라고. 괜히 오빠 풀어줬다가 오빠가 동료 경찰분들 잔뜩 끌고 오면 어떡해."

"맹세할게. 그런 일 없을 거야."

"말로만 맹세한다고 해도 믿을 수가 있어야지. 나는 담보가 필요해."

"담보?"

"응. 뭐로 하는 게 재밌을까?" 은수가 과장된 몸짓으로 천장을 바라보며 고민한다. "아! 이건 어때? 내가 노숙자를 한 명 잡아올 테니까 오빠가 그 노숙자를 죽이는 거야."

"그게 무슨 소리야…?"

"오빠가 노숙자를 살해하는 모습을 캠코더로 녹화하고, 그 후에 오빠를 풀어주는 거지. 그 영상을 담보로 삼자. 만약 오빠가 내 죄를 폭로하면 나도 오빠의 범죄 영상을 인터넷에 뿌릴게."

길준이 이를 꽉 깨물며 눈을 질끈 감는다. 이마에는 주름이 잔뜩 졌다. "내가 영락보린원에서 지내던 시절부터 널 못 믿었던 이유가 뭔지 알아? 네 그 소시오패스 같은 성격 때문이야. 너는… 죄책감이라는 게 없어."

은수가 깔깔 웃는다. "말도 안 되는 소리 하지 마. 내가 지금 오빠를 살려주려는 게 죄책감 때문인데?"

"전과가 늘어나는 게 싫은 거겠지. 네가 날 죽이는 부담감을 내가 노숙자를 죽이도록 떠넘기는 거잖아. 왜곡하지 마."

짝짝짝, 은수가 감탄하며 박수를 친다. "와, 어떻게 알았어? 역시 똑똑하네. 그래서, 안 죽이겠다고?"

길준이 고개를 끄덕인다.

"진짜? 그러면 네가 죽는데?"

"이제는 오빠라고도 안 하네. 이미 죽일 마음 가득한 거 아니야?"

"맞아. 노숙자 얘기도 장난이었어. 너를 어떻게 믿고 살려. 죽여야지."

그녀는 주머니에서 주사기를 꺼냈다.

김진호.

잠깐의 비명, 고요.

"끝났어?" 진호가 방으로 들어오며 물었다. 그는 혹시라도 일어날 몸싸움에 대비해 거실에서 몸을 숨기고 있었다.

"응, 동맥에 정확히 주사했어. 이걸로 총 세 번째 살인이네."

"고생했어." 진호가 다가와 은수를 안아준다.

"아니야. 자만심으로 가득 차 있던 인간이라 오히려 쉬웠어. 나를 봐준답시고 단독 수사 중이었다더라." 은수가 웃는다. "덕분에 잘됐지. 경찰서에 전부 말하고 단체로 쳐들어왔으면 일이 복잡해졌을 텐데."

"그러네, 다행이다."

"그래도 한 가지 문제가 있긴 해."

"뭔데?"

"이 오빠가 나처럼 고아이긴 하지만, 그래도 이 사람은 엄연히 경찰서라는 직장이 있었잖아. 갑자기 출근을 안 하면 직장 동료들이 이상하게 생각할 거야. 우리한테 시선이 닿기 전에 최대한 빨리 돈 벌어서 외국으로 도망가든가 하자."

"음, 그러네. 알겠어." 진호가 의자에 늘어져 있는 길준을 바라본다. "이번 시체는 내가 알아서 처리할게. 너는 고생했으니까 푹 쉬고 있어."

"응, 고마워." 은수가 웃는 얼굴로 고개를 끄덕였다.

그날 새벽, 진호는 시체를 쏘렌토 트렁크에 싣고 천보산으로 향했다. 은수와 함께일 때는 트렁크에 시체가 누워있어도 행복했는데, 조수석이 텅 비어있으니 설레는 마음은 하나도 없다. 그렇다고 긴장감이라던가, 불안감이 드는 것도 아니다.

'빨리 집에 가고 싶네.'

그뿐이었다.

서은수.

　길준을 묻고 돌아온 다음 날, 진호와 은수는 고민에 잠겼다. 해외 이주를 할 만한 저물가 나라는 어디가 있을까. 필리핀, 베트남, 여러 나라를 찾아보며 토론을 거듭하던 중 은수에게 전화가 걸려 왔다. 가영이다.

　"여보세요?"

　"은수야, 뭐해?"

　"저요? 그냥 집에서 쉬는 중이에요. 왜요?"

　"심심해서. 병원은 휴무고 우리 남편은 출근하니까 집에 나밖에 없어."

　"아, 하긴 매번 출근하다가 갑자기 집에서 쉬게 되면 그럴 수도 있겠네요."

　"아니, 내가 보기엔 우리 원장 야반도주한 거 맞는 것 같아."

　"야반도주요? 갑자기?" 은수는 영문을 모르겠다는 투로 물었다.

　"응. 해외로 나갔어도 로밍을 했으면 연락은 될 거 아니야. 적어도 인터넷 메일이라도 받던가. 근데 아무리 연락해 봐도 연결이 안 돼. 아마 사채 같은 거 쓰고 도망친 게 아닐까?"

　좋은 오해다. 은수는 그녀의 망상에 적당히 맞장구를 쳐주기로 했다.

"그래요? 큰일 났네…. 그럼 우리 새로운 직장 구해봐야 하는 거 아니에요?"

"그니까. 어휴, 책임감도 없는 윤상범. 사실 그것 때문에 답답해서 전화한 거야. 너한테 하소연이나 하려고."

"잘했어요. 언제든지 마음껏 하세요."

"진짜? 고마워. 아, 시간 되면 오늘 카페나 같이 갈래?"

"카페요? 저야 뭐, 상관없죠." 사실 귀찮았지만, 거절할 명분이 없다.

"진짜? 잘 됐다. 그러면 이따 두 시에 용산역 스타벅스에서 보자."

"알겠어요, 언니. 이따 봬요."

"그래, 그래!"

전화가 끊겼다.

"가영 선배셔?" 진호가 물었다.

"응. 이따 카페에서 만나기로 했어." 은수가 고개를 끄덕이며 말했다. "그 언니랑 보는 것도 아마 오늘이 마지막일 거야."

잠시 후, 은수는 약속 시간에 맞춰 스타벅스 앞에 도착했다. 날이 쌀쌀하다.

- 언니, 저 스타벅스 앞에 도착했어요.

바로 답장이 돌아왔다.

- 들어와, 나는 이미 안이야.

'오늘은 일찍 왔네.' 은수가 스타벅스 유리문을 밀고 안으로 들어갔다. 매장은 난방을 철저히 신경 쓰고 있었다. 싸늘하던 몸이 따뜻하게 데워진다.

"은수야!" 멀지 않은 곳에서 들린 가영의 목소리.

소리가 난 곳을 향해 은수가 고개를 돌린다. 자그마한 여성이 푹신한 의자에 앉아 은수에게 손을 흔들고 있다.

"언니!" 은수는 가영에게 종종걸음으로 달려갔다. 귀찮은 약속이라 생각했는데, 오랜만에 보니 제법 반갑다. 이제 외국에 나가면 이 사람도 못 볼 테니까 마지막을 즐겨야지.

"벌써 음료 주문했어요?" 은수가 물었다.

가영은 아이스 아메리카노를 마시고 있었다. 이 추운 겨울에도 아이스라니. 취향 참 확고하다.

"응, 너도 주문하고 와."

"알겠어요. 잠시만." 은수는 가영이 앉은 맞은편에 가방을 내려놓고 카운터로 걸어갔다.

"카페 라떼 한 잔 주세요. 따뜻한 걸로요."

"네, 손님. 오천 원입니다. 카드로 하시겠어요?"

"네." 은수가 체크카드를 내민다.

종업원이 카드기에 카드를 꽂았다. 카드기에서 영수증이 뽑혀 나 온다. "결제 완료되셨습니다, 손님. 음료 완성되면 진동벨로 알려드릴게요." 그가 진동벨과 함께 영수증을 내밀었다.

"감사합니다."

주문을 마치고 돌아온 은수는 가영 앞에 앉았다.

"그동안 잘 지냈어요?"

"글쎄, 잘 모르겠어."

이상하다. 늘 해맑던 가영의 얼굴이 오늘따라 유독 어둡다. 분명 입에는 미소를 짓고 있는데…. 이건 억지웃음이다.

"왜요? 무슨 일 있으세요?"

"일이야 많지. 내가 지금 뭐 하는 건지 모르겠어."

은수는 그런 가영의 모습이 혼란스러웠다. 이 사람이 고민할 게 있나?

"무슨 일이에요. 임신 관련된 거예요?"

계속해서 이유를 묻는 은수를 가영이 가만히 바라본다. 그러던 그녀가 마침내 입을 열었다. "…지금 너한테 어떤 감정을 느껴야 할지 모르겠다는 뜻이야." 하, 그녀가 한숨을 쉰다. "미안해야 하는지, 화를 내야 하는지, 어떤 감정을 택하든 내가 쓰레기가 되는 것 같아."

'…함정이구나.' 은수가 자리에서 벌떡 일어난다. 그 순간, 강한 힘이 은수의 뒤통수를 짓눌렀다. 은수의 얼굴이 그대로 탁자 위에 처박힌다.

"누구야! 이거 놔!"

아무리 벗어나려 해도 압력이 너무 강하다. 철컥, 소리와 함께 양 손목에 수갑이 채워진다.

"서은수 씨, 당신을 2022년 11월 2일 오후 1시 6분부 살인 및 증거인멸 혐의로 긴급체포합니다. 당신은 변호사를 선임할 수 있고 불리한 진술을 거부할 수 있습니다."

"무슨 소리야! 내가 무슨 살인을 했다는 거예요!"

바락바락 소리를 지르는 은수에게 가영이 눈물을 뚝뚝 흘리며
말한다. "은수야…. 길준이 내 남편이야."

유길준.

    은수의 집 초인종을 누르기 전, 길준은 가영에게 예약문자를
발송했다. 발송 예약 시간은 오후 10시다.

    - 가영아, 내가 지금 문자를 적는 장소 은수네 집 앞이야. 지금
시간이 오후 세 시니까 만일 네가 밤 열 시에 이 문자를 받는다
면 나는 죽었다는 뜻이야.

    그때는 주저하지 말고 창호 형한테 연락해서 은수를 잡아. 지
금 은수는 별다른 직업이 없는 상태니까 오랜만에 카페에서 얼
굴이나 보자는 식으로 말하면 거절하지 못할 거야. 그렇게 창호
형의 이름으로 실적을 쌓고 둘이 행복하게 살아.

    나는 이미 네가 창호 형이랑 불륜 관계라는 사실을 알고 있었
어. 우리가 스물일곱부터 스물아홉까지 2년간 아무리 노력해도
생기지 않던 아이가 올해 드디어 생겼지.

    그 아이가 네 아이는 맞지만 내 아이는 아니잖아. 창호 형 아
이지. 실은 나, 올여름에 불임검사 했었거든. 답답해서 받아본
검사였어. 근데 검사 결과가 무정자증이 나오더라고. 진심으로
절망밖에 못 느꼈던 것 같아. 내 꿈은 너랑 행복한 가정을 만드

272

는 거였는데, 그 안에는 우리의 소중한 아이도 포함 되어있었거든. 너도 분명 나와 같은 마음일 텐데 너무 미안했어.

이 사실을 어떻게 말해야 하나 몇 달을 혼자 고민 중이었는데 너가 갑자기 밝은 얼굴로 말하더라. 임신했다고. 그때 해맑게 웃는 네 미소를 보는데, 뭐랄까. 할 말이 없었어.

그제야 조금씩 불편했던 과거가 떠올랐어. 너는 창호 형이랑 만날 때마다 유독 화장을 신경 썼지. 너에게 창호 형을 소개해 준 이후로 형과 나는 계속해서 근무표가 엇갈렸고. 너의 연차도 창호 형의 휴무와 겹치는 날이 잦았어. 이렇게 보면 창호 형은 참 속이 투명해.

너한테 뭐라 하는 건 아니니까 걱정하지 마. 너는 죽어가던 나를 살려준 고마운 사랑이었고 창호 형도 내가 믿고 따른 선배였으니까. 둘 다 미워할 마음은 전혀 없어. 근데, 나는 이제 못 살겠더라. 삶의 목표를 완전히 잃었잖아. 그래서 이렇게 마지막으로 선물을 주고 떠나는 거야. 내 목숨을 밑거름으로 둘이 잘 살았으면 좋겠다. 행복해야 해. 꼭.

이후 길준은 자살하는 마음으로 은수네 빌라의 초인종을 눌렀다. 생존 확률 0%의 도박. 실탄을 가득 채운 권총으로 하는 러시안룰렛이다. 더는 살고 싶은 마음이 없었기 때문이다.

예상대로, 길준은 죽었다. 그는 왼팔에 주삿바늘이 들어올 때도 딱히 씁쓸하진 않았다.

김진호.

'해외로 나가려면 얼마가 필요하려나.' 거실 소파에 누워 새로운 삶에 대한 정보를 찾아보던 중, 찰칵, 현관문 열리는 소리가 들린다.

"은수 왔어?" 진호는 누워있던 몸을 일으켜 현관을 내다봤다.

진호의 예상과는 달리, 그곳에 서 있는 이들은 여러 명의 경찰이었다.

"뭐야!" 당황한 진호는 황급히 주위를 둘러보았다. 무기로 쓸 만한 물건을 찾는 것이다. 망치와 삽은 전부 비닐에 감싸 베란다에 넣어두었다. 민첩한 경찰을 상대로는 비닐을 풀어헤치고 전투태세를 취하기도 전에 잡히겠지.

'식칼, 식칼이야.' 진호는 부엌으로 달려갔다. 그러나, 식칼을 매달아 놓은 수납장을 열기도 전에 경찰에게 제압당했다. 진호는 평소 자신의 힘이 강하다고 생각했다. 하지만 막상 경찰들과 몸을 부닥치자, 그 오만은 산산이 부서졌다. 그는 이렇다 할 반항도 못 하고 수갑을 차야 했다.

안경을 낀 경찰 한 명이 미란다 원칙을 읊는다. 최창호다. "김진호 씨, 당신을 2022년 11월 2일 오후 1시 29분부 살인 및 증거

인멸 혐의로 긴급체포합니다. 당신은 변호사를 선임할 수 있고 불리한 진술을 거부할 수 있습니다."

"갑자기, 갑자기 이게 무슨…." 진호가 허망한 얼굴로 무릎을 꿇는다.

'아니, 문은 어떻게 열고 들어온 거야?' 번뜩 떠오른 의문에 고개를 들고 현관을 바라본다. 경찰 뒤에 서 있는 아름다운 여성. 서은수다. 진호는 자신이 보는 광경을 믿을 수 없었다.

"은수야…. 너, 설마 네가 나를 배신한 거야?"

솟아오르는 분노. 몸속 깊은 곳부터 용암이 터지듯이 뜨거운 고열이 끓어오른다. 장례식장에서 집주인이 재계약 얘기를 꺼낼 때도, 신용호가 할머니를 밀칠 때도 이렇게 화나진 않았다.

"어떻게 네가 나한테 이럴 수 있어! 너도 나를 사랑한다며! 사랑한다며!" 진호의 목에 굵은 핏대가 울끈거리며 튀어나온다. 피부를 뚫고 나올 듯 선명한 푸른색 핏줄이다. "입이 있으면 말을 해! 원래부터 날 안 좋아했던 거야?! 다 연기였어?! 대답 좀 해!!" 악이 차오른다. 목이 갈라지고 피가 조금씩 배어 나온다. 방금 전만 해도 하   던 그의 흰자는 어느새 발갛게 물들었다.

경찰의 뒤에서 묵묵히 진호의 발악을 듣던 은수가 조용히 고개를 든다. 그녀의 맑고 고운 눈이 진호를 또렷하게 쳐다본다.

"무슨 소리야. 사랑하니까 배신했지. 내가 잡혀 있는 동안 오빠가 다른 사람 만나면 안 되잖아." 은수가 밝게 웃는다.

진호는 움직일 수 없었다. 말도 나오지 않았다. 그는 그저 멍하니 은수를 바라보는 게 다였다.

맞지 않았던
두 개의 고리

길준은 어릴 적부터 은수가 신경 쓰였다. 친해지고 싶어 신경이 쓰이는 건지, 신경에 거슬려서 신경이 쓰이는지는 길준도 단언할 수 없었다. 확실한 건 은수가 자꾸만 마음에 걸린다는 사실이다. 나이도 네 살이나 차이 나고 성별도 달랐기에 어울려 지내는 무리는 달랐지만, 마음만 먹으면 그녀가 노는 모습은 얼마든지 관찰할 수 있었다. 영락보린원이 워낙 좁았기 때문이다.

길준은 사람의 표정을 읽는 데 천부적인 재능이 있었다. 대상의 얼굴 근육 움직임, 경직, 말투 등을 보며 그가 가면을 쓰고 있는지 맨얼굴을 드러내고 있는지 알 수 있었다. 길준이 본 은수는 습관처럼 가면을 쓰는 아이였다. 친구와 놀 때, 밥을 먹을 때, 심지어는 잠자리에 들기 위해 몸을 누이는 순간마저도 가면을 썼다.

처음에는 신기한 마음에 구경하듯 바라봤으나, 시간이 들수록 그녀가 점점 불쌍하게 느껴졌다. 어린아이가 뭘 저렇게 숨기고 싶은 게 많을까. 무슨 상처가 있었길래 저런 삶을 사는 걸까. 열세 살의 길준은 자신도 어린 주제에 괜한 의협심이 들었던 것 같다.

하루는 은수가 혼자인 틈을 타 그녀에게 다가가 물었다. "은수야, 나랑 친하게 지낼래?"

"그래, 좋아." 당황하며 물러날 거란 예상과는 달리, 은수는 의외로 흔쾌히 수락했다. 그러나 그녀는 가면을 쓰고 있었다.

"은수야, 나랑 놀 때는 숨기는 거 없이 마음 편하게 놀아도 돼. 네가 하고 싶은 대로 해."

"응, 알겠어. 고마워." 벗겨지지 않는 가면. 돼지가죽을 뒤집어 쓴 듯한 너무나 자연스러운 가면이다. 원인을 알 수 없는 오싹함이 밀려들었다. 어린 길준은 앞에 서 있는 가면녀가 무서워 도망칠 수밖에 없었다.

'상관없겠지.' 알아서 잘 지낼 거야. 자신보다 어린 동생을 상대로 겁을 집어먹고 도망간 모습이 창피해 쥐어짠 합리화였다. 실제로 은수는 길준보다 친구가 많기도 했다. 보린원에 있는 모든 여자아이와 두루두루 잘 지냈다. 보통은 함께 노는 무리가 단단히 정해져 있는 반면, 그녀는 자신의 입맛대로 원하는 무리에 섞여 들어갔다. 모든 무리의 교집합이었다. 그 많은 친구 중 한 명쯤은 그녀도 가면을 벗고 맨얼굴로 대하겠지. 길준은 자신에게 더 신경 쓰기로 했다.

그러나 시간이 흐를수록, 그녀의 가면은 피부에 꿰맨 듯 견고해졌다. 게다가 세상에 눈치 빠른 사람은 길준만 있는 게 아니었기에, 보린원의 몇몇 여자아이도 은수가 가면녀라는 사실을 알아챘다. 물론 그녀들이 은수에게 대놓고 뭐라 하지는 못했다. 은수의 권력이 강했기 때문이다. 은수는 얼굴도 예쁘고, 공부도 잘했으며, 키도 컸다. 어린 여자아이 사회에선 그것이 대단한 권력이었다. 그러나 그녀들은 조금씩, 은수가 없을 때마다, 은수가 제외된 집합에서 그녀에 대한 비판을 늘어놨다. 비판이 계속될수록 은수를 향하던 마음도 점점 돌아섰다. 표면적으로는 이전처럼 잘해줬으나, 전부 가면이었다. 은수가 그들에게 가면을 쓰고 대한만큼, 어느샌가 모두가 그녀에게 가면을 쓰고 대하게 되었다. 길준은 그 모습을 처음부터 끝까지 멀리서 조명했다. 경찰을 목표로 둔 소년으로서 묵시할 수 없는 사태였다.

고등학교에 입학한 해, 길준은 이제 막 초등학교 6학년이 된 은수를 불러냈다.

"은수야."

"응? 왜?" 그녀의 눈에는 깊이가 있다. 어린 나이에 맞지 않는 알 수 없는 깊이다.

어떻게 말해야 할지 고민하던 길준은 직설을 택했다 "너… 애들이랑 조금 더 잘 지내는 게 좋지 않을까?"

"지금도 잘 지내고 있는데?"

"진짜 그렇게 생각해?"

은수가 고개를 끄덕인다. "응. 나랑 같이 웃고 떠들고 맛있는 거 먹으면서 잘 다니잖아. 다들 나한테 엄청 잘해줘."

"잘해주는 게 다가 아니잖아. 애들이 뒤에서 너 되게 욕하고 있어."

"그렇구나."

무슨 생각일까. 가면을 쓰고 있는 건 알겠는데, 가면 속 본심은 모르겠다.

"괜찮아, 조금만 노력하면 금방 해결될 일이야. 너가 애들한테 진심으로 대해주면 애들도 널 진심으로 대할 거야." 길준이 말했다.

"굳이 진심으로 안 대해줘도 되는데?"

"뭐?"

"내 앞에서 잘해주는 데 뒤에서 욕하는 게 무슨 상관이야. 내가 겪는 상황만 즐거우면 되지." 은수가 밝게 미소 짓는다.

길준이 그녀를 바라본다. 태양을 향해 만개한 해바라기처럼 활짝 핀 웃음. 그 얼굴은 가면이 아니었다.

길준은 그녀가 가면을 벗었음에도, 무서워 도망칠 수밖에 없었다.

연쇄삶인

초판 1쇄 발행 2024년 5월 15일
초판 1쇄 인쇄 2024년 5월 15일

지은이   성낙헌

디자인   포레스트 웨일
펴낸이   포레스트 웨일
펴낸곳   포레스트 웨일
출판등록   제2021-000014 호
주소   충남 아산시 아산로 103-17
전자우편   forestwhalepublish@naver.com

종이책   979-11-93963-09-8

작가님들과 함께 성장하는 출판사
포레스트 웨일입니다.
작가님들의 소중한 원고를 받고 있습니다.
forestwhalepublish@naver.com